有爱的青春陪伴者

仲夏亦候群

小鱼卷 著

江苏凤凰文艺出版社
JIANGSU PHOENIX LITERATURE AND
ART PUBLISHING

图书在版编目（CIP）数据

仲夏症候群 / 小鱼卷著. -- 南京：江苏凤凰文艺
出版社, 2024. 9. -- ISBN 978-7-5594-8871-8
Ⅰ. I247.5
中国国家版本馆CIP数据核字第2024J8B087号

仲夏症候群

小鱼卷 著

责任编辑	王昕宁
特约编辑	嘎 嘎　雪 人
责任校对	言 一
出版发行	江苏凤凰文艺出版社
	南京市中央路165号，邮编：210009
网　　址	http://www.jswenyi.com
印　　刷	长沙鸿发印务实业有限公司
开　　本	880mm×1230mm 1/32
印　　张	9
字　　数	276千字
版　　次	2024年9月第1版
印　　次	2024年9月第1次印刷
书　　号	ISBN 978-7-5594-8871-8
定　　价	42.80元

江苏凤凰文艺版图书凡印刷、装订错误，可向出版社调换，联系电话025-83280257

目录
Contents

◆ **第一章　喜欢**

小狗表达喜欢的方式天生热烈，
可她却是个胆小鬼。
　　　　　　　　　　001

◆ **第二章　秘密**

别喜欢蔚游，很辛苦的。
　　　　　　　　　　024

◆ **第三章　你我**

是转角时候的遇见，
也是从北城到南陵的一千公里。
　　　　　　　　　　048

◆ **第四章　苦风**

一笔带过的路人，
没有姓名的某某。
　　　　　　　　　　069

◆ **第五章　下次**

没有人曾经拥有月亮。
　　　　　　　　　　089

◆ **第六章　合照**

"理想成真，大建筑师。"
　　　　　　　　　　114

◆ **第七章　缺氧**

她一步一步往前走出的，
是有他在的那个夏天。
　　　　　　　　　　142

目录 Contents

◆ **第八章 大雪**
暗恋总是让人自卑。
—— 160

◆ **第九章 眼泪**
胆小鬼偶尔一次的勇气潦草收尾。
—— 181

◆ **第十章 橘子**
"喜欢"这个词，一直到现在，都不算是过去时。
—— 202

◆ **第十一章 钝痛**
我喜欢的从来都不是大明星蔚游。
—— 224

◆ **第十二章 再见**
漫长的仲夏症候群，终于开始痊愈。
—— 244

◆ **番外一**
宁嘉佑永远风华正茂
—— 266

◆ **番外二**
沈知微的仲夏永远热烈
—— 272

◆ **番外三**
蔚游永远自由
—— 279

第一章
喜欢
/
小狗表达喜欢的方式天生热烈,
可她却是个胆小鬼。

1

南陵的冬天很少下雪,但依旧寒冷。清晨湿冷的雾气无孔不入,风卷着寒气往人骨缝里钻,来往的路人大多行色匆匆。

沈知微整理好文件,刚刚打完卡正准备离开公司的时候,手机在口袋里突然振动了一下。

她拿出来,看到消息栏上的字。

是赵沥发来的:*我在超市门口等你。*

沈知微随手将消息划掉,点开打车软件,走到公司的大门外。

此时正是用车的高峰期,她稍微等了一会儿,才看到界面上出现了车辆的型号和车牌号。

她将脸埋进围巾里,呼出的热气瞬间变成了蒸腾的白雾。

站在原地许久，看到网约车距离她只有一百米的时候，她才拿出手机慢吞吞地打开聊天框，回复：好。

赵沥回得很快：快到了。天冷，我先进去。

沈知微看了一会儿聊天界面，没有再回复，把手机放进了大衣的口袋里。

周围人来人往，有亲昵的情侣，也有神色疲惫的中年人，大多步伐匆匆地路过。她手指无意识压着手机的按键，清脆的"啪嗒"声一下又一下。

沈知微向来乖巧，旁人说起她来都是安静又听话，成绩优异，毕业后也顺风顺水地进了名企。

唯一让父母操碎了心的，就是关于她的成家大事。

她一直拖着不结婚，父母和亲戚翻来覆去的劝说、时不时压低声音的争吵、三句话离不开的话题，种种，让她觉得倦怠到精疲力竭。

周围几乎每个人都顺理成章地结婚生子，即便年轻时说好了如何抛头颅洒热血走遍世界，后来人到中年还是不得不囿于柴米油盐。

从前的好友因为家庭琐事一次又一次地推掉与自己的约，话题也逐渐南辕北辙，沈知微后知后觉地明白，大家都在奔赴不同的人生。

所以去年年底，她终于妥协了。

好在她各方面条件都算是不错，即便是相亲，也相当拿得出手。

赵沥也是如此，除了性格有点儿自我，其余的条件都算得上相当不错，是很合适的结婚对象——

符合大多数人传统观念里的"门当户对"。

沈知微并没有过多的所谓，从一开始就没有什么期许，所以也远谈不上失望。就算是对方性格自我，那也与她没什么关系。

两人按部就班结婚以后，她都一直还没有什么实感。

就像是现在。

他们两个疏离陌生得像是才相识不久。

最后一百米开始堵车，网约车几乎是一分钟挪动一米。十分钟以后，那辆黑色的思锐才停在她面前。沈知微报完手机尾号，司机师傅不好意思地朝着她笑笑，说这段路实在是太堵，稍微迟了点。

沈知微轻声说"没关系"。

单位距离新房不算近,加上堵车,这段路程至少也要花上四十分钟。

司机师傅在等红灯的间隙打开车载蓝牙,沈知微看到车载屏幕上滚动的歌名,视线顿住。

——《等雨》。

司机师傅从后视镜中看了一眼后面坐着的沈知微,大概他也是个喜欢与人交谈的,看她神色稍动,随口攀谈:"这歌是我女儿给我下载的,听说你们年轻人都喜欢这歌,是那个,那个……谁唱的?唉,我也不记得了,你们小姑娘应该知道,我是年纪大了,跟不上潮流了。"

沈知微默了片刻,抬眼看向车窗外疾速掠过的景色,霓虹灯像是快速拉长的光线,连绵不断。

"他叫蔚游。"

司机师傅一时间没反应过来:"啊?"

沈知微没有开口,司机师傅才反应过来,讪讪地笑着说:"是,是他,我女儿也和我说过。"

此后的一路上都没人再开口,只剩下车载音响中熟悉又陌生的嗓音,像是南陵秋日尾端的晨雾。

蔚游。

沈知微在心中默念了一下他的名字,把发凉的手伸进焐热的围巾里面,思绪突然有点儿散。

她恍惚了很久,以至于漫长的车程都好像是一瞬而过。

这首歌被单曲循环了九遍。

直到冰冷的提示音响起,提醒乘客到达目的地,司机师傅挂了空挡,扭头对沈知微说:"就在这里下了啊。这边摄像头多,不好停太久。"

沈知微这才回神,手摸到身边的包,欠身下了网约车。

司机师傅一边看了看后面的车辆,一边还不忘记叮嘱她:"满意的话,记得给个好评,小姑娘!"

沈知微点头说"好"。

刚刚车内有暖气还不觉得,下车时就顿觉凛冽的风吹过来,瞬间让她从刚刚的恍惚中抽离出来。

003

沈知微紧了紧围巾，拿出手机看到赵沥刚刚发消息说他在生鲜区。

她找到赵沥的时候，看到购物车里面全都是冷冻好的半成品，还有一些新鲜的海鲜。

沈知微并不爱吃海鲜，闻到腥味稍稍皱了皱眉。

赵沥没有注意到异样，看到她走过来，于是问："怎么这么晚？"

"路上有点堵车。"沈知微顿了顿，"不好意思。"

"倒也没事。大家都忙，能理解，只是我也有工作，抽出时间也不容易，反正你下次注意点。"

赵沥的公司就在这家超市附近，沈知微懒得反驳，只是点点头。

赵沥看她这般顺从，满意地笑了笑，宽容道："你也不用过分自责，并不是什么大事，我和你说得也晚了点。"

这算是他纡尊降贵在反省自身了。

沈知微"嗯"了一声。

因为赵沥的推车里面全都是生鲜海产，腥味重得让她难以忍受，她抬手重新找了个小些的推车。

零食区和生鲜区相隔甚远，她一边走一边将自己披散下来的长发扎起来。赵沥刚刚还在看生鲜的标签，转身发现沈知微已经不见了，连忙推着推车跟了上去。

赶到沈知微身边时，他皱起眉头："怎么走得这么快，还差点东西没买。"

他说完，一眼就看到了沈知微刚刚放到推车里面的薯片："怎么买这些垃圾食品，吃这些没有营养的，多不健康。"

赵沥伸手直接将薯片放回去，指了指周围的人："你瞧瞧，全都是小孩在这里，这种东西只有小孩爱吃，你都这么大人了，怎么还和小孩一样。"

沈知微听到赵沥的话，只温声回了句"好"。

她半低着眼睛看着手机，随手在网上下单了一份，没有什么说话的兴致。

赵沥见她这样，显然十分欣慰："当初相亲的时候，其实也有不少条件相当好的女孩，但是我就是看你懂事……"

他说起这些没完没了，沈知微有点儿不耐烦，出于礼貌并没有打断，抬眼随意地往上一瞥，正好看到超市的电子屏幕。

原本只是随意的一眼,但她的视线却突然移不开了。

人来人往的超市里面,电子屏幕上滚动播放着几个字:

蔚游告别演唱会。

每一个字她都认识,可是连起来的时候,她却迟钝了好几秒才明白过来其中的意思。

她后知后觉地看了看手中的手机,关掉了免打扰模式,才看到微博的消息通知铺天盖地跳出来,可点进去的时候却一片空白,微博都"瘫痪"了。

只是那些推送都在告诉她——

这是真的。

其实也正常,蔚游从一个寂寂无名的音乐新人,到有诸多奖项傍身的歌手,现在大街小巷无人不知他的名字,众多乐评人争相称赞他的品位出众。

这么一个人,诸多赞誉加身的时候,也不过二十来岁。

而现在他又这样突然地说自己要退圈,怪不得所有的社交软件都是如出一辙的卡顿。

只因为他是蔚游。

沉寂已久的群里也有人发消息,大概也是很震惊,问蔚游是不是真的要退圈了。

下面有人回复了几句,沈知微没有细看。

赵沥看到沈知微看了很久超市的电子屏幕:"你也喜欢这什么……什么蔚游?"

沈知微手指收紧,怔忡片刻,才回:"……嗯。"

赵沥皱着眉头往电子屏幕上又看了几眼,很是嫌恶地收回视线:"你们女人都喜欢追星,有什么用?踏踏实实地过日子才是真的,少做些不切实际的梦。"

他从未将沈知微与蔚游联系在一起,默认她只是和那些小姑娘一样,单纯地在追星,并将其归类为不切实际的梦。

赵沥还想再说些什么,沈知微轻声开口打断他:"之前关注过,现在我已经不喜欢了。"

她说这句话的时候，身后忽然有人小声地惊呼。

沈知微下意识往身后看过去，看到两个身上穿着附中校服的女生站在不远处，神色激动地指着超市的电子屏幕。

人来人往的嘈杂之中，她好像在那两个女生的口中听到了他的名字。

熟悉又陌生。

遥远到远跨数年光阴，猛地叩击在胸腔。

恍惚间她好像回到了数年前在南陵的那个夏天，她手中拿着散着冷气的冰棍，听着操场上此起彼伏的欢呼声。

众人欢呼的对象仍然是他，只是那个时候他与她之间相隔的还不是冰冷的电子屏幕，而是咫尺相距的前后桌。

也是后来无数爆料人口中的南陵附中〇九届十六班。

2

南陵。

2008年的8月4日，不是沈知微第一次见到蔚游。

但大概是他第一次见到她。

在此之前，沈知微都和这位传说中的天之骄子并没有什么交集，只从别人的只言片语中了解到关于他的事情。

这些事情到底经过了多少人的转述，又具体有多少是真的，沈知微也不知道。

只记得，她隔着很多人见过他。

沈知微还记得当时身边同行的女生看着周围簇拥的人群，听到有人问这边怎么这么多人的时候，那个女生像是解释给自己听，又像是在和沈知微说话。

"这可是蔚游哎。"

所有版本里的他，好像都是殊途同归的。

他永远都是无可置喙的天之骄子。

沈知微当时转入十六班，很是费了一番功夫。

十六班是附中的竞赛班，居高不下的重本率让附中甚至是整个南陵的家长都争先恐后地想把孩子送到这里。踏入这里，就几乎等同于半只脚踏入了清北。

可是附中竞赛班对于成绩要求很严格，一模成绩至少在三百八十分才有进去的资格。

光是达到这个条件就已经很不容易，更何况还要门路。

沈仲前后折腾了快一个月，才终于如愿把沈知微送进十六班。

他连着在家里念叨了好几天，说是把你送进去不容易，就算不是清北，至少也要考个南大，他这面子上才过得去，不然肯定是要被人笑话的。

沈知微有的时候觉得费这么大劲实在是折腾，没什么必要，又知道自己这样的想法多半要被归为大逆不道，还是作罢。

南陵多梧桐，几乎大街小巷都能看到梧桐树。

沈知微以前住过的窄巷窗外也有一整排梧桐，宽大的叶片将低垂的天幕分割又遮掩。这是职工安置的房子，属于二十世纪七十年代的产物，早已年久失修。

爬山虎占据了外墙的半壁江山，另外的半壁江山，都被各种各样的小广告覆盖。

老房子会随着时间推移出现各种各样的问题。

比如淋浴间的角落，还有小阁楼，只要遇上梅雨季，就会淅淅沥沥地渗水。

沈仲有的时候会在晚饭后说起领导早晚会给他们这群老教师换地方，只是这话头提起又放下，几乎和餐桌上的油渍一样让人习以为常。

沈知微也习惯了，有的时候还会附和几句。

高三学生暑假也没有睡懒觉的权利，沈知微一早就被叫醒，怏怏地听着沈主任的长篇大论。

"哎，这件事不是我说，要不是我认识你们附中招生办的那个王老师，别说你只是擦线考了三百八十一分，就算是你考了三百九十分、四百分，也不一定能进竞赛班的门。"

旁边的赵芳女士俨然也十分满意这次沈主任难得没有掉链子，连连点头。

沈知微一边挑出腌萝卜里面的生姜，一边敷衍地点点头，偶尔在沈主任讲到激烈处的时候，还能叫好上几句。

她一向都这么乖巧。

只是实在是有点不真诚。

好在沈主任和赵女士都要到上班时间了，看了一下家中挂在餐桌上的时钟，临走时又丢下一句。

"竞赛班布置的暑假作业不太一样，班主任之前和我说过，你今天正好没什么事，去一趟附中把作业拿一下。"

沈知微其实不太喜欢在夏天出门。

尽管很多畅销读物中，都把这个季节与"热烈"又或者是"怀念"这样的词挂上钩。

但在沈知微循规蹈矩的十几年人生里，她好像对于什么季节都没有特殊的感情。

她不喜欢南陵冬天的湿冷，也不喜欢夏天梅雨季始终都晒不干的衣服。或许只有对短短几天的春秋，才勉强说得上有一点正面的情绪。

昨天下了一场急雨，伴随着电闪雷鸣，窗前的梧桐被打落了不少叶片，四处散佚在逼仄的小巷中。

可是今天的艳阳天却丝毫不受其扰。

唯独巷口狭窄的过道，始终被压在年久的阴影下，残留着一洼水渍。

旁边是从水泥板的缝隙中生长出来的青苔，沾着泥泞，不知道早上有多少人经过，水渍早就已经混浊。

沈知微从旁边绕过，坐上班车的时候，车上全都是买完菜回来的大爷大妈，气味也很好分辨，是新鲜的泥土味。

她看了看手表。

八点十五分。

弄堂距离南陵附中很近，坐公交车只有三站。

偶尔赵女士实在受不了处处潮湿老旧的弄堂，提出要付个首付换新房子的时候，也会因为沈知微还在附中上学而最终作罢。

天气很热，公交车门刚刚打开，就能感觉到一股热浪从门外扑面而来。

公交广播适时响起。

"南陵附中站到了,请下车的乘客有序从后门下车。"

因为正值暑假,所以校门口并没有什么人,周围的商铺有不少拉下了卷帘门。

门卫室值班的大爷看了看沈知微递过来的校卡,从一旁的小冰箱里面摸出一牙西瓜,拿给她。

"大热天的,小女娃来学校做啥哟?"

沈知微没接,只乖巧地回答:"回来拿练习册的。我不吃啦,谢谢爷爷。"

班主任老廖的办公室在明德楼四楼,沈知微一路走上去,稍微觉得有点喘,手撑在楼梯扶手上缓了一会儿。

在她停在转弯处的那几分钟里,楼梯口传来脚步声,她下意识地往身后看去。

呼吸停滞几秒。

蔚游经过她身边,大概注意到了这么一个人,视线却又没有停留片刻。

两人交错而过。

十六班在走廊的尽头,旁边不远就是办公室。沈知微走进办公室的时候,没想到蔚游也在里面。

就好像是小时候零食里面附赠的卡牌。

不偏不倚,她抽中了一直以来最想要的那张。

沈知微竭力不表现出什么端倪,平静地从各个办公桌前走过,直到停在写着老廖名字的桌子前。她非常注意地与蔚游保持了一个不远不近的距离,不会显得失礼,也不会显得太过靠近,以至于他察觉不对劲。

虽然是夏天,但蔚游还是穿了一件很薄的外套,不知道是怕晒还是其他原因。

沈知微突然想到不知道从哪里听到的一句评价,说蔚游一年到头都穿得严严实实的,搁古代那多少得是个良家子。

的确挺像。

沈知微有点儿没忍住地笑了一声。

蔚游听到声音,垂着眼睛看向不远处的女生。

他的瞳仁很黑,就算是被早晨九点的阳光照在脸上,也不似旁人那样带着些许浅色。

沈知微察觉到他的视线,仓皇地避开,不敢看他,只开口解释:"我开学转到十六班,廖老师通知我来拿主副科的习题册。"

蔚游听完只是"嗯"了声,随后稍稍俯身,大概也是在找什么。

沈知微觉得有点儿尴尬,就连呼吸都放缓了一点,打算站在原地等蔚游找完东西以后再找。

却没想到,大概一两分钟以后,蔚游站起身,将几本装订在一起的练习册递了过来。

"一共五科。"

他看到沈知微还有点愣,眼睑稍微抬起:"里面圈出来的都是竞赛的题目,如果不打算参加那一科的竞赛的话,不用勉强。"

顺着打印成一沓的A4纸往上,沈知微看到他凸出的腕骨,以及上面淡青色的经络。

她很快就接过。

只是现在就没有了留在这里的理由,她很想继续攀谈,哪怕是感谢他,或者是问问他的名字,这大概也很顺理成章。但话到嘴边,却又只剩下一句有点讷讷的"谢谢"。

"没事。"他回。

沈知微走出校门的时候,校门口的便利店已经开门了。门口拴着的小黄看到人,欢快地摇着尾巴。两棵百年的梧桐树并排夹着这间小小的店面,在地上落下一大片阴影。

她一边蹲下身和小黄说话,一边等班车。

小黄大概是听不懂的,只是"嗒嗒嗒"地在她身边转来转去,尾巴晃动得甚至能感觉到一阵温热的风。

沈知微想,幸好她不是小狗。

不然,无论刚才再怎么装作若无其事,晃动的尾巴也会出卖她。

小狗表达喜欢的方式天生热烈。

可她却是个胆小鬼。

晚上的时候,沈主任身上系着围裙,端着油焖茄子从厨房走出来,才想起来早上嘱托沈知微的事情。

"你们廖老师和我说了让你去拿习题册,你去拿了吗?"

"嗯。"沈知微吸了一口刚从冰箱里面拿出来的牛奶,"拿回来了。还遇到了一个同学。"

刚拿出来的牛奶还冰得很,赵女士抬手把牛奶收走:"放放再喝。"

"听你妈妈的。"沈主任附和,随后才又接起来刚刚的话题,"什么同学啊?看着好不好相处?"

从高一开始就能进南陵附中竞赛班的,几乎每个都是天之骄子,每年高考全省前十有半数出自这里,也不怪沈主任这么好奇。

牛奶确实很冰,沈知微感觉喉咙都被冰得暂时说不出话。

她想了想那个人漆黑的眼睛和略微低垂的眼睑,大概过了一会儿,才小声开口:"……挺好的。"

3

当天晚上沈知微原本准备看看新的习题册,翻开册子的时候,却又不期然想起来了那人手背上凸起的经络,甚至那一沓薄薄的A4纸好像都能闻到一点儿苦茶的气味。

她有点儿心烦意乱地把册子合上,先是看了看门口有没有动静。想到这个点沈主任和赵女士一般都已经睡着了,她才捞过旁边的日记本,一页一页地翻过去。

然后她又打开空白的一页,一笔一画地写。

2008/8/4　见微知著
遇见他了。

那晚沈知微到了半夜才睡,睡前一直在刷附中的贴吧。

因为是暑假,所以活跃的人格外多一点,不仅有附中的人,也有一中、二中或者是长礼这些私立学校的人。

浮动的帖子很多,有要暑假作业答案的,也有吐槽新来的教导主任的,五花八门地充斥在首页。

沈知微顺着往下滑的时候,没想到看到了关于自己的。

——"光明顶"是不是把自己女儿送进附中十六班了啊?有人知道吗?

沈主任人到中年,发顶中间颇有些力绌,锃亮异常,于是得了个"光明顶"的外号。

沈知微的手指放在鼠标上,犹豫了一会儿,才点进去看。

网页旁边大多是各种各样的页游广告,花花绿绿地浮动在电脑屏幕的两侧。

楼主:小道消息,之前有人看到"光明顶"去附中找十六班班主任来着,之前沈知微是不是一直都是普通班的?

这种事情远比不上一些少年时候的暧昧来得吸引人,诸如哪位被评定为校花,又或者是谁为谁大打出手。

所以很快就淹没在贴吧里面,只有寥寥几条回复。

1L:一中的教导主任也要把女儿送到附中竞赛班里?不怕跟不上吗?我们班的竞争还蛮激烈的……

2L:进入竞赛班硬性条件应该是要考到三百八十分以上吧!在普通班能排前三,要到竞赛班里吊车尾吗?

3L:沈知微?五班的吗?我记得好像之前她是校庆主持人。

也就这么几条,沈知微看了看,再刷新的时候,发现多了一条新的回复。

4L:她转不转到竞赛班我倒是不在乎,但是十六班有蔚游哎,好美慕。

沈知微,蔚游。

他们的名字出现在一起,靠得很近。匆匆一扫而过,好像有着某种隐晦的联系。

沈知微不知道蔚游会不会在无意中也看到这个帖子,会不会意识到他今天偶然遇到的那个女生叫作沈知微。

她将这短短几条回复看了好久,又刷新一遍,在看到没有新的回复的时候,从表情栏里面找了两个表情。

5L：[太阳][太阳]

她做贼心虚般地关掉了贴吧界面，匆匆将电脑关机。

躺在床上，闻到被子上有一点晒谷子的气息，她将被子盖过脑袋，以挡住如擂鼓般的心跳声。

或许因为她实在是不够坦荡。

因为这一点心思，以至于她第二天早上起床吃早餐的时候都怏怏的。

赵女士看她脸色不好，手背贴在她额头上碰了碰。

"空调吹多了？还是昨天晚上玩电脑了？"

赵女士说到这里就忍不住数落沈仲："当初说了不要给她装电脑，都高三的人了。你没看到《南陵日报》上面说的？之前有学生去网吧和别人聊QQ，还要去见面！就你闺女这个闷性子，指不定被人给骗了去！"

沈仲拿着杯豆浆，倒是笑呵呵的。

"人家小姑娘小伙子都有，咱们不装，别到时候让微微落伍了，跟不上同龄人了。"

沈知微扒了两口细面，没接这个话题，只说今天和朋友一起去图书馆学习。

赵女士俨然非常赞成："南陵图书馆？蛮好的，夏天开空调耗电，去那边学习又有氛围也不热，遇到不会的还能问问你朋友。"

她说到这里，又问："是哪个朋友？"

"冯沁。"

冯沁是沈知微很早就认识的朋友，从前也在这个弄堂里住，只是后面因为她爸下海做了点生意，手头阔绰不少，也就搬离了弄堂。

她是个性格很开朗外向的女生，只是成绩不大好，早早就知道自己不是学习的料，改去学艺术了。艺术生一向烧钱，只是她家里条件足够支撑这点开销，况且父母也算得上开明，索性也由着她了。

赵女士犹疑了一下，好像是想说点什么，被沈主任拉了拉。

她话在嘴边，随后才说："以后开学了就少往外面跑，要好好学习知道吗？"

沈知微"嗯"了声，随后放下筷子。

"我吃好了。等会儿出去。"

她和冯沁约在早上九点。

市图书馆距离弄堂不算近,坐公交车至少要四十分钟,沈知微把自己的碗筷洗完以后,在房间换了衣服就下楼去等班车了。

天气有点晒,沈知微用手挡住有点刺眼的光,看着公交车会经过的站点。

她不怎么经常去市图书馆,只是弄堂位于南陵城南,冯沁搬去的新家在城北新建的CBD(中央商务区),所以两人才选了一个折中的地方。

沈知微在车上听了很久的歌,最后单曲循环的一首,她不太记得名字了,只知道是粤语。

一直到下车的时候,她摁开MP3,才看到小小的屏幕上显示出正在播放的歌——《暗涌》。

沈知微怔怔的时候,突然听到马路对面传来一声:"微微!"

她抬头,看到冯沁站在对面朝她招了招手,然后小跑着过来。

"等很久了吗?"冯沁跑得有点急,"我爸非要送我过来,他又磨磨蹭蹭的,还在和什么人打电话,我看时间快到了,叫出租车过来的。"

沈知微轻轻拍了拍冯沁的背脊,让她顺气。

"没有很久,不着急。"

市图书馆里有免费空调,去晚了可能会没有位子,沈知微帮冯沁分担了一下怀里的书,和她一起往里面走。

冯沁挽着沈知微的手,迈着步子往馆里走,快进门的时候,歪着头问:"对了微微,开学后,你是不是马上要从普通班转到十六班了?"

沈知微没有和她对视,眼睑垂着,小声"嗯"了下。

"那可是十六班哎!据说他们班平均分都快四百分,每一届都是全员'985'!"冯沁说得眉飞色舞,顿了下,压低声音很快又接着说,"况且,蔚游不是在十六班吗?"

沈知微轻声回:"是……吧。"

"也是,你好像不怎么关注这些,连他都不清楚。他真的蛮有名的,别说你们学校了,就算是一中,也有很多喜欢他的人。之前一中和附中打友谊赛,操场上几乎到处都是人,教导主任拿着个喇叭,扯着嗓子喊了半天要我们注重集体荣誉,多给一中加加油。"

"哎,对了,微微你那天在不在?"冯沁有点苦恼地皱了皱眉,"我脑子不太好,已经记不得了。"

其实沈知微是在的。

附中和一中相隔不近不远,打友谊赛的时候是在周一下午,学校爽快地给学生放了两节课的假。

因为沈主任一直都在一中上班,沈知微小时候经常在他的办公室里写作业,对一中相当轻车熟路,很快就找到了篮球场。

当时比赛已经进行了十几分钟了,她过去的时候,周围的看台上已经座无虚席。隔着层层叠叠的人群,她恰好看到蔚游抬手投进一个三分球。

他确实有让人心动的资本。

恰到好处的疏离感,运动场上的热忱,薄汗打湿的额头。

很多年后,网络上开始流行"少年感"这个词的时候,沈知微心中下意识想到的人,一直都是他。

沈知微将自己带过来的化学习题册打开,小声地回冯沁刚刚的话。

"在的。"

冯沁"哦"了声,也没在意,略过刚刚的话题,咬着笔头看着摊开的数学题。一整张卷子,除了前几道填空题和第一道三角函数题,其他地方她几乎都没怎么看懂。

冯沁又将试卷翻过来,就看到更多的线和图形混合在一起。她实在是搞不清楚,看了看周围,没有人在说话。

这种别人都在各干各的情况下特别适合八卦。

以前沈知微和她还在上初中的时候,被一起分到一班,她就特别喜欢在自习课上说八卦给沈知微听。

冯沁松开笔,写了字条递到沈知微面前。

微微,听说你们学校那个长得很漂亮的楚盈盈好像也挺喜欢蔚游。

冯沁用笔盖戳戳沈知微。

……也?

沈知微用红色的笔在这个字上画了一下,打了个问号又递回给冯沁。

沈知微原本正在看化学实验题,因为冯沁的话,她的心绪突然繁杂起来。

她的心事,从来都没有一个人知道。

她明明掩饰得足够好。

沈知微知道冯沁应该发现不了端倪,可还是做贼心虚一样,忍不住乱了阵脚。

好在很快递过来的字条结束了她现在惶惶的猜忌。

对面的冯沁好像是有点不好意思,没有抬头看她,只是咬着笔头,看着摊在桌上的卷子。

> 之前一直没有和你说,我也挺喜欢蔚游的,还去附中偷偷看过他好几次。不过楚盈盈真的很漂亮,家里也挺有钱,听我画室的同学说等到开学,她就准备行动了……唉,也不知道蔚游会不会搭理她。

冯沁应该是有点沮丧的,有点蔫蔫地在字条的结尾加了一个哭脸的表情。

接下来的好几个小时里面,沈知微脑袋都有点昏昏沉沉的,那本化学习题册只做了几道选择题。

一直到图书馆快要闭馆,冯沁爸爸开车来接冯沁的时候,沈知微都觉得脑袋中好像是一团乱麻,分不清首尾。

冯沁看出沈知微的心不在焉:"怎么了微微?不舒服吗?"

"没有。"沈知微摇摇头,笑了下,"应该是空调吹多了,有点头昏。"

冯爸爸停下车接冯沁,将她背后的书包提溜过来。看到沈知微,他笑着问:"小微也还在这里,叔叔一起送你回家?"

"不用了。"沈知微拒绝,"班车快到了,叔叔送我的话还要绕路,就不麻烦叔叔了。"

那个时候油价实在是不便宜,冯爸爸显然是动摇了,但或许是碍于面子他还想坚持下,刚好手机响起,是当下很流行的诺基亚,上面还挂着个水晶吊坠。

他的语气变得几乎是有点讨好:"哎哎,好好,我知道了,合同那边我过眼了,多谢陈总赏识啊。"

他打完电话,205路公交车已经到了。

沈知微投币之前,很有礼貌地朝着冯爸爸还有冯妮挥手示意了一下。

下午五点,人不算是特别多,角落里还有位子,沈知微坐好,戴上耳机,隔绝周围的人声。

刚刚的歌还在放。

明明是粤语歌,但她突然听懂了耳机里娓娓道来的歌词到底在唱什么。

"然后天空又再涌起密云,就算天空再深,看不出裂痕。眉头,仍聚满密云,就算一屋暗灯,照不穿我身。"

一屋暗灯,照不穿我身。

4

正式开学的日子定在8月16日,前一天要去附中报到。

沈主任这几天都在忙着去办沈知微换班级的手续。事到临头了,他开始担心她在新的班级不适应,又忧虑她到时候万一只能考个班级倒数或者是中游,出现心理落差。

他连着长吁短叹好几天,最后在14日的早上给她做心理辅导,说到时候如果她实在觉得吃力或者是跟不上,就和家里说,再转回去也是可以的。

其实坦白讲,沈主任是一个挺好的老师,虽然他在有些事情上总是有着中年男人常有的固执,又或者是爱面子,但他确实是一个憨厚的好人。

世间的绝大多数人都这样,有些细微的小毛病,又或者是一点点关于自私自利的恶。

却又都是趋同的、普通的好人。

电视里还在播放着昨天奥运会的比赛回放,解说员慷慨激昂。

在沈知微遇见蔚游后的这十天里,发生了几件事情,其中最重大的,就是奥运会开幕了。

席卷了全国,也包括南陵。

大街小巷几乎都放着关于这场盛会的歌曲,因为老式楼房的隔音实在不好，沈知微有的时候晚上还能听到隔壁或者是楼上的电视在放着赛事，间或夹杂着几句鸡毛蒜皮的争吵，很快又压低声音，说是打扰到孩子睡觉云云。

在这些芜杂的声音中，沈知微偶尔也会听到赵女士和沈主任在交谈，要么是忧愁她的性格太过孤僻，转到新班级会不会不适应；要么就是担心竞赛班竞争压力大，她到时候会不会觉得吃力；偶尔还会考虑她以后要学什么专业。

"当老师好。"赵女士感慨，"女生嘛，这样以后安定，工资是少了点，但是也够了。要不让她去考个公务员也不错，慢慢增长资历，也吃香。"

沈知微房间里有一个小小的阳台，种了一棵不大不小的金橘，只是不怎么结果子，现在叶子还有点蔫蔫的，边缘泛着一点枯萎的褐色。

当初去农贸市场买盆栽的时候，赵女士有问过她想要什么。

阳台不大，除了几盆多肉，就只能放得下一盆稍微大点的盆栽了。当时摊上可以选的有很多——茉莉、月季，又或者是蝴蝶兰。

她想了想，却选了一盆最不起眼的金橘。

只因为它是其中唯一一个可以结果的。

人大概多数时候都是自相矛盾的个体，她连养盆栽都偏爱会结果的金橘，可有的时候一些没有结果的事情，渺无前路，她却又坚持了很久。

沈知微俯下身摸了摸干瘪的叶片，开灯去浴室接了点水。

主卧那边传来问询声："微微啊，还没睡？"

"就睡。"

沈知微匆匆接了半杯水，然后回到卧室给金橘浇了水。

弄堂隔壁有一个空旷的院子，现在正是收谷的季节，院子里晒了一大片谷子，空气中充盈着晒谷的独特气味——是成熟谷物晾晒后的淡淡香味。

沈知微本来准备睡了，却又临时想到了什么，匆匆走到电脑前摁下开机键。

这是老式的台式电脑，甚至还是沈主任为了便宜从别人那里淘来的二手。开机前的界面停了很久，下面的缓冲条加载得很缓慢。

沈知微有点着急，却又怕发出动静被浅眠的赵女士听到，只能紧握着鼠标。

一直等到电脑开启，又连上网络，沈知微才打开之前收藏的那个网址。

帖子的前几楼被快速掠过，她径直翻到最后——自己昨天小心翼翼、犹豫万分打下的那两个表情，成了这个帖子的结局。

没有人再在意。

或许只是有人一时兴起发了这个帖子，很快就淹没在了附中贴吧里面，无人在意。

却又成为她辗转反侧、心绪翻涌的来源。

电脑屏幕冷白的光照在沈知微脸上，她的视线在那几个回帖上又停留了一会儿，然后才关了网页。

屋子里没有开灯，电脑关机以后，主机发出几声风扇转动的声响，然后便陷入一片寂静。

…………

第二天去附中报到，是沈主任带沈知微过去的。

他今天原本要值班，但是昨天就已经和领导打过报告，请了半天的假，因为怕沈知微觉得紧张，所以陪着她一起去报到。

沈知微觉得自己现在又不是什么小孩子，没必要让他领着过去，但是沈主任却很坚决，说是要顺便和班主任打个招呼。他吃完早饭撂了筷子，早早地去卧室里面收拾，穿上了还是结婚时留下来的西装。

那是难得的高档货，是他在沪市买的，当时花了一千块钱，就算是现在都算得上是奢侈。所以即使内里的衬布已经破了几次，缝缝补补，一直到现在，他还是会在重大场合穿上这件。

两人坐班车一起去附中的时候，沈主任比沈知微还紧张，一边搓着手，一边又不停地拿出自己唯一的那块镀金手表看时间。

报到的时间是九点半，他们八点就出发，完全来得及。

今天不仅是高三报到，同时还有高考动员会，估计会有好几段演讲。

班主任老廖很早就到了，沈主任态度很殷勤，拜托老廖多照顾照顾沈知微。

老廖看着乖巧地站在一边的沈知微，客气地回应："应该的。他们啊，以后都是国家的栋梁，都是有出息的，咱们肯定都得为他们这群孩子的未来着想。"

沈主任和老廖聊了一会儿，差不多就快到点了，老廖盖上还在冒热气的茶杯，朝着沈知微点点头。

"先和我去班里吧，和同学简单自我介绍下。"

老廖和气地和她笑笑："这群学生大部分都是高一的时候就认识了，加上成绩好，人基本上都有点傲气。小姑娘你平日里和同学也要注意搞好关系，以后去北城也都能互相照应。"

这话说得沈主任心里熨帖，没忍住笑了。他稍微缓了下，又替沈知微抚了抚身上的褶皱："去吧。爸爸在外面等你。"

从办公室走到班级有一段路。

老廖在前面，可能是怕沈知微紧张，随口和她说了几件趣事。

他是特级教师，寥寥几句都能讲得生动有趣。沈知微有点想笑，却又在这个时候恰好经过了十六班的后门。

她的笑意在这里顿住。

窗明几净，走廊外蝉鸣阵阵，清晨的阳光半遮半掩。

沈知微看到蔚游坐在靠窗的位子，不知道同桌是不是和他说了什么，他笑了笑。

隔音很好，她不知道他们在说什么，好像是旁观一场默剧。

老廖走过来投下阴影，让他察觉。

蔚游的视线从老廖身上掠过，随后又移到了沈知微的身上。视线相接的瞬间，沈知微适时地别开了头，平视前方。

她不知道他会不会想起自己这个有一面之缘的新同学，也不知道他会不会在某个无聊的时间随手翻到附中贴吧里的帖子，知道自己叫沈知微。

或许不重要。

只是她很想在细枝末节里面，找到他们也许很有缘分的证据。

用以佐证她这么久的其心昭昭，也有一丝回音。

老廖推开教室门，原本还有点细碎声响的班级安静下来，不少视线都落在了他身后的沈知微身上。

站在老师视角看讲台下面的确一览无遗，同学们都眨巴着眼睛，有点好奇地看着新同学。

"咱们班转来一位新同学啊。"老廖捏起块布,笑眯眯地看向沈知微,"来,先做个自我介绍。"

"我叫沈知微,见微知著的知微。"沈知微介绍,"从五班转来十六班的。希望新学年里面,能和大家共同进步,一起取得更好的成绩。"

老廖一边用布擦着很久没用的讲台,一边说道:"咱们班四十九个人,沈同学来了正好凑个双数。哎,宁嘉佑你正好语文和化学不太好,可以和新同学互补,你就搬到前面一排和新同学一起坐吧。"

老廖说到这里沉吟了一会儿,看了看班里现在的座位安排,好像是在思考怎么样才能更好地让沈知微融入进来。

附中向来有学习小组的传统,每个四人小组的组员都各自有长短处,可以互相帮助。不过竞赛班里面的学生其实短板都不太明显,主要目的就是提优。

老廖思索了一会儿接着开口:"你和新同学就坐到蔚游的前面一排吧,正好可以互帮互助。"

宁嘉佑是个瘦高的男生,看着就很开朗,笑起来的时候唇边有个月牙状的凹进去的酒窝,眼睛很黑很亮。

他在搬自己的桌子,还很热情地和沈知微打招呼。

蔚游身后有两张闲置的桌子,他看到宁嘉佑搬得气喘吁吁,又看到沈知微已经抬手开始准备搬桌子。

他站起来,越过沈知微:"我来吧。"

沈知微忡怔:"……谢谢。"

"没事。"

他搬得很轻而易举。

附中的桌子一直都是铁做支架实木做主体的,很重。只是他搬的时候,除了肩膀微微突出来的肌肉线条,以及小臂上淡青色的经络,实在看不出来他在搬这重的一张桌子。

他好像什么时候都游刃有余。

这是沈知微之前就得出来的结论,或许是因为他一直都是天之骄子,从来都不缺乏底气,所以才会这样从容。

接下来是自习,老廖大概有点事,接了个电话,然后出去了。

沈知微有点心不在焉。

宁嘉佑本来正在补之前的习题册,却突然靠近了点:"哎,新同学,你身上是什么味道,是不是橘子味?还挺好闻的。"

沈知微回神,有点不知道该怎么回答,刚想随口说句谢谢的时候,宁嘉佑突然转过头问身后的人。

"蔚游,宋航远,你们闻到没有?新同学身上的味道是不是很像橘子味,很好闻。"

蔚游的同桌是个有些健壮的男生,身量很高,却意外地有点腼腆。他不太好意思回答这个话题,耳朵都憋红了,就"嗯"了一声。

宁嘉佑又转向蔚游,期待地问他:"是吧,是吧?"

蔚游抬起眼睑看宁嘉佑一眼:"你是哮天犬吗?"

"什么哮天犬?"宁嘉佑瞪大眼睛,反应过来,"你骂我是狗呢?"

蔚游点了点头,卷起试卷在他脑袋上拍了下:"……不然?"

"少东闻西闻的。"他语气有点散漫,"别吓到新同学。"

说完这句话,他朝着沈知微那里看了一眼,视线一闪而过,随后就低下头写题。

宁嘉佑也意识到自己刚刚的话可能会让沈知微有点尴尬,连忙道歉:"不好意思啊,我这人有点自来熟,没怎么考虑你的感受。你要是觉得不舒服,我给你道歉,我也没什么别的意思……"

他抓耳挠腮地想着下一句,就听到沈知微轻声回他:"没事的,我没有在意。"

接下来的事情按部就班地进行着,众人在班里自习了一会儿就去大礼堂听讲座,校长和教导主任连番动员学生进入高三全力奋斗阶段。

绝大部分的同学对沈知微都是好奇又有点试探的状态,还有几个胆子大的女生给她传了小字条,要了她的QQ号。

听领导连番讲完已经快要到饭点,沈知微本来以为沈主任已经自己回去了,却没想到在一教的教学楼下看到了他。

他原本坐在花坛旁边，还在阴凉地，后来看到陆陆续续已经有学生从大礼堂里面出来，他赶紧站起来，张望着沈知微在哪儿。

沈知微突然想到他今天在老廖办公室里面局促地佝偻着脊背，没由来地感觉到了一点心酸。

她顿下步子，在不远处停下来："爸爸。"

沈主任这才注意到她，迈开步子走到她的身边："今天这天真是怪热的，刚刚瞧着你们快散场了，从旁边小卖部给你买了瓶冰水。等会儿回去，再给你在弄堂门口那个水果摊上买个大西瓜。"

沈主任顺手接过沈知微肩上的书包："今天和新同学认识了，感觉怎么样？"

"挺好的。"

"你总是这样，到时候别报喜不报忧知道吗？"沈主任接话，"之前我走的时候，在走廊上看到你现在的同学了。坐你后面的那个男生，我有印象的啊，是不是之前去过一中打球的那个男生？我记得你们高二期末的那次模拟考，他好像是考了四百三十分，现在估计还在光荣榜上挂着呢，你以后可以多向他学习学习。"

"哎，他叫什么来着……什么什么游的？"

"蔚游。"

沈知微提醒。

然后她在心里又默默补充了一句。

他叫蔚游。

第二章
秘密
／
别喜欢蔚游,很辛苦的。

1

沈知微洗完澡回来擦着头发的时候,打开电脑,看到QQ的好友申请里面有好几条新发来的验证消息。

她今天自习的时候就和宁嘉佑交换了号码,他的昵称叫作"红焖柚子"。剩下的几个应该都是来问过她联系方式的女生,沈知微都一一通过了。

游鱼:我们已经是好友啦,一起来聊天吧!

红焖柚子:沈知微?

游鱼:是的。

红焖柚子:嘿嘿,我拉你进班群。

宁嘉佑很热情,没多久就把沈知微直接拉了进去。

班里的其他人都和她不太熟,有几个"潜水"的发了"欢迎新同学",

就没有了下文。

沈知微滑动着鼠标看了看，聊天消息截止到她入群的时候，再往上滑就什么都没有了。

她又翻了翻群成员列表，现在还没有到正式上课的时候，在线的人还很多，显示是"36/50"。沈知微没加几个人，除了打过备注的宁嘉佑和几个女生，大部分都是原本的网名，又或者是一看就是真名的群昵称。

她翻了一会儿，光标停在一个头像上面——是一对漆黑的猫耳朵，昵称是"you"。

她没由来地觉得，这个人是蔚游。

她点进他的个人主页，什么也没有，个性签名也敷衍地挂着一个句号。光标又移到了他的QQ空间图标上，她看了一会儿那个小图标，指尖紧绷，犹豫了很久，终究还是没点。

她没开通超级会员，没有办法删除访客记录。那个时候的Q币充值要么用话费卡，要么就是发短信到手机加油站，不管怎么样都绕不过去赵女士那关，被发现少不了要在饭桌上对她进行思想教育。

沈知微在蔚游的主页停留了很久，终究还是没有去加的勇气，索性没有再看，拿过放在书桌上的习题册，准备刷一下题。

按照附中的传统，8月底多半是有一场模拟考的，一来他们放假放了这么久，杀杀他们的惰性；二来也是正式进入高三了，多少给一点紧张感。

所以题多半不会简单。

沈知微的物理不算是特别好，多选题有好几道都拿不准怎么做，反面的大题前几道都还算顺利，最后一道大概是竞赛题，她看了很久也没什么头绪，但这道题分值占比很高，不做又实在是很可惜。

看时间已经快到十一点，她想了想，晃动了一下鼠标，原本待机的电脑屏幕重新亮起来。

游鱼：在吗？

那边回得很快。

红焖柚子：在在在。我还在玩游戏呢，刚"死"，你这不赶巧了吗？

红焖柚子：咋了？

游鱼：之前发的习题册，物理第九页那道关于电车的题你做了吗？

红焖柚子：啊？你让我翻翻。

红焖柚子：哎呀，没做。

红焖柚子：你着急不？不着急我帮你问问蔚游。蔚游你知道吗？就是坐你后面那个，今天帮你搬桌子的。

红焖柚子：不过咱们附中应该不少人都知道他吧，长得是稍微有姿色了一点，但是比我呢，那肯定还是稍逊一筹的。

游鱼：会不会有点麻烦他？

红焖柚子：哈哈哈哈，不至于不至于。这个点估计他也没睡呢，我帮你去问问。

不知道宁嘉佑是不是真的去问了，沈知微很久都没有看到新的消息跳出来。

等待的时候，沈知微没由来地觉得有点紧张，点进宁嘉佑的QQ秀，对方的形象是一个戴着墨镜的潮流小伙，有点滑稽地朝她做着鬼脸。

红焖柚子：[图片]

红焖柚子：问他的时候他也没写呢，现写的，是不是让你等得有点久了？

游鱼：没有没有，谢谢你。

游鱼：……也谢谢他。

蔚游的字很张扬，但很好看。

解题过程被他随手写在一张草稿纸上，边缘还有点皱。沈知微看了一会儿，大概看明白了解题思路，然后点击右键，将这张图片另存在硬盘的一个文件夹里面。

这个文件夹被命名为"y"。

沈知微点进去，里面没有太多东西，随便一翻就能翻到底。

除了这张新增的图片，有一张是《南岭晚报》的一方小小刊面，是报道南陵附中学习新思想的讲座，黑白照片的边角能隐隐约约看到蔚游。还有一张是高二总成绩表，自己是年级78名，刚好和蔚游在同一张成绩表上，还有几张就是学校广播站的撰稿分享。

所有她能搜集到关于他的东西，林林总总加起来也就只有这些了。

空调是恒温的 27℃，赵女士担心她骨质疏松，再三勒令她不要贪凉。阵阵的凉风将她头发吹得半干，只剩发尾还有一点湿漉漉。

不知道是什么虫子在嗡鸣，窗外的梧桐树被风吹得"哗啦啦"作响。

2008/8/15　见微知著
短暂地有了交集，我应该是很开心的吧？
可我好像没有想象中那么开心，我是不是……有点太贪心了？

南陵的夏冬很漫长，夹在中间的春秋可能只是让人匆匆穿了几天皮夹克，就算是度过了。

刚放了十几天的暑假，新上任的教导主任深刻贯彻了"新官上任三把火"，昨天高考动员会上就说了作息时间和开学以后一样，都是早上七点到学校，晚上九点五十分下晚自习。

尽管之前都已经猜到，但这种作息时间还是不免让学生在私下的小群里面哀号。以至于第二天早上七点到教室的时候，就连竞赛班都迟到了十几个。

教室外面零零散散地站着好些人，老廖笑眯眯地问了他们迟到的原因，手中握着搪瓷杯子，看上去倒是和颜悦色。

没说多久，他就让迟到的人回去了。

收英语作业的课代表叫季微，眉毛和发色都比寻常人稍浅一点。沈知微从书包抽出来习题册的时候，视线朝着老廖那边偏了一下。

"是不是还挺惊讶的，觉得老廖很好说话？"季微问。

沈知微把习题册递给季微，很快明白了她是在和自己说话，迟疑地点了点头。

季微抿嘴笑了下："宁嘉佑也迟到了，你等会儿问问他就知道了。老廖在我们班有个外号，叫'笑面虎'。"

她说完这句话，看到老廖走进来了，赶紧理了理手上的册子，顺着往后收作业了。

季微走得不是很远，沈知微听到她压低声音提醒："蔚游！老廖来了，赶紧交作业了。"

沈知微听到了一点儿衣物摩擦的声音,粗糙得一听就知道是来自于价格低廉的涤纶面料。

今天早上她刚来班级的时候,还稀稀拉拉地没有坐几个人,蔚游算是踩点到的。她去饮水机接水的时候往他那边看了一眼,刚坐下来的时候就有点倦怠,老廖还没来班级那会儿,班上的同学要么在对答案要么在补还没写的选择题,只有他一个人显得格外闲散。

"昨晚你去做贼了吗?"

"……算是。"回答的声音带着刚醒的倦意,"第一节是英语课?"

"早读是语文,第一节课也是芸姐的。"

沈知微没有再继续听下去,手里捧着刚发下来的文学常识,用笔把没看的知识点画出来。

荧光笔平缓地划过纸面,刚好画完一页的时候,宁嘉佑回来了。

他手里随意地拎着书包走近。因为位子靠里,沈知微将椅子往前挪了挪为他腾位置。

宁嘉佑的表情有点蔫,还没等沈知微问,老廖就站在讲台上清了清嗓子。

"今天一共有十一位同学迟到啊,咱们班一向都很民主自由,所以犯了错误呢,咱们也不能一锤子打死。但是万事开头都得立规矩,现在新学期开学,咱们就这样,这十一位同学如果开学考的时候名次能前进十名,这件事就算是奖惩抵过,就算了。要是不能进步十名,这学期就都给我扫厕所去。"

竞赛班里面的学生基本上排名都在年级前一百,在这种名次里面要前进十名很不容易,更何况这还是刚刚结束一个暑假以后的开学考。

老廖说完就让他们继续早读,与刚刚进来的语文老师点头示意了一下就出去了。

沈知微看到宁嘉佑蔫下去的样子,思考了一下,小声问:"你上学期多少名?"

她本意是想安慰宁嘉佑,却没想到他眼皮耷拉着,回沈知微:"总分排十一。不去扫厕所这次得考年级第一……我还是收拾收拾准备去扫厕所比较现实。"

他说着说着，突然想到什么，转身问蔚游："游啊，这次考试你要不别写附加题了，这么大热天的你舍得我去扫厕所吗？"

蔚游随手翻着刚刚发下来的知识点，懒散地回："挺舍得的。你去扫的时候多用点消毒水，回教室前记得先在走廊上散散味。"

宁嘉佑气笑了，抄起书对沈知微说："你看他这人，我真服了。我和你说，你以后真得少和他来往，你是咱们这组里最后的净土了，千万别被他给带坏了。"

蔚游笑了声。

沈知微手上拿着纸，旁边的宁嘉佑还在等她回答，她愣怔好久，才小声"哦"了一声。

宁嘉佑俨然一副旗开得胜的模样，朝着蔚游扬了扬下巴。

…………

从这一天开始，他终于变得具象。

好像从前的他，只是雾中忽明忽暗的灯，只是镜中不可触及的花。

却又在某个转折点，真切变成仲夏时照在窗前的月光。

尽管，还是那轮捞不到的月亮。

2

正式开学没多久，开学考的日子也定下来了。

这次完全效仿高考的时间安排表，考完那天不上晚自习，就当是放假了。

不少人暑假根本就没怎么复习，稍微好点的也就是没有找外援，自己把作业全做完了。要说在假期还能非常自律、好好学习的，那肯定还是少数。

沈知微暑假作息倒是很规律，只是她的物理一向都是弱项。很多大学都对副科有要求，如果有B的话基本上无缘很多高校了。要是想去更好一点的学校，最好是可以拿到A+。而沈知微的物理有时连拿A都勉强，所以想到这场模拟考，她不免会有点没底。

而在考试前一天的晚自习，老廖轻飘飘地来了一句。

"哦对了，这次考试还是三校联考，你们好好做准备，要是考不过长礼和一中的强化班，你们到时候一整个学期的晚自习都要往后延十分钟。"

讲台下，同学们面面相觑。讲台上，老廖握着杯子，手指屈起在台面上叩了叩："还有两百多天就要高考了，我知道你们很多人都还没有收心，就算是开学有考试也没当回事。等这次考试结束，年级和全市排名下滑严重的，我一个个地找家长来谈话啊。"

看着整个班上都是面如土色，老廖笑了声，随后才慢慢悠悠地往外面走。

"什么？我暑假根本没复习，本来都做好去扫厕所的准备了，这下要是名次掉得厉害肯定得让我爸妈来了，我的电脑肯定要被没收了。"

"我也没复习，真的完蛋了！"

"别说了，刚才英语作业批下来了，选择题一共就十五道，我错了五道。老于让我之后去一趟他办公室。"

…………

沈知微连着刷了几天物理和英语卷子，几乎闭上眼睛就是动能定理和语法，晚自习的时候就困得不行，眼皮都快合上了，日记也有好几天都没有再写了。

转来新的班级也没有什么地方和以前不一样，真要说有什么不同，只能说这里的每个人都挺有锐气的。

不过这种感觉，很难去概述。

毕竟她自己一向都很乖巧，安静地坐在五排第三个，几乎没有什么存在感。

从小到大无数教师给她的评语都是如出一辙的听话、懂事、乖巧，偶尔也会让她加强社交，可以尝试着多表现自己。

赵女士有时过年回到老家，各家亲戚过来寒暄，都会用"省事"来形容沈知微，简单又笼统地概括了她的全部性格。

这节晚自习是数学老师值守，前半节用来讲课，剩下半节让他们写发下去的习题。

沈知微在题干上画了一下要用到的数值，数学老师接了个电话，大概是有什么急事，转身让班长维护好班级秩序，然后就朝着外面走了。

黑板上还密密麻麻写着刚刚数学课上讲的最后一道大题的板书，数学老师刚走,班上就传来了窸窸窣窣的声音。

宁嘉佑的数学习题下放着打印纸,上面是古诗词填空,他每次考试那几道填空题都要错一两道。芸姐说他的脑子像装了个漏勺一样,这种送分题,全班几乎就只剩他还在错了。

不知道是不是听到点动静,宁嘉佑有点风声鹤唳地抬起头张望,确认老师没来,他小声地和沈知微说:"'黑旋风'来了和我说一声啊。"

数学老师大名叫李奎,和《水浒传》里面那位劫法场的同音,大家私底下都叫他"黑旋风"。

宁嘉佑要是在数学晚自习上偷偷背古诗词被他发现,到时候估计怎么着都得是"罪加一等"。

沈知微抬头看了看窗外,对他点了点头。

宁嘉佑空着的那只手穿过悬空的右臂,悄悄地给她比了一下大拇指。

"靠谱。"

班上细碎的声音不断,空调风扇发出转动的"哗啦"声,沈知微定了下思绪,刚准备动笔的时候,听到身后传来对话。

"还有其他笔吗?"

"我的笔兜比我脸还干净,你问我借?"

桌椅摩擦过地面的声音响起,沈知微指尖碰到桌上一支没用过的签字笔,踌躇很久,余光看到蔚游好像准备现在去一趟学校的文具店。

她突然不知道哪里来的勇气,转过身小声问他:"我有的。你要吗?"

沈知微不敢和蔚游对视,半低着眼睛看着他的桌面。他也没有在写数学题,光明正大地把语文卷子放在桌上,正在写阅读理解。

他做题很追求效率。很多尖子生都喜欢钻研难题,想要攻坚克难,他却不会在一道题上纠结,更加追求性价比,知道时间怎么分配得分更高。

所以这套语文卷子他也是先把最容易得分的写了,剩下的在题干上圈出来了要点。

因为垂着眼,沈知微不清楚他现在的表情。

大概是疑惑的,又或许是诧异,经过这么多天的相处,他们也不过只是点头之交。

蔚游没应声的几秒钟里，沈知微脑中想了很多个可能，还是没忍住稍稍抬眼，却恰好对上他的视线。

很奇怪，明明周围并不算是安静，各种轻微的声音之前一直都响在耳畔，纸张翻动的声音、窗外不知名的虫鸣、空调扇叶晃动的"吱呀"声……却又在这个时候适时地消融。

这应该是他们互相认识以来，第一次对视。

"你很怕我？"

蔚游问这话的时候，听不出什么具体的情绪。

沈知微突然觉得有点心虚，垂下来的手指抓住衣摆边缘，开口解释："没有，我……"

宁嘉佑的椅子腿翘起，他适时地插入："游啊，你这还不明白吗？当然是因为她的同桌是我，提高了她的审美阈值。而且你这种冰块脸，人家怕不是很正常吗？"

蔚游的同桌轻咳了两声，提醒宁嘉佑："哎哎，行了，过了啊。"

还挺"端水大师"。

沈知微有点没忍住，很轻地笑了声。她笑起来的时候唇边有两个很小的梨涡，平时一点都看不出来。

宁嘉佑原本还在斗嘴，突然像是发现什么一样，凑近了点："哎，同桌，你脸上这是什么，酒窝吗？你之前一直没怎么笑过，我都没看见。我说女生嘛，还是应该多笑笑，显得年轻！"

他突然靠近，沈知微有点不太习惯地往后仰了一点，手肘下意识地搭在了蔚游的桌上。大概过了几秒钟，沈知微才后知后觉地意识到，她抬眼往身后看去，却又不经意间再次对上蔚游的视线。

好像有点近，超过了间隔一米的安全距离。

沈知微穿着附中的蓝白色短袖，手肘撑在蔚游的桌上，距离他放在桌上的手只有十几厘米。

很难具体地概述，她现在心里到底是什么感觉。

好像是夏天兜头而下的一场暴雨，突如其来，什么事情都无所遁形。浑身上下都湿透了，水滴顺着发梢往下滑，她仓皇地想要遮掩，这场雨偏偏骤来,连闪躲的机会都没有。

蔚游看出沈知微好像有点不自在,拿走了她手上的笔:"谢谢。"

沈知微顺理成章地收回手:"……不客气。"

下一节晚自习是英语,中间有十分钟的休息时间。物理课代表手上捧着一沓试卷朝着沈知微走近,戴着眼镜的小个子男生站得很直,站军姿似的:"物理老师让你去一下办公室。"

沈知微应了声,将手上的卷子收好,然后顺着走廊走到隔壁的办公室。

刚转弯,她就在不远处的楼梯口看到了蔚游的背影。

他走得很快,很快就看不到了,也不知道是不是有什么急事。

沈知微垂下眼睑,抬手敲了下办公室的门,里面稀稀拉拉只坐了两三个老师。

这个点没有晚自习的老师基本上都下班了,物理老师大概是还在批改之前发下去的习题,听到声音抬了下头。和沈知微对上视线以后,她翻开了办公桌上单独的一本练习册,看了下名字。

"……沈知微,是吧?"

物理老师是个看上去很干练的女教师,戴着细框眼镜,看人时带着一点儿压迫感。

"是的。老师找我有什么事情吗?"

"你是这个学期刚刚转过来的是吧?"物理老师扶了一下眼镜,顺手拿着沈知微的物理习题册摊开,"我看过了,你的学习态度是很端正,每题都能看出来思考过。但是十六班的物理其实是强项,你之前的成绩我看了,按照全市的排名,差不多是在 B+ 和 B 徘徊,还是挺危险的,要跟上目前的教学进度和其他同学的进度估计比较困难。

"学校的自主招生名额不多,班上也有不少竞赛的同学在准备高校那边的考试,你是走正常高考的道路,所以在物理方面,还是要多用点时间。"

物理老师说话的语气并不重,甚至说得上是温和。

"你也别有太大的心理负担,还有一年的时间可以好好查漏补缺。我看过了,你应该是受力那块学得不是很扎实,不要畏难,从现在开始回头再好好学,都来得及的。"

…………

从办公室出来的时候，走廊外面已经没有什么人了。

沈知微不可避免地有点情绪低落，回到座位上时，看到桌子上放了整整齐齐一排的签字笔。她有点疑惑地看向宁嘉佑，宁嘉佑反应了一下，指了指后面的蔚游。

"他刚刚跑去超市买的，还你的。"

沈知微"哦"了声，只收了一支，转身，将剩下的还给蔚游："不用这么多，一支就行。"

她将手上的笔攥成一团，拿得有点吃力。

蔚游看着她握成一把的笔，蓦地笑了下："你这火箭炮吗？"

他手指抵住笔的尾端，朝着沈知微那边推了下，随口解释："其他的就算是谢你的。"

他说着，又从桌肚里拿出一瓶橘子果汁："你不想要的话，用这个谢也行。"

果汁还是冰的，瓶身上面还有一层细密的水珠。

应该也是刚买的。

蔚游的桌面上只有一支签字笔，是之前沈知微给他的，笔帽上有个小金橘。

她很喜欢橘子味的东西。

不知道是巧合，还是他真的注意到了这样的小事。

沈知微怔住，却突然想到之前宁嘉佑与她随口说过的一段对话。

好像是某次大课间，老师不在，蔚游和隔壁班的一个女生从窗前经过。

宁嘉佑看了眼窗外，感慨："其实蔚游这个人还是挺有边界感的，虽然他对谁都会笑，一点都没架子，就算是对不熟的人也挺照顾，但是感觉真的不一样。"

"怎么不一样？"

"说不上来。"宁嘉佑想了好一会儿，"就感觉，他格外……不想欠别人的。"

2008/8/28 见微知著

人好像都是一点一点变得贪心的,明明心里知道自己和他本来也没什么关系,明明之前想的是他能知道我的名字就很开心了,可是那个时候还是会觉得很难过。

可是到底在难过什么呢?

……我好像也不知道。

3

开学考之前有点兵荒马乱,尤其是还下了一场不大不小的雨,昨天搬到教室后面的书不少都被渗下来的雨水打湿了。沈知微堆在教室后面的一本词典也没有幸免,边缘都被浸得皱巴巴的。

那本书当时花了好几十块,算是所有书里面最贵的一本,沈知微有点心疼,想着之后再拿到阳台上晒晒,虽然皱了点,但也能用。

附中的考场是按照成绩排的,沈知微在三班考场,十六班有两三个人和她在同一个考场,但不是很熟,彼此看到了也没有打招呼。

语文和数学都考得很顺利,考完距离吃晚饭还有四十分钟,沈知微准备先回教室看会儿书。

监考老师还在上面整理试卷,班上几乎都是不怎么熟悉的面孔,沈知微站在走廊外,随手从书包里拿出单词本准备看一会儿。

班上的学生差不多也随着人流回来了,一个戴眼镜的女孩正在和旁边的高壮男生对答案。

"十三题的取值范围应该是负四倍根号二到零吧,我算出来是这个答案,联立方程解出来的范围。"

"我写的是零到正四倍根号二啊,我不会是看错条件了吧?"

高壮男生懊恼地挠了挠头,刚巧看到沈知微站在门口,问身边的人:"哎,要不要再问问她?"

"算了。"女孩朝着沈知微那边看了一眼,扶了一下眼镜,"之后问问数学课代表吧。"

"哦。也行。"

只是一个很小的插曲,两个人从身边经过,甚至连一阵风都没有带起。

沈知微的手指压了一下单词本的边角,很轻地抿了一下唇,薄荷味的润唇膏现在还有一点残余的味道。她默不作声地把单词本放回书包里,拎着书包去了隔壁的卫生间。

9月初的南陵还是暑气难消,沈知微洗了把脸,抽出纸巾擦了擦脸上的水珠,刚准备走出去,却迎面撞上了一个人。

是以前五班的同学,今天教导主任去隔壁学校监考了,对仪容仪表查得松,所以这个女生穿到了小腿的短袜,校服裙改短了一点,到了膝盖上几厘米,一双长腿纤细又笔直,在光下显得莹白而有光泽。

她刚开始没有注意到沈知微,只在卫生间里对着镜子照了下,然后半俯着身从包里拿出一支唇膏在唇上涂抹。

沈知微从她身后经过的时候,她才从镜子里注意到了身后有人,叫住了沈知微。

"沈知微?"

沈知微从前在五班和同学们关系都还不错,只是因为性格温暾又话少,所以真正相熟的也就只有周围一圈的人。

面前这个女生,和她只是点头之交。

女生上下看了看沈知微:"真的是你啊?你真的转到十六班了吗?我之前在学校贴吧里看到了,还以为是瞎传的呢。"

沈知微不太擅长与人交际,无意识地低头看了下自己合并起来的脚尖,只轻声"嗯"了下。

"那行,刚好凑巧了。"女生笑嘻嘻地从自己的包里抽出一封信,镶着碎钻的指甲在信封上"嗒嗒"叩击了几下,"能不能帮我把这个带给蔚游啊?他和你一个班的对吧?"

女生撒娇的声音很甜,双手合十,眼睛忽闪忽闪地看着沈知微,很难让人拒绝。

沈知微突然觉得很羡慕。

她在原地呆站了一会儿,看到粉色的信封上女生用带着银粉的笔画了一个爱心。视线在爱心上停留几秒,她才回:"……好的。"

女生如释重负地笑了下,亲昵地搂住沈知微:"之前我还怕你拒绝呢,没想到你人真好,谢谢你啦,以后请你喝奶茶。"

沈知微并不是习惯和别人亲近的性格,有点不知所措地站在原地。女生身上清新的果香味萦绕在她鼻尖,钻进她的思绪。

不知道为什么,她突然觉得有点自卑。

或许,是因为她远不如别人那样有勇气。

回到教室的时候,班上稀稀拉拉地没有坐多少人,因为老廖他们都不在学校,所以不少人都流窜在其他地方聊天,大概是在对答案,所以能听到哀号声一片。

宁嘉佑倒是没对答案,只是翻出课本对了下,然后皱着脸对沈知微说:"这次芸姐估计又得让我去办公室面壁了,难得前面我都记得了,'赢得生前身后名'的'身'和'生'写反了。"

南陵这边有点不分前后鼻音,沈知微将刚刚那个女生给她的信夹进书里:"你就这么记,先出生才能有身体,这个顺序。"

宁嘉佑一边朝着她比了个大拇指,一边看着她的动作,有点好奇地问:"那什么啊?"

沈知微刚刚一直把那封信放在口袋里面小心护着,边缘一点褶皱都没有。

她摇了摇头:"没什么。"

宁嘉佑也没多问,不知道从哪儿抽出张皱皱巴巴的完形填空卷子,一边转笔一边看题目。

沈知微看着后面两个座位都没有人,先是看了一会儿词典,然后才状似无意地问宁嘉佑:"……蔚游呢?"

"谁?"

宁嘉佑没有听清,停下笔看她。

"蔚游。"

"哦,他啊。"宁嘉佑没有多想,"可能去超市买水了吧,我也没注意。"

沈知微的手指摩挲了一下夹在书里的信,上面还有一个很精美的火漆印,形状是天使翅膀。她点了点头,没有回答,刚准备继续看词典时,余光看到门口走进来了一个人。

她抬头往前看去。

日暮时的余晖还没散去，窗外的云都被镀上一点暖黄的色泽。身边的人不知道说了什么，蔚游在笑。他的瞳仁寻常时都很黑，现在有光晕照在眼睛里，很像是琥珀，又像是清晨的露珠，清澈到……很明显能看出来他的情绪。

宁嘉佑显然也看到蔚游回来了，朝着他招了招手："游啊，回来了？沈知微找你呢。"

班上还有点吵闹，宁嘉佑声音并不大，淹没在嘈杂的声音里面，应该也就附近的几个人听见了。

沈知微几乎心跳骤停，烦冗的声音一瞬间淹没了她的感知，从尾椎骨涌上的紧张让她无意识收紧手指，然后下意识地看向了蔚游。

她不安又惶恐，却在与他视线交接的刹那听不到周围的任何声响。而他被照得显出淡色的瞳仁中，能看到一个缩小的她。

或许也该庆幸的。

蔚游走过来，稍稍低眼看她："找我有什么事吗？"

"刚刚五班有一个女生，有东西想给你。"沈知微小声解释，"她是我之前的同学，所以让我转交给你。"

她的声音压得很低，除了面前的蔚游，其他人都听不到，好像是在说什么秘密一样。

只是这个秘密，无关于她。

她只是一个转述的局外人。

蔚游的视线在她的桌上转了一圈，看到了书边缘的粉色信封一角，他了然："麻烦你还给她吧。谢谢。"

他顿了顿，尾音有点淡漠："如果以后还有类似的情况，直接帮我回绝掉就好。"

上完晚自习回到家已经将近十点半，沈知微轻手轻脚地放下书包换鞋的时候，主卧的灯也亮起来了。赵女士端着碗从卧室里出来，随手接过沈知微的书包。

"微微回来了？今天学得累不累？"她把碗放到餐桌上，"喏，刚切好的苹果。"

"不累。今天考试，没什么作业。"沈知微换了鞋，"妈妈你还没睡吗？怎么不开灯？"

"夏天电费多高啊，又是开空调的，就关了会儿灯，你爸也才下班呢。"赵女士觑着沈知微的脸，"今天考试是不是考得不错啊，我看你心情挺好。"

"有吗？"沈知微下意识地摸摸脸，确认自己没有在笑以后，"……没有吧。"

"你是我生的我能不知道？"赵女士也没太在意，打了个哈欠就要回卧室，临走还不忘叮嘱，"这次考得好也不要骄傲，好好保持啊。"

客厅里只开了一盏小灯，将人的轮廓边缘照出一层朦胧的光晕。

沈知微关上门，吃了一口刚刚切好的苹果。

酸的。

2008/9/2 见微知著

其实我知道我不应该觉得开心，我知道这样是不对的，可还是有点藏不住。

好像他被赋予了一种……掌控我开心或者难过的能力。

只是好可惜，橘子不会游泳。

4

沈知微今天早上提前十分钟起了床，沈主任早餐还没做好。厨房朝南，狭小又逼仄，窗户上都是油渍，玻璃又是深色的，所以显得很暗。

沈主任热得满头大汗，身上的条纹汗衫被浸湿，听到动静，他转头看向沈知微。

"微微今天起这么早？早饭还没好，你先坐会儿。"

"好的。"

沈主任一边放调料一边说："今天早饭是鲜虾馄饨，我和菜市场的老于认识，食材都是新鲜的，你到时候尝尝就知道。哎，你们到校时间不是六点五十吗？今天怎么起这么早，有什么事啊？"

"没什么事情。早点去学校有个东西要交给同学。"

"哦。"

沈主任也没多问，恰好这个时候赵女士也从房间里面出来了，他转头对她说："你昨天是不是又贪便宜买的两块钱一斤的苹果？都是酸的，你还切给微微吃。"

"酸的？那个卖苹果的和我说是纯甜的。"赵女士皱着眉头，问沈知微，"真的假的？之后再看到那个卖水果的，我得要好好问问他。"

"是有点酸。"

"你这孩子，"赵女士数落，"怎么吃到酸的都不和妈妈说啊？一声不吭地全吃完了，呆不呆？"

"好了好了，你就少说几句，微微的性格你又不是不知道。她今天还有英语考试，几个学校联考，市里都要排名的，你让她好好静静心。"

沈主任把鲜虾馄饨捞起来放到调好味的碗里："等会儿爸爸送你过去。"

沈知微到五班的时候，班上的人都还到得稀稀拉拉。她站在走廊外，看到之前给信的那个女生，对着女生招了招手。

那个女生原本还在对着小镜子臭美，看到沈知微，也笑着对沈知微招了下手。

她显然是很开心，眼睛都很亮，一路小跑出了教室："你怎么来找我了？那封信你给蔚游了吗？"

沈知微点了下头："给了，但是他没有收。"

她从口袋里面抽出那个粉红色的信封，上面的火漆印还是封好的，没有一点拆开看过的痕迹。

女生接过信封，睫毛扇动，然后小声嘟囔："……什么嘛，居然不收。"

她的表情肉眼可见地变得很失落，又卷又翘的睫毛耷拉下来，鼻子抽了下，但还是很快抬起头对着沈知微笑了笑："他都没有拆开看吗？"

"没有。"沈知微小声回，"……抱歉。"

"你道什么歉呀。"女生眼睛弯弯的，虽然能看得出来笑得有点勉强，

"是我麻烦你啦，谢谢你，晚上请你喝奶茶！"

沈知微在原地站了一会儿，很想安慰一下面前的女生。手伸到一半，她又想到了自己那个时候，心里涌上来的是一点点开心。

可也只是一点点。

看到面前的女生，她那一点点的开心瞬间就消散不见，铺天盖地的愧疚突然席卷了全身。

她那一点点微弱的、不可自抑的开心，都是建立在别人的伤心上。

沈知微沉默片刻，然后才轻声开口："没关系的，我只是举手之劳。不用奶茶啦，谢谢你。"

"快到早读时间了，我先走了。"

她朝着漂亮的女生招了招手："……拜拜。"

今天考的是英语，上午先是英语老师来讲了一下之前的习题和语法，剩下的两节课都是自习。

这种自习一般都有点磨人，能进竞赛班的学生英语基本上都没有特别"瘸腿"的，前面十五道填空题都不需要分析句子结构，靠语感就能做出来。

而沈知微的英语基本上都是靠硬背单词。其实也行，反正花比别人更多一点的时间，总能得到差不多的分数。

所以她对于英语的评价是——这个学科很适合务实的人。

昨天考完了语文，宁嘉佑解决了心腹大患，有一下没一下地翻着语法解析，突然看到什么，然后递给了沈知微。

他手指在一道题上叩了下："这什么题啊？怎么还有英语文学题？"

题干是"Shall I compare thee to a summer's day?"，问这是出自《十四行诗》的哪一首。

"这老师出题也太刁钻了，高考要是出这种题，估计得和当年那个出数学卷子的老师一样，家门口的玻璃都能被人敲烂了。"

"选 C？"沈知微看了一眼，"我记得是 Sonnet 18。"

之前她读英文经典读物有看到这一篇，莎翁把爱人和夏天做比较，认为夏天不及爱人可爱和温婉。

他生活在常年湿冷的英国，觉得夏天太过短暂。

而南陵的夏天却很漫长。

甚至有时一直延续到11月，因为过于热烈的太阳，也会让人产生还在长夏的错觉。

过去很长一段时间里，沈知微都不算是喜欢夏天。

不喜欢三伏天里蒸腾的暑气，也不喜欢连绵不断的梅雨季。

大概只除了现在。

宁嘉佑问完这道题没有再说话了，继续翻着手上的语法解析，只是看书的姿势很散漫，一只手转着笔，一条腿还跷着。

今天是周三，按照附中的校规，今天全体学生都要穿制服。

沈知微自习的时候很规矩，坐姿很端正，背脊挺直，小腿也绷得笔直，下面是一双棕色的小皮鞋，和周围人并无二致的装束。小腿袜覆盖在骨肉停匀的腿上，顶端边缘有细细的绸带，打了蝴蝶结。

而男生的校服都是统一的西装，宁嘉佑没有打领结，衬衫最上端的两颗扣子也解开了。

他看着沈知微在写的阅读理解，趁着她刚刚写完一题，像是想到了什么一样。

"哎，沈知微，你的QQ昵称为什么叫'游鱼'啊？"

沈知微手中的笔打滑了一下，在试卷上蜿蜒出一道黑色的痕迹。

"嗯？"她抬起眼睛看他，"怎么了吗？我之前随便取的。"

"哦。"宁嘉佑眨了眨眼，"我还以为是你很喜欢吃鱿鱼呢。学校门口那家炸串你吃过吗？炸鱿鱼很香，下次晚自习前我可以给你带。"

"不用了。"沈知微转回视线，翻过一页，"我不太喜欢海鲜的味道。"

宁嘉佑挠了挠头，没有多说什么，随手捞过旁边的语法书继续看了。

下午的英语考试阅读理解和完形填空都偏难，考完的时候一片哀号，大概是都觉得心里没什么底，大家都在对答案。

沈知微感觉自己这次算是正常发挥，安静地收好试卷以后，回到班级又做了一会儿物理题。

这天食堂里一般都是红烧带鱼和清炒海带，沈知微没有什么胃口，准备去学校外面的超市买一瓶橘子果汁。

这个时间点都是不让出入校门的,但是东门的保安大爷很好说话,学生一般都从那个门出去。

沈知微穿过水杉林,大爷正拿着个收音机听奥运会的广播,听到中国又获得了几块奖牌,还乐呵呵的。

他估计有点耳背,关了广播听到沈知微重复了好几次"去买牛奶"才听懂,摆了摆手。

"啊,牛奶?喝这个好啊,长得高。去吧小女娃,路上注意车子哟。"

沈知微轻声说了句"谢谢",然后往学校旁边的便利店走。

这个时候校门外没有什么人,天色还没完全暗下来,金黄的日光倾泻在斑马线上,空气中有着谷物成熟的香味,不知道是附近哪里在晒谷子。

一排高大的梧桐树矗立在便利店的旁边,小黄远远地看到她,摇晃着尾巴就想靠近,只是碍于脖子上的链子,只能在原地着急得干跺脚。

沈知微靠近和小黄说了一会儿话,然后看了看时间,怕等会儿上晚自习来不及,走进便利店从冰箱里面拿了一瓶橘子果汁,还买了一根给小黄的火腿肠。走到收银员面前刚准备结账的时候,柜台旁突然出现了一只手,腕骨凸出,指节瘦削,抵着一罐汽水。

"麻烦一起吧。"

沈知微顺着来人的腕骨往上看,然后不偏不倚地,对上了蔚游的视线。

她反应了一下:"啊?不用,我自己来就——"

收银员已经接过蔚游手里的钱。

"一共八块五,找你十一块五。"

蔚游拿起硬币在手间转了一圈,银色硬币在他的指尖晃动了一下,然后收入掌心。

他看着沈知微,手中的罐装汽水与她的果汁碰了下。

像是在干杯。

"快上晚自习了。"他单手抠住易拉罐的环拉开,"刺啦"一声,"走吧。"

气泡翻涌,发出细密的蒸腾声。

细微的、不可自抑的情绪,突然疯长。

5

后来一整节晚自习,沈知微没事的时候都盯着橘子果汁上面的 Q 版双马尾小女孩发呆。旁边的草稿纸上乱七八糟写了一大堆,等到要收作业的时候,她才赶紧把草稿纸揉成一团扔到废纸篓里。

回到家以后,沈知微翻开日记本一页一页地翻过去,还是没想好到底要写什么。

一直到赵女士已经在外面催她早睡,她才抬笔匆匆写下两个字。

2008/9/3 见微知著

开心。

昨晚半夜下了一场雨,淅淅沥沥到清早才停。

南陵夏天通常湿热,有的时候连胸腔里都是郁结的热意,闷到仿佛下一秒就会下起一场雨。

昨天那罐橘子果汁沈知微没有喝,回家后就把它放到了冰箱里面。赵女士早上随口问了句怎么不喝,沈知微吃着细面,回了句过几天再喝。

赵女士也没太在意,就只是点了点头。

早上物理考试,沈知微考得不是特别顺利,不少题都没有什么底,有道单选她实在是没什么思路,最后两分钟才随便蒙了一个答案上去。下午化学倒是考得很顺利,没有什么超纲的题目。

今天考完后放了一个短暂的假,可以不上晚自习。

沈知微把书搬回座位,开始收拾书包。她动作不快,尤其是还要把之前被雨水淋得皱巴巴的词典摊开晾晒,等收拾完的时候,班上已经稀稀拉拉没剩几个人了。

然后不知道是谁惊呼了一声:"下雨了!"

这场雨来得急,不少刚刚走出教室的人都匆匆回来,头发濡湿着,低低地抱怨了几句。

沈知微今天早上带了伞,看了看外面的雨,感觉一时半会儿应该停不了,她鼓起勇气看向身边的一个女生，问要不要一起走。

那个女生显然没想到沈知微会和自己搭话，看上去有点儿为难，想了一下，然后才笑着说了句谢谢。

书包另外一侧还放着一把备用的伞，沈知微将伞给了另一个被淋湿的女生，然后就和刚才约好的女生一起走向校门。

女生是班上的英语课代表季微。

她们平时不算是相熟，虽然沈知微转过来也有一段时间了，但是两个人一直都没有什么往来，只在收作业时说过几句话。

沈知微目光平直地看向校道边的梧桐树，这场雨下得急，不少叶片都被打落在地。

"其实，之前我一直觉得你看上去还蛮有距离感的。"季微突然开口，"所以你说要和我一起走，我还很意外。"

"啊？我吗？"沈知微偏头看去，"我可能是有点不太喜欢说话。"

"说不上来的感觉，你就当作是女生的直觉好了。其实十六班里大部分人都是从高一就认识了，来来去去不少人，但大多数是固定的，有点排外。所以几乎每个转来的学生都有点想要接近，又或者是融入我们班，想要证明他们也是属于竞赛班的。"

"但是你好像并没有。"

反而安静到没有什么存在感，这句话季微没有说。

沈知微有点不知道怎么接话。

转来十六班并不是她的想法，只是赵女士觉得她原本的班级氛围不好，竞争压力太小，机缘巧合下知道了竞赛班还可以转进去，只是有条件，刚好沈知微上学期期末考的名次不低，所以才让沈主任到处托人找关系让沈知微转进去。

"之前贴吧里面还有帖子呢，应该就是说你爸爸来找老廖的事情。"季微抿嘴笑了下，"其实我之前就知道你了，去年学校校庆你是主持人吧？我之前还觉得你应该是那种很张扬、很招人的性格，就是那种恨不得全天下的目光都在自己身上的人。"

当时校庆的主持人选拔，沈知微还在五班，当时的同桌拉着她一起去的，没想到最后是沈知微被选上了。

也因为这件事，那位同桌后来与她的关系一直不冷不热的。

沈知微轻声回："当时校庆排演的老师说我的性格确实不太适合做主持人，所以最后安排给我的词也不是很多。"

她好像的确不太适合站在舞台上，聚光灯打在她身上时，下面乌泱泱一片，几乎所有人的目光都会集在他们几个人身上，这种过于被人关注的场合并不是她喜欢的。

沈知微本来是不想参加的，可是这个活动对于评定奖学金有加分。而且……校庆借来的礼服裙很漂亮，很适合她。

全校都能看到。

所以，她存了一点点的私心。

夏天的雨时常带着一点儿独特的气息，生物学上可以理解为放线菌的味道。伞并不大，沈知微的左肩有一点点淋湿。她问季微："你怎么回家？"

"坐53路公交车。我爸妈没下班，这个点班车还没停。"季微又问，"你呢？"

"我也是坐公交车，我爸爸今天估计还要带晚自习。"

"哦，隔壁一中的也太惨了吧，今天都不放假。"

沈知微笑笑没说话。走到公交站台的时候，她先收了伞，然后用纸巾擦拭了一下站台的座位。

这个时间大部分的人都已经回家了，公交站台有躲雨的人，但也还有空余的座位，刚好够沈知微和季微坐下。

季微刚刚坐下，沈知微余光察觉到了不远处的人，擦拭座位的手就顿住。

蔚游穿着和其他人别无二致的蓝白色运动服，撑着伞站在路边，另一只手拿着手机不知道在给谁打电话。

一辆漆黑的轿车在他不远处停下，他抬步收了伞坐进去，随后车平缓地往远处驶去。

沈知微并不认识车的牌子，但是能感觉到，这辆车应该价格不菲。

"蔚游哎。"季微也看到了，小声说了一句。

沈知微这才有理由正大光明地朝着那边看去，却只能看到远去的车尾。

天色很暗，车尾灯穿过影影绰绰的雨幕，光柱把雨丝的轨迹都照得很清晰，一直蜿蜒到了这个公交站台，在某个区域照出一小块光斑。

沈知微的肩膀上有一片濡湿，随着时间稍微扩大了一点。今天刚换的皮鞋上也沾了一点点泥沙。她握着伞柄，伞面的雨滴往下渗，没入原本就潮湿的站台地面，毫无痕迹。

"怎么了吗？"

"没什么。"季微摇头，"他家好像还蛮有钱的。"

沈知微适时地沉默，季微又问："你在班里和他不是前后桌吗？你和他熟吗？"

"不太熟，"沈知微回，"没有说过几句话。"

"他这个人好像是这样的，很有边界感，有礼貌但是很疏离……唉，其实我说不上来，有点难形容。哈哈哈，你们不熟也很正常，你本来话也少。"

周围的人越来越少，季微等的那班公交车终于快到了，她看了看周围，突然靠近沈知微："对了，我得和你说个秘密。"

"秘密？"

"我们十六班公开的秘密，你刚来估计不知道，就是——别喜欢蔚游，很辛苦的。"

"为什么？"

"因为他这个人吧……"季微想了一下措辞，"对于这种事拎得很清。"

班车到了，季微拿着书包走上去，在台阶上对着沈知微晃了晃手："今天谢谢你啦，拜拜。"

沈知微拿着伞的手已经有点失去知觉，她微微晃动了一下。

"……拜拜。"

第三章
你我

/

是转角时候的遇见,
也是从北城到南陵的一千公里。

1

这次联考老师阅卷的速度很快,据说考化学的那天下午,语文和数学的分数就已经出来了,不少人今天早上上语文课都战战兢兢的。

尤其是宁嘉佑。

他难得坐得很板正,双手规规矩矩地放在桌子上。旁边的人笑他这是"从良"了,他装腔作势地挥拳:"一边去吧。"

上课铃响起,班级里瞬间安静下来。

语文老师芸姐是个身材有点娇小的女老师,上课时没怎么提开学考的事,而讲的是诗词鉴赏。一直临到下课了,她才笑眯眯地看着刚有点松懈的同学们,笑着开口:"这次开学考,其实我这边已经拿到分数了。我们班成绩不太理想啊,有些同学啊,我千叮万嘱地说过古诗文不能再出错了,结果一看分数小计，这一项只拿了五分。是谁我不说了，自己心里有数就行。

"还有不少人的作文都不知道要扣题。说了多少次了，议论文一定要时时刻刻表明你的论点，有些人写着写着就好像做贼心虚一样，观点都得我一点点地去找才能看到，写得可怜巴巴的。怎么，指望高考时装可怜还有同情分啊？"

下面的同学个个目光闪躲，都不敢抬头看她。

下课铃恰好响起，芸姐没有拖堂，说了句"下课"就拿着教案走出教室。

刚开学用的都是临时课表，没过一会儿班长从老廖的办公室里拿来了一张新的课表贴在教室后面。

沈知微去打水时粗略地看了一眼，除了周三和周五有两节体育课，以及周五有一节班会课，其他基本上都是三门主课还有物化。

班上不少人看到课表都哀叹连天。

沈知微接完水，走回座位，经过蔚游时，稍微顿了一下。

他半伏在座位上，好像是有点儿困倦，合着眼睛，是在补觉。

沈知微不敢多看，只在经过他的时候放轻了脚步。

宁嘉佑看到沈知微端着水回来，突然朝着她伸出手，手心里躺着一颗橙色包装的像是糖果一样的东西。

沈知微问："糖吗？"

"不是，泡腾片，昨天晚上在超市里看到的，我感觉你应该会喜欢这个味道。"

"泡腾片？"

宁嘉佑有点不好意思地挠挠头，解释："将它放进去，你杯子里的水也会变成橘子味的。"

沈知微小声说了"谢谢"。

她把泡腾片丢进水杯里，橙色泡腾片飞速变小，发出细密的气泡翻涌声，温水蒸腾起来，成了很淡的橘色。

蔚游的同桌也看到了，拉着宁嘉佑的外套，说："你怎么厚此薄彼呢？我也要。"

"你谁啊？"宁嘉佑拉回自己的袖子，"我们只是前后桌，你越界了。"

他们拉扯的动静不小，蔚游有点懒散地睁开眼睛，手肘撑起来，脸上还带着一点倦色。

"吵什么呢？"

同桌找蔚游评理："刚刚宁嘉佑只给他同桌泡腾片没给我，这个人变心得也太快了，不知道谁才是当时和他相识于微末的兄弟吗？"

宁嘉佑听他这话说得离谱："昨天的饭都要吐出来了，你别恶心我了，宋航远！"

这两人都眼巴巴地盯着蔚游，让他评理。

"哦。"

蔚游就应了这么一声，大有直接当甩手掌柜的意思。

他垂着眼睑，看到了沈知微拿在手里的水杯，突然想到了什么，顺着她的手看去。

"你好像很喜欢橘子味。"

沈知微反应了一会儿，才后知后觉蔚游是在和自己说话。

她握着水杯的手指用力到有点发白："是的……很喜欢。"

很长一段时间，沈知微都不太习惯在"喜欢"这种词前面再加一个界定词。

有些词好像原本就是硌硬的，比如"挺喜欢"，又比如"还算喜欢"，完全模糊了边界，通常都是敷衍之下勉强加上的界定词。

可是她说很喜欢。

那一定就是真的很喜欢很喜欢。

不止橘子味。

开学考结束以后，沈知微的生活就正式步入正轨，每天都是学校和家两点一线，没有什么波澜。

没几天，开学考的成绩排名出来了。

班长被叫去办公室填表，回来以后垂头丧气的。原本大家都有点好奇自己开学考试的排名，但是看到班长这个样子也不好多问什么，只是心里都跟挠痒痒似的。

不少想去看成绩的学生在办公室门口探头探脑，都被老廖给赶回来了。

"你看到了吗？"

"老廖看到我往那边偷瞄就把成绩单收起来了，我就看到了个第一。"

"第一名是谁啊？"

"还能有谁？想想也能知道啊。"

几个凑在一起说话的同学朝着蔚游那边瞄，这目光多少有点明目张胆，也没什么顾忌。好像没有人有异议，广为人知、心照不宣的天之骄子——

永远是他。

沈知微去交英语作业，听到交谈声也朝着蔚游那边看了一眼。

身在别人交谈之中，他好像也没有什么特别的情绪，正在草稿纸上写着什么。

旁边的议论声还在继续。

"我刚刚拿英语作业的时候去探过了，感觉前几名变动挺大的，江阳你好像第三。"

"什么！你小子不是说你考得不好吗？诓我呢！"

"完了完了，我的英语选择题好多答案和你不一样，这次不会掉出年级前一百名吧？"

…………

沈知微交完作业就往回走了。宁嘉佑昨天不知道干什么去了，课间时一直没吭声，趴在桌子上补觉。

一直到快上课了，老廖才慢慢悠悠地捧了茶杯进来。沈知微看到老廖进来，连忙轻轻拍了拍宁嘉佑。

"上课了，醒醒。"

宁嘉佑睡眼蒙眬地转醒，然后就听到老廖在讲台上慢条斯理地开口："这次开学考，你们的成绩浮动很大啊，不少同学的排名都和上学期期末考有挺大差距，有的人甚至已经掉到了年级二百名，估计暑假在家里那是一个字都没看进去。

"你们坐在这里也不要以为自己一定能考上国内顶尖'985'，觉得再怎么样都能有个南大垫底呢。我和你们说，每年竞赛班都有勉强够上'211'线的，填志愿的时候愁死了，好高骛远就是这么个结果。

"来，班长，把成绩表贴到后面去。"

距离上课还剩下几分钟，不少人去了后面看成绩表。

宁嘉佑觑见老廖去办公室倒水，手指戳了戳沈知微。

"你去看的话顺便帮我看看。"

"你不看吗？"

"这学期我铁定要去扫厕所了。"宁嘉佑脸上倦色浓重，"没什么好看的。"

这话有点不太好安慰，沈知微本想说这也是强身健体，但多半也起不到什么安慰的作用，就只好到后面看成绩了。

周围的人有点多，沈知微踮了踮脚，才看到了成绩表。

她这次发挥得比较一般，算是正常水平，她先看了一眼顶端。

——蔚游。

视线在他的名字上停顿了一会儿，她又找到了排在第九的宁嘉佑，然后才从下往上数，找自己的名字。

三百八十一的总分，在普通班算得上一个很不错的成绩，但是在这里，只能排倒数第三。

尽管同在一张成绩表上，但是他们之间远隔四十六个人。

一页数到尾，毫无关联。

沈知微站在原地，突然意识到。

……真的好遥远啊。

2

2008/9/5 见微知著

从前一直都觉得，虽然不在一个班级，但至少也是靠近的，早操的时候会站在同一片人海里面，又或者是转角时候的遇见。

可是一直到现在我才意识到，可能我和他，在高考中远隔千万人，是从北城到南陵的一千公里。

今天下午有一节班会课，前半节课是用来总结这次开学考里面进步、退步明显的同学，然后让各位同学根据自己失分多的科目针对性地查漏补缺，每个人都对自己的成绩做一个小结。后半节课就是小组讨论，大家说出自己的理想院校或者是将来的职业规划。

老廖在讲台上面清了清嗓子："前面的同学转头过去，大家小组讨论一下,自己未来有什么职业规划,也是有个前进的目标啊。"

沈知微本来还在总结自己这次月考的情况,听到老廖的这句话,突然顿住。

周围的同学差不多都已经转了过去,宁嘉佑也过来拉了拉她的衣角:"你怎么愣住了?小组讨论了。"

沈知微回神,"哦"了一声,往后面转过去。

恰好正对着蔚游。

他没在做什么考试小结,眼睑半垂着,好像有点儿兴致缺缺,手中拿着一张纸,瘦削的手指翻折纸张。

纯白色的纸很薄,薄到能看到树影穿过纸张,映在他的腕骨上。

翻折间,沈知微看到一朵纸叠的玫瑰出现在他的手中。

他拿着纸玫瑰在指尖转动了一圈,然后就随手将其放在了一边。纸玫瑰的花瓣层层叠叠,从中心往外由密到疏。

恰好在这个时候,他抬起了眼睑,眼睫稠密,漆黑的瞳仁情绪很淡。

沈知微不知道为什么,突然觉得他现在心情好像不是很好。

即使他的神色和寻常没有什么不同。

小组讨论的时候,宁嘉佑一般都是最积极的,沈知微一直觉得,这个小组要是没他,估计能一直沉默到讨论结束。

"我还是想考到北城去,专业还没想好,应该是计算机吧。"宁嘉佑转了转笔,"留在南陵,估计周末和小长假都要回家,到时候我爸妈还得管着我玩游戏。"

蔚游的同桌在有女生的情况下都比较腼腆,挠了挠头才开口:"我估计是往南边考吧?北城有点远,而且听说那边冬天蛮冷的。"

"说得好像南陵冬天就不冷一样。"宁嘉佑笑,"北城还有供暖呢。"

宁嘉佑对宋航远显然没什么兴趣,看到沈知微一直在旁边没怎么说话,凑到她身边问:"你呢,你呢?沈知微,你想考到哪里去?"

"哎哎,你不先问蔚游?"

"问他干什么?没意思,他估计也就是考去北城吧?不然往其他地方考也太亏了。"

蔚游掀起眼皮朝宁嘉佑看了一眼,好像是很轻地笑了一声。

沈知微的指尖很轻地碰了一下自己的掌心。

"我可能……也想去北城。"

"北城好啊,我们都去了,还能一起聚聚。"宁嘉佑笑起来,"到时候咱们三个一起组个局。哦对,你想学什么啊?"

"建筑。"

"我记得建筑本科是要读五年吧?我有个表哥就是学建筑的。我听他说,这个专业好像本科的时候还蛮辛苦的。"宋航远开口,"北城建筑系排名最前的应该就是清大吧?"

沈知微点了点头,宋航远见状有点不好意思地挠了挠脑袋,没说话了。

这个组唯一的"活人"宁嘉佑到其他组问东问西了,他们这里突然沉默下来。

沈知微看向蔚游,停了一下才问他:"蔚游,你也是想去北城吗?"

她的咬字很清晰,口音不太像是南陵本地的官话,带着一点吴语的软。

蔚游原本还在随意地拨弄着纸玫瑰的花瓣,听到沈知微的问话,抬眼看她。

其他人好像都认为蔚游理应要去北城,可是沈知微却察觉,他从刚才开始,就一直游离在他们的对话之外。

她隐约觉得,他似乎并没有像别人所说的那么想去北城。

或许这个世界上原本也没有什么理所当然的事情……即便,所有人都默认他会去北城。

可是如果不去北城,他想去的地方会是哪里呢?

沈知微问完以后,他们这块瞬间静寂下来。

宁嘉佑恰好在这时候回来,他看到蔚游没有什么回答的意思,怕沈知微觉得尴尬,刚准备打个圆场,却突然听到蔚游开口。

他眼睑半垂着,语气很淡。

"……我没想好。"

沈知微坐在座位上,看着他手边的纸玫瑰,突然想到之前季微说的,他这个人总是给人一种很疏离的感觉。

好像的确是这样。

现在他们之间的距离不超过七十厘米,却又好像远渡千万里。

他在面前，却好似隔着一层厚玻璃，声音通过介质传来，都是模糊的。

下午的课表上安排的是数学和物理，这两节课连上，不少人在班里叫苦不迭。

今天食堂有盐水鸭，沈知微不是很想吃，溜出来买了点东西垫垫肚子。

她照例多买了一根火腿肠给小黄。

小黄是一条小土狗，耳朵一只耷拉着一只立着，盯人的时候黑眼睛湿漉漉，看上去很是可怜。

她蹲下来喂小黄，小黄尾巴晃动得很欢快，一边吃还一边开心地用头去蹭她。

"你上次买的火腿肠就是用来喂它吗？"

沈知微起身，看到蔚游站在自己的身后，校服拉链一直拉到顶端，半低着眼睛看着小黄。

沈知微感觉小黄不太喜欢他，尾巴晃动的幅度都小了一点，有一下没一下地耷拉着。

她将火腿肠的包装纸团成一团，握进掌心："是的。"

蔚游也半蹲下来，手指在小黄的脑袋上点了点。他摸得实在是很敷衍，小黄也很敷衍，耳朵稍微动了动，尾巴也垂了下来。

"你知道这是谁的狗吗？"

小黄不是便利店养的流浪狗吗？

沈知微有点儿没懂，顺着他的话问："是谁的？"

"于校长的，平时他上班就把狗放养在这里。"蔚游语气平淡，"它看着一副可怜的样子，都是装出来骗吃骗喝的。"

沈知微看着小黄两只短肥的小爪子叠在身前，好像是察觉到了她的情绪变化，湿漉漉的眼睛看了看她手中还拿着的火腿肠包装，讨好地往她腿边蹭了蹭。

蔚游手指摁住小黄的脑袋，突然开口："刚刚你问我以后想去哪里，所有人都默认我会去北城。"

他看着她，她一切细微的表情在这种注视下仿佛都无所遁形："……你为什么不这么觉得？"

沈知微没想到他会突然开口，心下骤急，火腿肠的包装纸被她捏在掌心已经有点变形。

她想了想，才轻声回："我只是感觉，北城好像不是你选择的第一顺位。"

蔚游摸小黄的手顿住："为什么？"

"我也不知道。"沈知微看着他，"其实之前我也只是猜的，现在看，好像还挺准。"

蔚游有点儿没想到她的回答，反应过来后，蓦地笑了声。

他平时很少笑，所以现在笑起来，就很像是春水消融，也像是南陵突然到来的春天，满街的梧桐叶变绿变浓密，覆盖在低垂下来的天幕中。

可是南陵的春天真的好短。

短到，只够她沉溺现在片刻的时间。

很快就要抽离回到现实。

快上晚自习了，沈知微和蔚游一前一后走回教室。

路过明学楼的时候，她身边擦肩而过两个男生，不知道在说什么，有个人好像看了她一眼，捂着嘴嘻嘻哈哈地边走边笑。

沈知微没在意，看了一眼时间，身后突然传来一声："哎，美女！"

听出来是刚才那两个男生的声音，她看了看周围，除了她，没有其他人了。

或许是她落下了什么东西，又或者是他们有什么事情需要帮忙。

沈知微犹豫了一下，转过身去，然后就看到那两个男生笑得前仰后合，几乎快要笑岔了气。

"她真的回头了啊？你猜得也太准了吧。"

"不是，她真觉得自己是美女啊？"

"叫一声她就回头了，哎……真的笑死我了，哈哈哈！"

沈知微没有碰到过这样的玩笑，看着这两个人大笑的模样，她有点无措地站在原地。

大概是她脸上的神色太茫然，这两人看到后笑得更大声了。

蔚游就在这个时候，从沈知微侧后方穿过，抬步走近那两个笑着的男生。

他个子很高，即使稍稍俯身，也比那两个男生高上小半个头。现在他半插着兜，脸上看不出什么情绪，说话的语气也淡，就像是冰块碰到杯壁，清凌凌地响。

"很好笑吗?"

3

那天后来发生的事情,沈知微已经有点记不太清了。

只记得刚开始蔚游说了什么,那两个男生还是嘻嘻哈哈的,刚准备走却又被蔚游拦住。最后是教导主任匆匆赶过来,不知道说了些什么,那两个男生脸上的笑意全无,面如土色地来向她道歉。

她对着蔚游轻声道谢。

"没事。"蔚游站在原地,"快上课了,回去吧。"

沈知微有点愣住:"……你不回去吗?"

蔚游半低着眼睑:"我还有事。"

……有事?

沈知微"哦"了一声,握紧手里的橘子果汁,走出一段以后,还是没忍住往身后看了一眼。

他看起来好像也没有什么事,就只是慢慢悠悠地跟在后面走。

…………

一直到看见教室里面站着的老廖时,沈知微才意识到,今天晚上是他的晚自习。

他一向都要求学生提前三分钟进到教室里做准备,沈知微看了一下表,自己刚好踩点晚自习开始的时间。

老廖显然也看到了站在教室外面的沈知微,笑眯眯地开口:"哎,沈同学今天没有时间观念了啊。其实老师也不是想罚你,但万事要长个记性,所以咱们这节晚自习就在外面站着上可以吗?"

虽然是商量的语气,但实际上没什么讨价还价的余地。

沈知微没说什么,默默拿了化学卷子还有一支笔就准备往外面走。

宁嘉佑朝着她挤眉弄眼,趁着她收东西的间隙问:"你咋回事啊,怎么老廖的晚自习都敢迟到?"

他这人用自以为低的声音说话,实际上前后两排的人都能听到。

宋航远听到他的话,朝着蔚游的位子,努了努嘴。

"也不止她一个,这儿还有个不怕死的呢。"

"老廖今天看着心情不好,他迟到这么久,多半要——"

宋航远手横着在脖子上划了一下。

宁嘉佑这才看到蔚游的位子也是空空荡荡的,除了桌上还放着的一朵纸玫瑰,其他什么都没有。

他肯定道:"……勇气可嘉。"

沈知微拿着纸笔刚走出教室的时候,与准备进来的蔚游错身而过。

他没有停顿,在教室门口喊了声"报告"。

老廖原本还在擦讲台上的粉笔灰,看清是谁以后:"刚刚新同学迟到,我就不说什么了。蔚游,你这是怎么回事,知道班里的规矩还明知故犯?"

"沈知微站一节课,你给我拿着作业到后面站两节去。"

声音很清楚地传到沈知微耳里,她有点诧异,往教室后门看去。

走廊的灯不亮,比不上现在悬挂在天际的月亮,冷清的月色覆盖在不远处蔚游身上。

隔得有点儿远,沈知微只能看到他的肩胛骨微微凸起,显出一点儿清瘦与不容靠近。

这个时间点,晚自习已经开始,走廊上几乎没有人经过,教室里也只有轻微的空调运转的气流声。

所以现在背靠在走廊的墙壁上,沈知微几乎只能听到不远处梧桐叶被风鼓动着"哗哗"作响的声音。

还有此刻,自己突然止不住如擂鼓般的心跳声。

蔚游被罚站的消息很快就传遍了整个附中,第一节晚自习结束的时候,经过十六班外的走廊的人比之前多得多。

沈知微甚至还看到了之前那个让自己送信的女生。

那个女生和另外一个女生手挽手结伴过来,不知道说了些什么,两个人都笑得很开心,一点都没有了之前的失落。

很坦荡,眼睛也是亮晶晶的。

沈知微在教室里偶然抬头时,还和那个女生对视了一眼。她很开心地对着沈知微笑,招了招手。

两节晚自习中间有个大课间，正好是十五分钟。

老廖拧着眉头看着外面越来越多的人，甚至还有从六楼下来到这层去上厕所的，来回经过了好几趟。

他实在看不下去了，眉头越拧越紧，清了下嗓子，对着蔚游招了招手。

"你在外面搞展览呢？给我先进来。"

蔚游进来以后，外面不少经过几趟的学生都回自己教室了。

宁嘉佑手别着，对蔚游说话："游啊，你现在魅力真的不减当年，咱在附中都没见过这种阵仗。我也不懂，明明咱长得也不比你差啊，怎么咱就没这么拈花惹草呢？"

宋航远听不下去了："过了，自取其辱了啊。"

蔚游掀起眼睑看了眼宁嘉佑。宁嘉佑来劲了，问沈知微："不是，同桌你来说，我和蔚游谁长得好看啊？"

之前宋航远调侃过，宁嘉佑没了嘴巴还可以勉强一只脚踏进帅哥的行列，但有一张嘴就不行了。

沈知微也没想到，这么一个棘手的问题就被丢到了自己身上。

宁嘉佑目光期待，一眨不眨地看着沈知微。

沈知微努力想了一个不怎么能打击到宁嘉佑的委婉说法："好看这个词，你们两个……各占一半吧。"

"不是，啥叫各占一半啊？"宁嘉佑没听懂，"我和他各擅胜场不分上下？"

蔚游听懂了，扬唇笑了下。

宋航远坐在旁边愣了下，看到蔚游笑的时候才意会到，笑得呛了下。

"不是！"宁嘉佑晃着宋航远的肩膀，"笑什么啊？哪里好笑了？"

"沈知微的话你没听懂啊？"

"啥意思？她说的不就是我和蔚游不相上下的意思吗？"

"说你傻还真没冤枉你。她的意思是，好看你俩各占一半，蔚游长得好……"宋航远扫了扫宁嘉佑，"你呢……也就勉强占个能看吧。"

沈知微看着宋航远和宁嘉佑打闹，视线游离了一下，转到了蔚游的身上。

他好像对这种打闹习以为常，指间夹着一支黑色的签字笔，正在做之前发下来的数学试卷。他的右手无名指上有一颗小痣，映着冷白的肌肤，显得格外明显。

刚好做完一道大题时,上课铃响起,老廖特赦了蔚游大课间留在教室里面,等上课了他还是要出去罚站。

蔚游看了看走廊,喝了口放在桌上的矿泉水后,往教室外面走去。

隔着一层玻璃,沈知微能看到他在走廊上站得挺直。玻璃上映照出她的倒影,和蔚游的背影靠得很近,几乎只是咫尺之距,她稍微偏偏,她的倒影就可以覆盖在他身上。

无人知晓,不为人知的心事。

沈知微突然意识到,从开始偷偷关注他时,她的心事就是一首单曲循环的橘子果汁的气泡音。

蒸腾,重复,平静下面的暗流涌动。

只可惜,只有她一个人知道。

9月初的南陵暑气未消,沈知微登进附中贴吧想看看有没有新帖子,随意浏览了一下,有点儿兴致缺缺。

她随便点进几个帖子看了看,都没有什么特别感兴趣的,正想退出的时候,班级群里突然蹦出几条新消息。

是几句闲聊,然后一个人在群里问了一道竞赛题的取值范围。

后面几条回复都是关于这道题的,沈知微看了一下,刚有了思路准备回的时候,突然看到一个顶着漆黑猫耳朵的人发言。

you:用几何解。

蚊不叮:蔚游?

过了一会儿。

蚊不叮:老天!我才刚看出来,这居然是个椭圆,多谢您嘞。

蔚游没回,班级群里不少"潜水"的人看到他出来,闻讯赶来"合影",一时很热闹。

黑旋风我手下败将:我也没看出来是几何解,用微积分解的,这么看解得确实快,估计考的就是几何和函数结合。

拼搏一百天我要上清大:这是不是建群以来蔚游第三次在群里发言啊?

滴滴滴滴哥：不是，第五次吧？

拼搏一百天我要上清大：你记得这么清楚，是不是暗恋咱们游啊？

滴滴滴滴哥：[害羞][害羞]

群里聊了不少，蔚游却没再出现过了。

沈知微好像听宁嘉佑偶然提过，说是蔚游平时就不怎么看社交软件，人人网刚火的时候，他也不感兴趣，连账号都没有注册，现在这个QQ还是因为之前老廖要在班级群里发资料他才注册的。

沈知微看着蔚游的头像。

因为他的头像是一对黑色的猫耳朵，她都没有办法判断他是不是下线了。她点进他的账号主页，还是和之前一样，什么信息都没有填。

刚开始流行社交软件的时候，大多数人都喜欢在这些软件上设置各种标签彰显自己是什么样的人。可是他的主页却一片空白，什么都没有。

沈知微突然想到蔚游无名指上的小痣，打开搜索软件查找它代表什么。

老式台式机加载实在是缓慢，好一会儿才显示出搜索结果，前面几个全都是无意义的广告，翻到下面一点，才是一个解析手相的网页。

沈知微点进去，上面写着"无名指上有痣的人，感情上会很顺利，会珍惜感情，同时艺术感和情欲感……"。看到最后一段字，沈知微脑袋一下就充了血，鼠标赶紧往右上移去关掉网页，然后心虚地看了看周围。

书桌上有一面老旧的镜子，往里面看去，现在的她从脸一直红到脖子，手指碰上耳后，滚烫得惊人。

沈知微轻手轻脚地走到盥洗室去洗脸，却没想到水流的"哗哗"声还是把赵女士吵醒了。

赵女士声音里带着倦意，问沈知微："微微啊？还没睡？"

"睡了。给金橘浇点水。"

慌张的时候，就连理由都找得毫无根据。

"这个点浇什么水？"赵女士也没在意，"快点睡觉了，明天还要上学。"

"知道了。"沈知微应，"就去睡。"

巷弄中就算是这个时候也不算是特别安静，除了池塘边的几声蛙叫，还有不知道谁家开得特别响亮的电视声，隔得有点儿远，很模糊。

沈知微倒了杯水，准备去浇一浇阳台上的金橘。

阳台上的栏杆已经很多年了，暴雨天经常晃晃悠悠的，上面布满了斑驳的锈迹。

她不太敢靠近边缘，只是半蹲着浇灌有点蔫蔫的小金橘。叶片被水打得偏了一下，漏出了藏在里面的几颗小小的果子。

这盆小金橘买了两年了都没有什么动静……沈知微有点不敢置信地拨开叶片，才看到里面长出了几颗青青小小的果子，藏在后面，不仔细看几乎看不出来。

沈知微用指尖碰了一下果子。

真好啊，她想。

她喜欢有结果的事情。

4

2008/9/7 见微知著

阳台上的金橘结果了，我之前一直都觉得那可能只是摊主忽悠人的优良品种，根本就不会结果。之前有次政治月考考了"沉没成本"，意指已经付出并且不可回收的成本。但这盆金橘已经种了很久了，我觉得丢掉很可惜，所以一直养在阳台上，没想到突然结果了。

那天被嘲笑的时候，我知道那只是无聊的玩笑，却还是不可避免、不能免俗地自卑了。而他出现的时候，我清楚地知道，他并不是因为我，而是当时是任何一个女生，他都会这么做。

……真快啊，夏天好像快过去了。

南陵的夏天和秋天通常没有什么具体的分界点，如果非要说的话，那就是当令淮河旁边的商铺开始卖起糖炒栗子，明帝陵旁边的梧桐叶开始慢慢变黄，清晨的空气中，就开始带着一点秋天的气息了。

连着下了几天的雨，赵女士骑自行车去上班的时候已经戴着薄薄的加绒手套了。

昨天晚上沈主任就把棉毛衫之类的衣服拿出来洗了晒了，就是怕到时候气温骤降沈知微没有厚衣服穿。

好像大多数的家长都这么想，棉毛衫被赋予了某种神秘又神圣的能力，沈知微早上去上学时，路过几家阳台上都晾着各种花色的棉毛衫。

低洼的地方沾着泥泞和青苔，沈知微小心翼翼地避开。

到学校时，这几天班里在筹备月底的运动会，体育委员在讲台上说了大半天，也就寥寥几个人报名。

沈知微很清楚自己的体能，要是真的去跑八百米，初步预计就是倒数前三。

…………

大部分的事情都在按部就班地继续往前。

沈知微再也没有在东门的便利店买过火腿肠去喂小黄，可小黄还是很喜欢她，每次看到她都开心地晃动尾巴。她也没在那儿再遇到过蔚游，两人偶尔的交集也只是在收作业时，她会提醒他，又或者是语文课上的几次小组讨论，好像就仅此而已。

他们再没有过什么交集，就像是两条平直的线条，两端都不在同一个方向，相交以后又各自平行向前。

一直到9月中旬，南陵的夏天已经只剩一个尾巴。

那天是周三，下午他们这层楼有节统一的体育课，宁嘉佑老早就呼朋唤友一起下楼了。距离上课还有三分钟，大部分的学生也都已经下去了，所以这一层楼格外空旷。

沈知微还要去给语文老师送作业，穿过走廊时，突然听到前面传来说话声。

她顿住，刚准备换个方向离开的时候，就听到了一道女声陡然放大。

"蔚游，"女生站在走廊角落，说话直截了当，"和我交朋友吗？"

沈知微愣在原地，抬眼去看那个说话的女生。

是楚盈盈，她身上的附中校服腰线收窄，裙子到膝盖以上，露出纤细笔直的双腿，下面是一双低跟的小皮鞋，加上她高挑的身材，即便站在人群里也是显而易见的漂亮。

沈知微站在原地，捧着作业刚准备离开的时候，听到了蔚游的声音。

还是他惯常的淡漠语气。

"不好意思，"他顿了下，"我没什么兴趣。"

"哎，你这个人怎么这样？说话好没意思哦。你知道吗，你还是第一个我主动来交朋友的人呢。"

很娇嗔的语气,她说起来却非常自然,谈不上做作,只让人觉得她本应该就是这样说话的。

"你很需要朋友的话,可以去找别人。"蔚游回。

"我上课了,麻烦借过一下。"

沈知微站在原地,不偏不倚地与走出来的蔚游对上。他视线平淡地掠过她,点了一下头算是打招呼,然后就错身离开。

沈知微没忍住往身后看了看,看到他离开的背影带着一点儿不可迫近的凉薄。

季微之前说,蔚游这个人很拎得清,所以喜欢他是一件很辛苦的事情。

很长一段时间里,沈知微都没有完全意识到这件事,但是现在,她却不可避免地觉得,季微说得真的很对。

蔚游太拎得清,对很多事情都看得通透。所以拒绝的时候,一丝一毫的余地都不留。

于是她这个胆小鬼当得理所当然,只是对视时总不免不够坦荡,总是率先收回视线,又或者是连视线都不敢触及,怕被他看出端倪,然后疏远。

她总是很擅长隐藏自己的心事,所以一直到现在,都还能和蔚游正常交流。

只是,偶尔……很偶尔的时候,会有点贪心。

楚盈盈还站在原地,她大概也没有想到蔚游居然走得这么干脆,还愣了一会儿,却又没有失落或伤心,反而一脸很感兴趣的样子。

大概是看到了刚刚蔚游和沈知微打招呼,她走了过来,一点儿扭捏都没有,笑着和沈知微打了招呼:"你和蔚游是一个班的吗?"

"啊?"沈知微有点诧异,"是的。"

"他这个人平时也这样吗?"楚盈盈语气熟稔,脸上还带着笑,露出一点儿虎牙,"就是习惯冷冰冰地拒绝人……哎,你们班平时也有不少人喜欢他吧?你也是吗?"

最后一句话几乎把沈知微吓了一跳,她勉力保持镇定,握着作业的手收紧,摇了摇头:"我……我不太清楚。"

"哦。"楚盈盈点了点头,"看来你是个好学生。我还以为附中所有女生都喜欢他呢，不过你们班好像成绩都很好吧？你又长得这么乖，不喜欢也正常。"

大概从小到大的生活非常顺遂，楚盈盈从头到脚都带着天然的底气和自信。

"我今天为了来找他都还没去上补习班，等回到画室估计要被老师骂半天了。他拒绝得这么干脆，是不是很过分，好歹也给我发个好人卡吧？"楚盈盈念叨着，突然凑近了沈知微，问道，"我好看吗？"

她靠得近了，沈知微才发现她比远看要更好看一点，卷翘的睫毛扑扇扑扇，轻而易举地可以获得别人的好感。

"……很好看。"

"是吧。"楚盈盈嘟囔了一声，"好了，我要走了。要是待会儿画室老师发现我这么久还没到，估计要打电话给我爸妈了。对了，我忘了说，我叫楚盈盈。"

"今天谢谢你啦。"楚盈盈朝着沈知微晃了晃手，"拜拜。"

沈知微到操场时已经上课了，季微之前就和体育老师说过沈知微去办公室交作业，所以老师看了看她，也没说什么，就让她归队了。

沈知微这段时间和几个女生都熟络了不少，其中一个女生物理很好，沈知微有时候会在QQ上问她题目。

高三的体育课基本上就是自由活动，但新学期刚开始的时候都要进行体测，好在今天就只是测立定跳远、五十米跑和坐位体前屈，只要不跑八百米，就还算是轻松。

五十米跑结束就可以自由活动了，沈知微和几个女生一起坐在树荫下聊天，能看到不远处的篮球场。

宁嘉佑和蔚游不在一队，蔚游正在带球过人，然后轻松地一个三步上篮。

沈知微看了一眼就收回视线，听旁边的季微说话。

"你们刚才有没有看到楚盈盈从楼上下来啊？我刚刚去办公室送东西的时候正好和她打了个照面，她好像是来找蔚游的吧，长得真的好漂亮啊。"

"蔚游？"有人笑着接茬，"这事不稀奇吧？我见过的没有十个也有八个，不是长得漂亮的女生哪有这个勇气啊。"

季微点了点头,也没继续这个话题,转而开始讨论老廖的头发到底是不是假发了。

大家聊得热火朝天,沈知微却在一旁神游,不可避免地想起了刚刚那个女生。

楚盈盈。

她在很早之前就听说过这个名字。

当时也只是道听途说,等到楚盈盈真正站在自己面前时,沈知微才意识到冯沁那个时候为什么这么沮丧。

因为,现在的她也不可避免地感觉到了一点点的……只有一点点的伤心。

晚上回家以后,沈知微照例先去看了看阳台上的小金橘。自从上次结果以后,这株小金橘就再也没有什么动静。

挂在电脑上的QQ突然传来几声收到新消息的提示音。

一般也没什么要紧事,沈知微轻轻碰了碰小金橘的果子,将浇水的水杯收好,然后才趿拉着鞋子往电脑前走。

刚点开跳动的消息框,她就看到宁嘉佑连发了几条消息过来,班级群里也有好多条未读消息。

红焖柚子:你快去看学校的贴吧!我人真的傻了,真的勇士出现了。

红焖柚子:这么快就一百多条回复了,我第一次看到连名带姓在贴吧这么说的。

红焖柚子:班群也是第一次这么热闹,好多个多年"潜水党"都被炸出来了!你快去看看![震惊][震惊]

红焖柚子:[链接]

沈知微点进链接。

△南陵附中十六班的蔚游到底怎么才能和他成为朋友啊?

楼主:虽然刚被拒绝,不过我肯定可以成功!

下面回帖的人很多,不解的有,觉得楼主好笑的也有,看热闹的也有。

大多数女生都是低调的,就算是表达喜欢,也只是在私下里说说,像这样大胆到直接在贴吧发帖的,大家都是第一次看到。

1L：啊？

2L：蔚游是谁……我落伍了吗？

3L：回楼上，你确实落伍了。

4L：听说他好像喜欢可爱、长得甜的女生，不过我也是道听途说啊，不保真。

楼主回复：好的，等我成功了，请你吃饭！

5L：啊？

6L：四楼消息哪儿来的？我和他同班两年从来没看见过他跟哪个女生走得近……

沈知微没有往下细看，迅速打开班级群看里面发的消息。

拼搏一百天我要上清大：我人都傻了……[呆滞]

拼搏一百天我要上清大：游啊，你怎么想？ @you

蚊不叮：他估计挺烦的。笑死了，老廖知道了不会又要让他罚站吧？

滴滴滴滴哥：难说，老廖不是一向喜欢连坐吗？

红焖柚子：游啊，你这也太惨了！这不是殃及池鱼吗？

从头翻到尾，沈知微也没有看到蔚游回复。

而大家大概都已经司空见惯，所以只是调侃几句，也没有太在意。反正附中贴吧是学生自己建的，基本上老师也不会点进去看，这件事顶多就热闹几天，慢慢也就过去了。

…………

第二天早读时，宁嘉佑一边晃荡着椅子腿，一边问神色怏怏的蔚游。

"昨天贴吧的帖子你看了没？游啊。"

"没。"

宁嘉佑眉飞色舞地给他复述了一遍。蔚游听完没有什么反应，手指抵住英语书的书脊，一副懒得回应的样子。

宁嘉佑知道他这是不想回答，更来劲了，刚准备磨他的时候，老廖突然从窗户外探头进来，看了看宁嘉佑吊儿郎当的坐姿，笑眯眯地说："不用我多说了吧？"

"是。"宁嘉佑立刻坐好，哭丧着脸，"我现在就去后面背书去。"

老廖满意地点点头，从正门走了进来。

宁嘉佑拿着书起身往后面走时,从牙缝里挤出话来:"你是不是早看到了却不提醒我?报复我呢?"

蔚游不置可否。

老廖还在讲台上站着,宁嘉佑只能捧着书,慢吞吞地往后面走去。

好像和往常没什么不一样,不会起什么波澜。

直到晚上去食堂吃饭,沈知微排队时,看到了和蔚游坐在同一张桌子上的楚盈盈,她双手捧着脸,一双大眼睛忽闪忽闪的。

沈知微排队的地方距离他们不远,能听到隐隐约约的说话声传来。

"我坐在这里也没碍着别人,就看看你都不行吗?"

楚盈盈说得理直气壮。

旁边的人显然也听到了,视线都朝着那块聚集。

"……随你。"

蔚游起身收拾了一下餐桌:"我走了。"

第四章
苦风
/
一笔带过的路人，
没有姓名的某某。

1

楚盈盈开始频繁地出现在蔚游身边。

也可能……并不是频繁。

只是楚盈盈出现的地方，恰巧也是沈知微余光会掠过的地方。即便沈知微并不想知道，可是余光还是忍不住游离在她出现的地方，很多很多遍。

有时是篮球场外的观众席中，又或者是附中密密匝匝的梧桐树旁。

偶尔冯沁也会在 QQ 上和沈知微聊到这件事，只是她知道沈知微对这些并不是特别感兴趣，所以聊不了几句就转到了其他话题上。

那个时候她们谈论的话题大多很简单，无非就是额头上新长的痘痘、手臂上刮了还是会长的汗毛、刘海旁边总是被要求剪掉的碎发，又或者是老师随口的一句批评，任何一件小事对青春期的女生来说都可能掀起滔天巨浪。

冯沁一直都是个心大的女生，知道楚盈盈追在蔚游身后时，很快就准备把目光投向新"对象"了。

沈知微有点没明白她这话的意思,犹豫了一下,打字问她为什么。

游鱼:……这个也可以说换就换吗?

糖炒板栗:那不然怎么办啦?课本上不是说了吗,当断不断反受其乱。楚盈盈那样的女生他都不在意,那我就更没可能了,没结果的事情坚持有什么用。

糖炒板栗:不过他倒是真的长得蛮帅的,嘿嘿。

好像说得也对。

及时止损。

时近10月,已经适应了一段时间的沈知微发觉新班级也没有特别大的不同。即使是竞赛班,也有很多人喜欢打闹,也有喜欢玩游戏的,宁嘉佑经常在她耳边咋咋呼呼,隔壁小组还有人会在晚自习的时候偷偷溜出去。

如果硬要说点什么不同的话,就是周围的人好像都更鲜活一点。

这种鲜活很难具象地表述出来,可能是大部分人清楚且明白自己的目标,即便再怎么嬉笑,他们都是游刃有余的,永远拎得清轻重主次。

沈知微有时候会觉得自己像是一条没那么会游泳的鱼,从鱼缸被放生到小溪,周围陌生又熟悉,但她并不能完全适应,只能奋力摆动自己的尾鳍,让自己显得合群一点。

今早南陵下了一场雨,气温骤降了十来摄氏度。沈主任清早出门时还嘴硬只穿了一件衬衫,出门蹬自行车蹬了一段路还是没忍住回家又套了件皮夹克。赵女士念叨了几句,然后让沈知微又多加了件衣服在宽松的涤纶运动服里,裤脚耷拉着,显得有点臃肿。

赵女士又往沈知微的手里塞了两个温热的鸡蛋:"还热着,你路上吃。"

附中每周都会有练习,周六晚自习考语文和英语,周日晚自习考数理化,基本上周一就能知道成绩,成绩单贴在后面的宣传栏上面。开学才一个多月,各种公告、通报还有成绩单已经贴了厚厚的一沓。

沈知微到教室的时候,班上还没来几个人,但同学们脸上多少都带着点儿倦意。

沈知微把书包放在椅子上，抚平了宽大校服裤子的褶皱。今天早读是语文，距离七点还差两分钟的时候，教室接二连三地开始进人，个个基本上都和霜打的茄子一样蔫巴巴的。

宁嘉佑踩着点在最后一分钟进了教室，身上只穿了件秋装外套，敞开着的，里面还是一件短袖。

"穿这么少？"宋航远看到老师没来，"你不怕冻死？"

"火热小王子，懂？和你这种虚的没话讲。"宁嘉佑拉开椅子一气呵成地坐下，转身把书包挂在椅背上，"今天上什么早读啊？"

"语文。"

沈知微收拾了一下桌上新发的文学常识，有点迟疑地看着宁嘉佑卷起来的袖子，淡青色的青筋蜿蜒在手背上，微微凸起，格外明显。

她想了一下，小声问："……你这样，真的不冷吗？"

"啊？不冷啊。"宁嘉佑拨弄了一下外套，又看了看沈知微身上的衣服，"你这是把过冬的衣服都穿上了吧？就差裹成木乃伊了。"

沈知微缩在袖子里的手指蜷了一下，并不太合身的针织衫袖子有点长，耷拉了下来。

宁嘉佑整理完书包才突然反应过来刚刚沈知微说的话，求证一样地又问了一遍："今天早读……语文啊？"

话音刚落，芸姐就踏着早读的铃声进来了。宁嘉佑做贼心虚地缩了缩脑袋，手里捧着的书举高了点，刚好盖过头顶。

"你干什么了？这么怕芸姐。"

"能不怕吗？"宁嘉佑声音压低，"这次周练有道文学常识题好像就我一个人错了，作文写得还贼烂……我有个十三班的朋友，周五刚好在办公室里帮忙分卷子，说阅卷组组长在办公室里说整个一考场就我那作文写得像两个馒头加咸菜，干巴得能噎死人。"

这次因为马上要放假，周练不仅提前了，整体还都偏难，尤其是物理，好几道大题沈知微都没什么头绪，听到宁嘉佑提起，她也有点心里没底。

早上两节课都是语文，外面淅淅沥沥下起了小雨，大部分人都听得有点昏昏沉沉，一下课就趴在桌子上补觉去了。

因为下雨，大课间的跑操取消，班长拿着这次周练的成绩单贴在后面的公告栏上。沈知微去打水的时候，看了一眼排名，她各科都算是正常发挥，但是和前面一名的分差却更大了。

尤其是物理这一科，整个班基本都在九十五分以上，沈知微看了看自己显得有点突兀的物理成绩，在公告栏旁边站了好一会儿。

十六班一向都这样，平常卷子简单，可能分差还不会特别大，一旦卷子难，立刻就能拉开几十分的差距。

下节课是物理课，课代表正在发二卷的试卷。宁嘉佑不知道到哪里溜达去了，桌上刚发下来的试卷堆成一团，沈知微帮他整理了一下，然后看到他的二卷。

接近满分的二卷。

只除了后面一道求时间间隔的小问，他没有写出公式，被扣了三分。

沈知微看了看他的分数，很轻地抿了下唇，将这些试卷都叠好放在他的桌上。

宁嘉佑时间一向都把控得很好，踩着上课铃响起来的那一秒进了教室。趁着物理老师还没过来，他从后门一下窜进来，面不改色地在座位上坐好。

今天物理老师的组会结束得有点晚，几分钟过去了老师还没来。

沈知微对着刚刚发下来的二卷看教辅资料上面的例题，有几个步骤有点难理解，她拿着笔在草稿纸上简单写了一下思路，后来思绪就有点散，回神以后，才发现自己在草稿纸上已经写了好几个"游"。

她眼睫颤动了一下，然后把这张纸揉成一团扔到了旁边的垃圾桶里。

一直到上课十分钟以后，物理老师才姗姗来迟。她看上去心情不是很好，眼皮半垂，语气平淡地讲了一下这次考试的成绩，点名了几个考得比较好的同学，再把这次考试重点失分的题目过了一遍。

物理题主要就是讲解题思路，整张试卷讲下来也没花很久的时间。

最后下课的时候，物理老师经过沈知微的桌子，手指屈起在她桌子上叩了下。

"带上卷子来我办公室一下。"

物理老师走得很快，沈知微小跑着跟了上去。

到了办公室里，物理老师坐定，看着局促地站在自己面前的沈知微，她几不可闻地叹了一口气："刚刚课上讲得快，只简单过了一遍，你有几道题错在同一个知识点上了,我没拎出来讲,现在来单独给你讲一下。高三课业重,你也没这么多时间经常来办公室听我讲,剩下有其他不懂的,你之后问问旁边的宁嘉佑。"

她说到这里,又想到什么:"他成天不见人影的,你问蔚游也行。"

单薄的物理试卷在手中被捏出了细微的褶皱,沈知微小声回:"我知道了。谢谢老师。"

老师对于这种乖巧的学生难免多一些关切,她也不想给沈知微太大的心理负担:"物理确实不能一时半会儿就学通,你主要还是先打好基础再提优吧,我也看得出来你这几次考试还是有进步的。"

…………

物理老师还要去参加调研组会,抓紧时间讲完了题,领着沈知微从办公室出来的时候,距离上课还有一分钟。

虽然物理老师已经尽量讲得很细致了,但是有几个步骤,沈知微还是觉得有点迷糊。她抱着试卷跟在老师身后,刚好与从隔壁办公室出来的蔚游碰上。

物理老师喊住他:"这次周练的第三道大题,就是算秒速那道,你回头再给新同学讲讲。"

蔚游的视线没在沈知微身上停留,只应声:"好的。"

"同学之间多互帮互助,有什么不会的就问,不丢人的。"物理老师手中拿着教案,"行了,回去上课吧。"

下午的大课间是自习。

这次周练题偏难,大部分人都在整理错题,又或者是小声地讨论。

蔚游还记得早上物理老师说的话,碰了碰沈知微的椅背:"速率那道题,需要我讲一下吗?"

宁嘉佑听到这话,也凑过来:"什么什么?周练哪道算速率的?我来讲,我来讲,我会!"

蔚游掀起眼皮看宁嘉佑,将手中的试卷卷起来,在桌子上轻轻地叩击了几下。宁嘉佑扭头问沈知微:"你来说,让谁来讲?"

宁嘉佑今天大概是起床得比较匆忙,头上翘着几根头发,但眼睛一瞬不

073

瞬地看着沈知微，好像对于这件事的胜负极为看重，迫切地想要让沈知微选择他。

而蔚游脸上则看不出什么情绪，眼睑半垂着看向窗外枯黄的梧桐叶，好像对于宁嘉佑这种无聊的选择游戏觉得倦怠，有点儿兴致寥寥。

应该也是，毕竟这只是物理老师刚巧派给他的任务，他说不上有什么积极的情绪，也很正常。

沈知微一点也不希望他勉强。

她眼睛低下去，看向蔚游："宁嘉佑和我是同桌，讲起来比较方便，就不麻烦你了……谢谢你。"

宁嘉佑嘲笑了蔚游几声，他没有什么反应，只是轻描淡写地回了沈知微一句："没事。"

2

虽然宁嘉佑讲了很久，但是关于几个步骤之间的换算，还是剩了一点没讲完。

他其实不算是个很有耐心的人，思维跳得很快，但大概是看出沈知微听得有点吃力，他还是放缓了一点节奏。

已经快到晚饭时间，宁嘉佑挠了挠头，手里捏着卷子："就剩下几个步骤了，等会儿吃饭的时候正好给你讲完。我今天去一食堂，你和我一起？"

"好的。"沈知微还在思考刚刚的题，"谢谢。"

"谢什么啊。"宁嘉佑捶了下她的肩膀，"咱俩谁和谁。"

他平常这样对朋友习惯了，一时没有收住力气，等意识到沈知微只是个女生的时候已经晚了。

刚刚讲题的时候两人都是侧坐着，沈知微背后就是走道，宁嘉佑反应过来想要拉住她时，她已经往后仰倒，椅子在地面发出尖锐的摩擦声。

这种近乎失重的感觉让沈知微脑中空白了一下，刚准备抓住桌子边缘缓冲一下时，她往后倾倒的椅背突然被人抵住。

在她还没有完全回神的时候，最开始感知到的，是背后那个人传来的清冽的气息。

空白的脑海里好像猛地炸开了一束烟花，不用转身，她就已经知道了他是谁。

沈知微有时候会觉得他们之间,或许真的有那么一点微薄的联系。

比起冯沁只是远远看过他两三眼,可以轻而易举地舍弃"沉没成本",她曾经切实感受过自己遇到他时骤急的心跳,不可辩驳地叩响在胸腔中。

清楚又明晰。

蔚游抵住椅背,等沈知微坐稳,只说了句"小心",然后就拿着一瓶水回到了座位上。

宁嘉佑手足无措地道歉:"对不起啊,我、我刚刚没注意。沈知微,你没事吧?"

沈知微摇了摇头,看宁嘉佑实在是紧张,安抚地朝着他笑了下。

"没关系,我没事。"

宁嘉佑松了一口气。沈知微又转身对蔚游道谢,眼睛半垂,没有看他,只说了很轻的一句"谢谢"。

蔚游听到了,随手翻过放在桌上的一页书:"没关系。"

宁嘉佑也凑过去:"游啊,刚刚幸好你在那儿,不然都要给我吓死。"

"恰好路过。"蔚游说到这里,像是突然想到什么,抬眼看向宁嘉佑,"你手劲怎么样心里没数吗?把她当宋航远呢?"

宁嘉佑难得没有反驳,神色有点蔫蔫的。

他的头发颜色比寻常人的看上去稍微浅一点,在阳光下像是浅棕色,现在垂头丧气的模样特别像一只委屈巴巴的小狗。

刚巧是最后一节课了,上课铃响起来,英语老师踩着点进教室。沈知微想了想,从便利贴上撕下一张。

^_^我已经没事了,等会儿一起去食堂吗?

窗外的梧桐叶又落下一片,宁嘉佑显然是个非常好哄的人,眼睛很快就亮晶晶地闪起来。趁着英语老师背过去板书,他朝着沈知微点点头,低头在便利贴上面又加了一句:好!那你等会儿跟着我就行了,我带你去排最难排到的糖醋里脊。

宁嘉佑的字在难看和好看之间微妙地保持了一个平衡,可以评价一句

"好难看",非常之写意,沈知微还是通过上下文才能勉强看出来他要表达的意思。

她失笑,恰好英语老师临时有事要去处理,让他们先做一下晚自习要写的完形填空。

一直到很久以后,沈知微都还记得那篇完形填空讲的是什么——翡冷翠夜间的风。

遥远的千万里外,能感受到却抓不住的风。

…………

这节英语课没拖堂,一食堂一向都是人最多的,宁嘉佑临下课的时候说了句"跟紧我",下课铃一响就往外跑了。

沈知微一向都不擅长跑步,跟得有点吃力,下楼梯的时候已经看不到宁嘉佑的身影了。她看了看楼梯口乌泱泱的人,像是奋力找到间隙穿梭的小鱼。

身后不知道是谁往前跑的时候撞了她一下,沈知微一个不稳,下意识地扶住墙,右手腕却突然被人扣住。

透过秋季校服,她能感受到对面人的体温,是熨帖的温热,不像自己手指常年冰冷。

"差点让你又摔了。幸好这次我反应过来了。走,我拉着你。"宁嘉佑捏了捏沈知微的手腕,"你这手腕太细了点,都没什么肉,怪不得我之前没用多大力气你就倒了。你平时是不是都吃得特别少啊?"

他拉着沈知微穿过拥堵的人群,沈知微有点不知所措地跟着他。

"跟着我走啊,别一会儿我又找不到你了。现在赶紧去,我们还能排上糖醋里脊。就你这么瘦的,怎么着都得多吃点。"

南陵这时候的气温在全年里算是为数不多的适宜,穿薄外套刚刚好。风吹起沈知微耳侧的头发,宁嘉佑身上的外套也被吹得稍稍扬起。

他带着她快速穿过楼梯和走廊,游刃有余地穿梭在人群中。

一直出了走廊,人流比之前少了很多,沈知微视线朝前,看到了随着人流前行的背影。她的视线在那人身上稍微停住,被宁嘉佑扣住的手腕也顿了一下。

宁嘉佑很快察觉到,看了看自己握住沈知微的手。这个时候他才后知后觉地反应过来,自己的行为大概有点越界了,耳后以肉眼可见的速度蔓延薄红。

他挠了一下头，有点结巴地解释："刚刚人多，我、我一时没注意，怕你走丢了……"

"我知道。"沈知微看向他，"没关系，走吧。"

一食堂里的人已经很多了，宁嘉佑和沈知微恰好排到了最后几份糖醋里脊。

两人找了个角落的位子坐下，宁嘉佑从口袋里掏出皱皱巴巴的物理卷子给沈知微接着讲之前没讲完的那几个步骤。他讲题非常讲究意会，沈知微每次都要想一会儿才能跟得上他的节奏。

一直等到沈知微听懂了，他才把那张卷子随手一叠放到口袋里，扒拉起自己餐盘里的饭。

吃到一半，他突然招了招手。

"这里有位子！"

沈知微吃了半碗米饭和几块糖醋里脊就差不多饱了，她下意识往自己身后看去，就看到蔚游正站在不远处。

明明之前看到他的时候还在他们前面，现在她和宁嘉佑已经差不多快吃完了，他还端着餐盘，像是刚刚准备坐下来的样子。

这个时候食堂人最多，空位很少，宁嘉佑和沈知微这张桌子正好还有两个空位。

蔚游也看到了宁嘉佑朝自己挥手，他有点儿诧异地看着坐在宁嘉佑对面的沈知微，反应过来后朝着她点了下头。

他抬步走到宁嘉佑身边坐下。

沈知微握着筷子的手蜷缩了一下，无意识地戳了戳餐盘里面的小青菜，菜梗被她戳出一个小小的凹陷。

食堂的光是冷白的，照在蔚游身上，显得他更加有点儿不可接近的冷淡。

不知道为什么，沈知微感觉他好像不是很高兴，但她也没有理由去问他为什么。

"今晚数学自习做之前发下来的模拟卷？"宁嘉佑问。

"嗯。"蔚游发出一个音节。

"行吧，一整张。'黑旋风'每次布置作业都挺歹毒的。"

蔚游扬起嘴角笑了声。

"对了，游啊，我刚刚是不是在走廊那里看到你了？你怎么走这么慢，我前后脚粘一起估计都比你走得快，你这是数着步数挪过来的？"

蔚游吃饭的时候不怎么说话，听到宁嘉佑的问话，他顿了一会儿才语气淡淡地回："路上遇到点事。"

宁嘉佑刚想问是什么事情，然后不知道看到什么，只发出一个拖长的音节："哦……"

他表情了然，语气有点微妙："我知道了。"

沈知微手中的筷子也在这个时候顿住，眼睛不可避免地轻眨了一下。

然后就听到身后传来女生清甜的声音。

"蔚游。"楚盈盈语气轻快，"找到你了！"

带着香味的风笼罩在沈知微身边，楚盈盈提着小包坐下，精致小包被放在并拢的腿上。

"我都说了，躲我也没用的。"她双手交叉撑住下巴，把手中提着的饭盒扣在桌子上，"我给你带了爱心晚餐，是我亲自在厨房指导家里阿姨做的，里面的胡萝卜还是我亲手切的呢。"

她推过去："快尝尝。"

蔚游眼睑抬都没抬："不用。"

宁嘉佑之前只是听说过这位楚大小姐的大名，看到蔚游现在的表情，他忍不住觉得有点好笑。

楚盈盈也没觉得尴尬，撑着手看蔚游吃饭，然后才注意到她身边的沈知微："哎？你也在啊，这么巧。"

她意识到沈知微和宁嘉佑是面对面坐的，笑着问："对面的是你男朋友吗？他是不是和蔚游很熟？"

宁嘉佑听到这话，手中的筷子一抖，差点掉下桌去。

沈知微摇了摇头，开口解释："他是我的同桌。"

楚盈盈"哦"了一声，刚准备再找一个话题的时候。

"走了。"蔚游突然开口，起身收拾了一下，"今晚的自习是老廖的。"

他一起身，楚盈盈对着沈知微笑了下，也连忙跟了上去。不知道她跟在他身边说了些什么，虽然他毫无反应，但她脸上一点也没有挫败的表情，还是在笑着的,也不觉得自己是在自顾自地说话。

沈知微和宁嘉佑跟在后面,一直到走进教学楼踏上台阶,楚盈盈才有点舍不得地朝着蔚游挥了挥手告别。

宁嘉佑见缝插针,走上去勾住蔚游的肩,笑着问:"这么穷追不舍,游啊,我说要不你就从了人家算了。"

他说到这里,顿住步子,回头挑着眉看向沈知微。

"你说是吧,沈知微?"

3

宁嘉佑转过身来问沈知微,其实也只是随口一句的玩笑,毕竟这是难得可以调侃蔚游的机会。

但他等了一会儿,却没有等到沈知微的回答。

这个时候天色已经暗下去,走廊里走着三三两两从食堂回来的学生,交谈声细碎嘈杂,却又突然像是潮水一样远去。

沈知微手指下意识地收紧,微凉的风咽入喉间,她几乎发不出一点声音。

她的无数私心让她说不出附和的话,可又实在显得不够坦荡。

因为她的确,无可置疑地,存有私心。

好几秒的沉默让蔚游也停下步子,他稍稍侧身,抬眼看着沈知微。

他或许并不是好奇她的答案,只是诧异她这个时候突然的沉默。

沈知微怕被他看出端倪,在视线即将交错的时候,垂下眼睑:"……我不知道。"

她分明心知肚明,随便一句"很般配"更加合适,可是这几个字在她的舌尖滚了很久,还是觉得说不出口。

即使,他们大概确实也很般配。

无数女生家里的抽屉里、枕头下都有几本封面花哨的小说,在很多故事里,都是类似而趋同的设定,漂亮又热烈的女生和不易接近的冷漠少年,就算是在小说里,他们大概都是圆满的结局。

可是她呢?可能只是一笔带过的路人,没有姓名的某某。陈列她所有的心事,只需寥寥一句"胆小鬼"就可以全部概括。

宁嘉佑没太多想,只是有点懊恼:"刚刚没注意,不该和你说这些,别带坏你了。"

他松开勾着蔚游的手，凑到沈知微身边："走吧，回去上晚自习。"

沈知微点了点头，没看蔚游，错身经过的时候，他也跟了上来。

有时候，她能感觉到季微说起蔚游用的形容——疏离。

比如他原本靠近的是沈知微这一侧，在距离教室也就一两百米远时，他却没有继续走在沈知微身边，而是绕了一下走到了宁嘉佑身边。

非常自然的动作，就像是他之前在食堂，非常自然地绕过沈知微坐到宁嘉佑身边一样。

前几次体育课自由活动的时候，大家偶尔谈及蔚游。

有几个女生艳羡，说他以后的女朋友应该会很幸福，他会适当地和人保持距离，又不至于不礼貌，只会对特殊的人特殊。

沈知微当时朝着她们说的往下想了想，然后小声附和了一句："是很幸福。"

声音很小，小到可能身边的人都还没听到，就被操场上的风给刮走了。

而风的味道，居然是苦的。

他们去食堂排队排得早，现在回到教室的时候，里面的人还稀稀拉拉。

老廖还没来，有几个人偷偷摸摸地拿出手机发消息。

这个点学校贴吧里也挺活跃，不少低年级的学生趁着吃饭时间偷偷翻墙出去上网。东门那边时不时藏着好几个年级主任，就是为了抓翻墙出去的学生。

老廖不在，教室门口还站着望风的，几个带手机的聚在一起，给班里其他人讲贴吧里新发的帖子。

"哈哈哈，刚刚有个高二学生发帖，说他后面几个都被教导主任逮住送回班里写检讨了，还得扫两个月厕所。"

"东门是越来越不安全了，他们这些高一高二的怎么还从那里走，直接从明镜湖旁边那个小栏杆上面翻出去不就得了。"

这几个人就坐在沈知微不远处，讨论声也传到了她的耳畔。

她没继续听下去，翻开之前发下来的物理二卷，按照宁嘉佑讲的解题方法一条一条地重新理思路。

宁嘉佑的学习方法是非常典型的天赋型，沈知微一时不太跟得上，所以根据他的思路又整合了一下解题思路，从题干中再找了一下线索，刚准备再做一遍题的时候，却突然听到了蔚游的名字。

沈知微手中拿着的签字笔画出一道划痕，听到那几个人的议论。

"贴吧上说今天有人在食堂看到楚盈盈和蔚游坐在一起了哎，下面还有不少人支持，毕竟这两个人真的挺般配。"

"是吧，楚盈盈也是远近闻名的大美女哎。"

"大美女这么追过来，挺需要勇气。"

…………

沈知微听到他们的议论声，回想了一下之前在食堂里的情景。她那时没怎么抬头，一直在戳着餐盘里的小青菜，只偶尔几次楚盈盈和她说话的时候，她不得不抬起头回答。

沈知微对他们说的内容并没有很关注，唯独记得那几次偶尔的抬头里，能看到楚盈盈一瞬不瞬地看向对面的人，眼神热忱到身边的人都对她的目的一目了然。

那几个人和蔚游不算太熟，所以也没多调侃，只是聊了几句，然后就跳过了这个话题。

沈知微回过神，手指按压着圆珠笔。

宁嘉佑这时候从超市回来了，拿着罐橘子果汁放到沈知微桌上。

"给我的吗？"沈知微有点惊讶，"多少钱？我给你。"

"赔罪的。"宁嘉佑拉开椅子，"老廖怎么到这个点都还没来？"

沈知微摇摇头表示自己也不知道。旁边原本在教室门口望风的人听到这话凑近，偷偷摸摸地说："上次联考还有几个学校没参加，下个月估计要全南陵联考了，老廖他们都还在詹新楼开会呢，一时半会儿回不来。"

"真的？你哪里来的消息？"

"刚刚有人去詹新楼那里送茶杯了，看到会议室里乌泱泱坐着的全是老师。"

教室有没有老师守着对沈知微来说影响并不是特别大，她一向乖巧，即使老师不在，她也不会随意离开座位。所以听到这个消息，她也只是顿了一下，很快就重新开始演算一道物理题。

全年级老师都不在，教室里比平时多了一些窸窸窣窣的声音。

距离正式上晚自习还有十分钟，前面几个男生偷摸拿出飞行棋在下。沈知微重新演算了一遍物理大题，翻今晚留的作业时，却怎么都没翻到新发的数学卷子。

她去找数学课代表，课代表听到她说的话，扶了一下眼镜："可能是没发到，讲台上没有多余的了，你去办公室里面再看看吧。"

沈知微点了点头，看了看教室上的挂钟，还没有到上课的时间，她转身出了教室。

数学老师的办公桌就在老廖的座位对面，桌上放着一堆教案还有电脑。今天的作业是函数专题，沈知微进来办公室后在桌上翻找了一会儿，还是没有看到。

空荡荡的办公室里只有她一个人，沈知微俯下身子，在桌子下面的大抽屉里又找了一阵，才终于看到了那张函数专题试卷。

她起身，稍稍一个不稳，幸好扶住了办公桌。

快回到教室时，还剩五分钟就到上晚自习的时间了，但教室里却比以往更加喧闹。

沈知微脚步放缓，走近后，很快就明白了为什么。

她座位上坐着的人，变成了楚盈盈。

十六班其他人哪里见过这阵仗，而楚盈盈却不见任何局促，正坐在座位上和蔚游说话。

她眼睫毛上面有亮亮的闪片，和人说话的时候，让人总忍不住看她忽闪忽闪的眼睛。

楚盈盈也看到了沈知微，和她打了声招呼。

"哎，这是你的位子？那太好了，你们班我就认识你一个人，你可以让我坐五分钟吗？我说几句话就走。"

沈知微愣在原地，反应了一会儿，也说不出拒绝的话，只是机械地开口："啊，好。"

楚盈盈对着沈知微感激地笑了笑，然后又转过身对着蔚游说话。

她大概真的是从小被娇生惯养长大的，就算周围是这样陌生的环境，也丝毫不受影响。

或许是想要的东西都可以轻而易举地得到，所以她一点儿不会胆怯。

就像现在，也是这样。

沈知微拿着数学卷子，走到自己的桌子旁，找到之前发下来的试卷一起整理。她站着的时候脊背很直，半低着头，碎发从耳后滑落下来，没有人能看到她现在的神情。

楚盈盈是在约蔚游去她下周的生日派对，尾音有点撒娇，说就算是当朋友来玩也可以。

"我和朋友说好了，蔚游，你就来吧，给我个面子啦。我好不容易夸下的海口呢，你不来我真的会很丢脸的！就是让我的朋友们看看你，不会让你做什么的。"

蔚游坐在对面不为所动，只轻飘飘地说了一句"我没兴趣"。

楚盈盈大概是早预料到他的反应，也不气馁，继续小声地和他软磨硬泡。

沈知微的余光没有再看向那边，只是站在桌旁拿出签字笔准备写姓名。但她并不太习惯这样的姿势，名字都写得歪七扭八。

她拿过胶带想粘掉，或许是胶带被她压得太紧，姓名栏那边破了一个小小的洞。

明明刚刚站在桌子旁边好几分钟，也只是觉得一点点委屈……可在看到那个撕开的小洞时，她却忍不住地、不可抑制地酸了鼻子。

她知道别人什么错都没有，但就是不可避免地觉得好委屈。

刚刚答应楚盈盈的明明是她自己。

因为没有足够的理由去拒绝，因为她胆小地只敢和蔚游保持同学关系。

只是一个普通同学的话，他们擦肩而过，交情泛泛，一年以后理所当然地各奔东西。

可他是蔚游。

是她不敢宣之于口的秘密。

所以她只能站在一边，看着其他女生坐在她的位子上坦率地表露喜欢。她窥视着这一切，感觉自己像是阴暗水沟里的小丑，厌弃的同时却又觉得委屈。

沈知微碰了碰卷子上破开的洞，很轻地吸了一下鼻子。

"沈知微。"

蔚游突然开口，叫了一声她的名字。

沈知微看过去，只看到他站起来，拉开椅背。

她不明就里，视线和他对上的时候，下意识想要逃避，刚垂下眼睑，就听到他语气淡淡地开口。

"你坐我这里吧。"

4

那天的最后，是以蔚游走出教室，楚盈盈追上去，然后两个人都走远了作为结尾。后面不知道从哪里传出来了小道消息，说有人看到那天楚盈盈是哭着离开的。

早上出门时，赵女士给了一点零钱让沈知微去买水果店的特价西瓜。下了晚自习，沈知微在小巷口的水果店敲了半天西瓜，也还是拿不准到底选哪个，就随手挑了一个。

回到家后，赵女士把西瓜切好放到书桌上，怕打扰到沈知微学习，轻手轻脚地离开了。

沈知微做完了物理小题，打开日记本，笔尖悬在新的一页上很久才落下。

2008/9/27 见微知著

我知道他只是不想因为自己影响别人，不论我是沈知微或是其他任何一个人，他都会是一样的反应。

可是蔚游……我还是会觉得很开心。开心的同时，我又觉得自己这样很卑鄙。

今天买的西瓜其实不太好吃，有点蔫巴巴的，我硬着头皮吃了几块。

挑不中好吃的西瓜，怎么做题都提升不了的分数，蒙不对的选择题，我好像……从来都不怎么幸运。

临近国庆假期，附中高三照例是最后一天下午第三节课后就开始放假。距下课还剩十五分钟时，宁嘉佑就开始收拾东西，被上课的化学老师看到，罚他最后一个走。

要放假了，路上碰到的同学脸上多少都是带笑的。

沈知微遇到了几个从前五班的同学，打了招呼以后，他们随口问了几句沈知微在新的班级怎么样。

"挺好的。"

那几个同学脸上或多或少都有点羡慕："听说十六班高考最差的都能去'985'，沈知微，那你以后也能去北城上大学吧？"

沈知微有点不知道要怎么回答，只含糊地应了回去。

然后她想到北城，想到蔚游之前说的话。

全国最好的学校都在北城，如果他不想去北城的话，会想要去哪里呢？

南陵和北城相距一千多公里，十多个小时的火车，从北到南。

高考后各奔东西，或许他们也很难会有再见面的时候。

明明是既定的事实，她也从不敢设想自己的心事会得到回应，可是一想到这种结果，她还是会觉得很难过。

就像很多人都在顺着轨道前进，不能停留也不能折返，只是在某个地点交会，随后很快就分道扬镳。

走到学校门口，沈知微才发现自己有一科作业没带。她折回去，教室的门已经落锁了，准备去办公室拿钥匙的时候，听到里面传来含糊的对话声，是关于竞赛的。

事关隐私，沈知微往后退了一点。过了一段时间，才看到蔚游从门内走出来。他好像有点诧异她站在这里，幅度很小地点了点头，随后错身离开。

十六班有小半的人都会参加竞赛，沈知微一点也不意外蔚游会是其中之一。只是等到1月公布名单，一旦被保送，他可能就不会再来学校了。

沈知微拉开办公室门的时候，忍不住往他离开的方向看了一眼。

也只一眼，她就匆匆收回视线。

假期的时候，沈知微跟着父母回了一趟老家。爷爷奶奶都是面朝黄土背朝天的农民，而沈主任是那个年代有点文化的读书人，还在学校里面当主任，在南陵边隅的乡村里，算得上远近闻名。

也正因如此，沈主任回去之前特意穿上了挺括的西装，浑身上下都拿出最好的派头，还花了不少钱给沈知微和赵女士也置办了一身新衣服。

三人从市区出发，要先坐公交车然后转乡村大巴，后面还要再换成小巴士才能到老屋。

到处都在修路,尘土扬起,巴士驶过溅出来泥沙。

沈主任指着外面正在修的县道,对沈知微说:"这个路我知道,是要通过平桥村的,以后你爷爷奶奶想要出去坐中巴车去南陵就方便多了。他们在家里成天就惦记着你,好几次打电话给我说要来送鸡蛋,也关心你以后会去哪里上大学。村里都指望你成为我以后的第二个大学生呢。

"我都和他们说了,按照小微的成绩,就算是去不了北城,去个南大、江大还是不难的。"

"你话也别说得太满。"赵女士看到他这样子忍不住埋怨,"说出口的话如泼出去的水,别到时候给微微压力。"

沈主任倒是不怎么担心:"我前段时间还和小微的班主任打电话了解情况了,他说咱们家孩子挺认真挺乖巧的。就他们附中十六班那个升学率,咱们这些做家长的根本不用操心。"

…………

老屋在平桥村也处在较为偏僻的地方,巴士一直开了两个多小时才停下。

爷爷奶奶坐在小院里面剥玉米,瞧见他们回来,手局促地在围裙上面擦了擦。

平桥村和南陵城区离得太远,平时除了寒假,沈知微和两位老人少有见面的机会,她跟在沈主任后面小声叫了声"爷爷奶奶"。

老屋前些年翻新过,至少院子都是水泥地了,比起从前的砖块地好了不少。知道沈知微今天要过来,两位老人之前就把院子里的鸡都关到鸡笼里去了,地面也用井水冲过,没有鸡屎和尘屑。

沈主任和父母寒暄了几句,然后就领着沈知微进了里屋。

还没到晚饭的点,赵女士去择菜了,沈主任要去厨房打下手,叮嘱沈知微留在房间里再把英语和化学题好好做做。

国庆,村里回来了不少人,沈知微在里屋,有时也能听到外面有人来家里拜访,和沈主任打招呼。

老屋的墙并不隔音,沈知微能听到几个人笑着称呼为某老板,对着沈主任的态度也很恭敬,一口一个"主任",一边把别在耳边的烟分给其他人,一边还对沈主任说以后他小孩上高中了可能还要麻烦主任。

大人之间的寒暄好像总是这样，谈不上真诚，却永远笑脸相迎。

沈知微有点想象不到自己以后也会成为这样。

可是成为虚与委蛇的大人，好像是个永远逃不过的假命题。

老屋的厨房还是大锅炉，后面的柴火码得高高的，大多是路上捡的枯枝，爷爷还记得沈知微的喜好，从地里挖了好几个红薯埋到炉灰里面去烘着。

爷爷和沈主任都喝了点酒，沈主任喝了几杯白的，从脸一直红到脖子，赵女士扶着沈主任回房间。

奶奶的手在围裙上擦了下，起身开始收拾碗筷。

沈知微连忙也站起来：“奶奶，我来帮您。”

厨房里没有其他人，10月的天已经算不上热了，尤其是乡村的晚间，风飒飒而过。

厨房在堂屋的侧边，或许是因为刚刚用大锅炉烧过饭，屋内热气还没消散。

"小微长大了，懂事了。"奶奶笑，"在学校要听老师的话，咱们家就等着又出一个大学生。平时要用什么就和爷爷奶奶说，别不吭声。"

她说着，掀开围裙从裤子口袋里掏出一个小布包。布包看上去有些年头了，皱得不像样子，已经看不出原来的颜色了。

"这两百块钱你拿着。"奶奶抬手将钱塞到沈知微的口袋里，"别和你爸妈说，他们知道了肯定又要和我唠叨，你收着去买点吃的去。"

沈知微有点不知所措，反应过来后，赶紧推了推奶奶的手：“不用了奶奶，我不能收您的钱。”

奶奶态度很强硬，直接压着沈知微的手不让她把钱拿出来：“收着，你难得来一趟，这是应该的，要是让你空着手走也太不像话了。”

沈知微还想再说话，赵女士已经走进来了："我来帮奶奶收拾。微微，你先回房间写作业去。"

奶奶"哎"了一声，拍了拍沈知微的肩膀："听你妈妈的话，回去写作业去。"

沈知微将手插到口袋里，能碰到刚刚奶奶塞进来的钱，有零有整，甚至还有硬币，大概是被放在布袋子里面太久，还能感受一点儿体温的余热。

沈知微把钱都放在堂屋的抽屉里，回到房间开始做卷子。

老家没有网络也没有电脑,只有隔壁的老式电视机发出轻微的声响。最后一道物理题有点难,沈知微想了很久也没有什么思路,只能空在那里。

窗帘没拉,她能看到外面的夜空。

月亮半遮半掩,只露出一半,依稀能看出来圆满的轮廓。

做题做了半天,她有些累了。收起卷子放进书包后,她静静地看了一会儿月亮,半晌,在心里无声地说了一句——

"假期快乐,蔚游。"

第五章
下次

／

没有人曾经拥有月亮。

1

离开老家的时候,爷爷奶奶提着鼓鼓囊囊的两大袋菜送他们去车站。

说是车站,其实就是一个立着"平桥—客运站"牌子的路口。沈主任和赵女士各提着一个大蛇皮袋,和身上笔挺的西装、毛衣裙格格不入。

沈主任脸上有点窘迫:"妈,带这么多东西咱们坐车也不太方便,要不您还是带回去算了……"

老太太在这件事上有点执念:"你们坐车到南陵后就只需要再坐几十分钟的公交车了,现在市场上买到的都是打了农药和激素的菜,微微吃不了的,还是家里种的菜健康。"

沈主任还想说什么,又知道拗不过老太太,眼瞧着车快来了,便没再吱声。

沈知微有点认床,昨天晚上没怎么睡着,这会儿大巴晃着晃着她就睡了过去,再次醒来时已经快到南陵市区了。

沈主任和赵女士费了好大劲才将两大袋菜搬回家里，一到家就收拾收拾洗了澡，顺便提醒沈知微再做做卷子。假期满打满算也没几天，来回平桥村就要花上一天的工夫，等到后天又要开学了。

在老家没有网络，沈知微先打开了QQ看看有没有什么消息。

她好几天没有登QQ，几个群的消息跳出来时电脑都卡了好几分钟。她很有耐心地等着，看到毫无反应的电脑，顺手抽出旁边的物理卷子做了起来。

有两个选项她稍微拿不准，最后随便选了"A"，再次抬头的时候，才看到QQ上跳出来的消息。

2008/09/27 22:10:31

糖炒板栗：微微，你知不知道蔚游和楚盈盈之间的事情啊？

糖炒板栗：楚盈盈今天晚上回到画室上课怎么哭了啊？闹了好大阵仗，不少人都去安慰她。她平时高傲得跟什么似的，我还是第一次看到她这样。虽然我不太喜欢她，但是她那样子看着还挺可怜的。

2008/9/30 09:22:45

糖炒板栗：今天和班上同学在画室听到了点小道消息，好像是蔚游说了些挺重的话，反正就是彻底断了楚盈盈念头的那种，还和她说什么麻烦不要打扰到他身边的人。微微你不是十六班的吗？你知道他说的是谁吗？

2008/9/30 16:48:04

糖炒板栗：微微？你人呢，我打你们家座机也没人接。

2008/10/1 11:09:34

糖炒板栗：……微微？[惊恐][惊恐]

冯沁给她发了很多条消息，沈知微回老家回得急，没发消息告诉她。

游鱼：我在。

游鱼：前段时间我回了趟老家，没有网，没有回你。

沈知微回完冯沁以后，打开了其他人的聊天框。放假了班级群里很热闹，几百条消息，宁嘉佑一个人发的估计就能占到一半。沈知微滑动鼠标往上翻，翻了好久都没看到那对她烂熟于心的黑色猫耳朵。

消息在电脑屏幕上飞快滑过，冷光映在沈知微的脸上。

她握着鼠标，总觉得自己像是"黄金矿工"里操控的玩家，生怕眨眼间就错过最大的那颗钻石。

一直翻到9月30日的记录，她才看到蔚游简短地回了宁嘉佑一句。

红焖柚子：游啊，今天友谊赛来不来？@you

you：不来。

五百多条消息，沈知微从头看到尾，蔚游只回复了这一次。她关掉群聊，看到冯沁发过来的消息。

糖炒板栗：吓死我了，我还以为你怎么了。你老家在哪儿啊？不在南陵吗？怎么连网都没有？

沈知微犹豫了一下，然后才慢吞吞地打字。

游鱼：在乡下。

其实也不算是特别羞于启齿的事情，但在学生时代，家境却是划分一个人的标准之一。

冯沁是土生土长的南陵人，爷爷是南陵的退休干部，家境算得上是很优渥，恐怕她这辈子都没有机会去平桥村这么偏僻的地方。

冯沁过了一会儿才回，跳过了这个话题。

糖炒板栗：好吧。我都快担心死了，幸好你回了，不然我都想报警了。

糖炒板栗：对了，你知道楚盈盈到底影响到谁了吗？你不是在十六班吗？我都快好奇死了。

游鱼：楚盈盈在晚自习的时候来我们班里了……应该是都被影响到了，没有具体的谁。

糖炒板栗：好吧。

糖炒板栗：我还以为是谁。好了，微微，时间不早了，我先去睡觉了。晚安。

游鱼：晚安。

沈知微看着聊天界面发了一会儿呆，然后又翻出英语卷子。她英语听力一向都不好，口语也不流利，有点磕磕绊绊，但是做题还好，是死记硬背型的选手。

这套模拟题有附带的一盘磁带，放在收音机里，可以用来听听力。

南陵出的英语听力偏难，男声像是含着泡沫在说话，沈知微做完这张卷子感觉有点吃力。

她对了下答案，果然错了四个。

刚刚因为困，她的注意力有点不集中。她蹑手蹑脚地想去洗手间洗把脸清醒一下，听到爸爸妈妈房里传来隐隐约约的说话声，大概是知道她在写卷子，所以声音压得有点低。

"还不知道小微以后能考去哪里，虽然都说北城好，但其实我私心里还是挺希望她能去南陵大学的，离家又近。北城冬天都零下十几摄氏度，就小微这个身体，哪里吃得消。"

"德行。到时候微微要是考到北城，你还能让她在南陵上大学？"

"北城就是远，听说过几年南陵到北城要通高铁了，到时候就方便了。上完大学在南陵找个体面的工作，咱们也就可以好好享福了。"

…………

沈知微走到洗手间里，冲了一把脸。昨天市区下雨了，所以角落也在淅淅沥沥地往下渗水。

她找了个盆放在下面，看向镜子里的自己。

手指触碰到镜子里的自己时，她忍不住想到楚盈盈。

她好像没有楚盈盈眼睛大，眼睫毛也没有那么翘，没有亮晶晶的闪片，没有莹润的口红。因为昨晚没睡好，她眼睑下面有点青，又因为坐了一下午的车，整个人显得疲惫又倦怠。

实在是乏善可陈。

她好像从来都不是一个在人群里一眼能被人看到的女生。

平平无奇的皮囊下面，还住着一个胆小鬼。

沈知微趿拉着拖鞋回到卧室。

刚进房间，电脑发出两声"咚咚"的敲击声，右下角宁嘉佑的头像闪烁了起来。

他的头像很好记，是一个动漫游戏的角色，沈知微不知道是谁，但感觉那个角色笑起来的样子和宁嘉佑本人挺像的。

红焖柚子：你是不是好几天没上线了？今天终于看到你头像亮了。

红焖柚子：干啥去了？

游鱼：没什么。怎么了？

红焖柚子：也没什么事情，就是你知道下周蔚游要去集训了吗？就是物理决赛，我们班好像就他一个人进了，应该是准备冲"国一"。

红焖柚子：就不久之后的事情，所以我们打算下周末去吃点夜宵送他一下。你要来吗？

放假之前，沈知微就看到蔚游从老廖的办公室里出来，她有想过蔚游应该会参加竞赛，只是没想到会这么快。

她要去吗？

她和蔚游，不出意外的话，从第一次见面开始，便是见一面少一面了。

沈知微迟疑了一下才开始打字。

游鱼：……我和蔚游不太熟。

红焖柚子：哈哈，这有什么的，班上的女生他应该就没有熟的。主要是一起聚聚也好，你转过来以后我还没有带你吃过饭。我不是和你说了，有家烤鱿鱼很好吃来着。

红焖柚子：哦对，你不吃海鲜。

红焖柚子：这次不只是你一个女生，班长和季微也去呢。你别怕尴尬。

红焖柚子：再说了，你和蔚游不熟，和我还能不熟吗！[酷][酷]

游鱼：好。

红焖柚子：你这是同意了？

游鱼：嗯。

红焖柚子：你好冷淡！[捂脸]

红焖柚子：不过说起来，我还是第一次看到女生像你一样，对蔚游一点兴趣都没有。

这句话沈知微没回。

只是想到蔚游要去参加竞赛了,如果能进国家队的话,应该会保送北城的大学。

沈知微想,或许他最后还是选择了北城。

如果她也能去北城的话,那也许他们之间还是存在一个交点。就算他们未必能经常遇见,但至少也是在同一个城市。

沈知微走到阳台给好几天没浇水的金橘浇了水,因为没人照看,金橘有点蔫蔫的,挂不住越长越大的果子了。

她将水壶搁在柜子上,然后翻开日记本。

在老家的那几天,她都没怎么写日记,要写也只是记录一些细碎的琐事,没有什么好讲的。

她有点想写点什么,可是提笔悬在新的一页时,却又不知道怎么开头。

想了好久,她才落笔。

2008/10/4 见微知著
  我在想,是不是我努力一点,再努力一点,就可以和他上一个大学?
新生入学的时候,还是可以隔着远远的距离看着他。真奢侈啊,又有整整四年的漫长时光可以供我躲在暗处日复一日地关注他。
  那我可不可以也勇敢一次,在大学毕业之前,对他说出我的秘密。
  只一次的勇气就够了。

2

假期之后的课都显得格外冗长又枯燥。

开学第二天就要准备11月份的期中考,这次同样还是联考,老廖在讲台上严肃说了这次考试的重要性。下面的人都听得有点昏昏欲睡,尤其是宁嘉佑,眼皮都快合上了。

下午最后两节课连着上语文,芸姐只准备讲解一些专题练习,剩下大部分时间都让学生自己巩固温习。

然而课才上到一半,因为打瞌睡被芸姐点起来罚站的学生就有十几个。

"一个个的,"芸姐把教案卷起来,"放假的时候都去做贼了?恨不得头就长在桌子上。既然都听不下去了,那行,这节课就看电影吧。"

班上的人听到芸姐说这话,瞬间都没什么困意了,七嘴八舌地议论起来。有个胆子大点的问:"芸姐,真的假的啊?"

"不相信啊?"芸姐摘下袖套搁在讲台上,"那不看算……"

"别别别,信信信。"

从讲台上往下看,每个学生都翘首以盼,有点像是地里的一个个小萝卜头。芸姐有点想笑。就算被别人称为天之骄子,但他们也都还是孩子啊。

"行了。课代表上来开一下幕布,坐在窗边的同学把窗帘都拉一下啊。别让别的班看见。"

窗帘关上的瞬间,教室暗了下来,视力不太好的同学都在往前坐,前排的过道几乎坐满了人。

一个带着椅子的高个女生看到前面没有座位了,悻悻而归。沈知微犹豫了一下,轻声叫了那个女生的名字。

"王雅婷……你要坐我的位子吗?"

沈知微虽然在倒数第二排,却是最中间一排,比边角旮旯的前排位子还要好。

王雅婷显然没想到沈知微会和自己交换座位,她有点心动,却不好意思:"真的吗?但这……不太好吧。"

"没关系的。我坐旁边也看得清。"

王雅婷犹豫了一下,对着沈知微笑着道谢:"那好吧,谢谢你啦,沈知微。"

沈知微也朝着她笑笑,收拾了一下桌上的卷子,提着椅子往后走。

宁嘉佑刚刚帮着课代表去调了一下投影,看到沈知微搬椅子离开,有点奇怪地问她:"你去哪儿啊,沈知微?"

"我能看清,我往后坐点。"

宁嘉佑"哦"了一声。

窗帘已经完全拉上了,投影仪发出幽幽的蓝光,照在宁嘉佑的侧脸上,他半低着眼睛,挪着步子回到自己的位子上。

沈知微搬着椅子走到旁边的过道,这个位子在蔚游的侧后方,算不上很近,却好像毫无阻碍,没有像前后桌那样中间隔着一张桌子。

而她搬过来的私心,也只是想离他近一点点。

一点点就好。

沈知微近乎是正襟危坐在椅子上,余光看到蔚游好像并未抬起视线,对自己身边的人是谁并不关心。南边的窗户开了一条细缝,凉风灌进来,但她的掌心居然出了一层薄汗。

"沈知微!"

黑暗中有人叫了她一声,沈知微认出是宁嘉佑的声音,接着又是椅子挪动的声音。下一瞬有人落在沈知微侧边,她抬起头,看到宁嘉佑跨过前面坐着的人,脊背一弯,行云流水地坐到了她身边。

"你怎么也过来了?"

"我也能看清,就把座位让给张小力了。"宁嘉佑双手环在胸前,"日行一善,助人为乐。"

他说到这里,又开口:"而且咱们是同桌,共患难啊!"

教室里的投影仪有点年久失修,好几个人在前面一阵鼓捣才终于连接上芸姐的电脑,加载了一会儿幕布上才跳出画面,是一部外国电影,并不是译制片,是原声。

不知道是电影原来的画质就这样,还是因为投影压缩了画质,幕布上的场景大多昏暗。

教室里面除了音响以及混在其中的轻微电流声,还有周围偶尔细碎的说话声,并不大,像是浮在空气中的尘埃。

沈知微只记得电影的前十五分钟。

后面的种种,她只记得昏暗的画面和分辨不清的白人面孔,更多时候,她的视线无声无息地落在蔚游的身上。

她少有这样阔绰的时间看向他,就算是在一个班里,她最多也只是在他值日又或者是领队的时候,匆匆望过去一眼。

因为缺少正大光明的理由,也没有对视的勇气。

冯沁以前曾跟她说:"我一直都觉得一起看电影算是一件挺暧昧的事情。微微,如果某天一个男生主动邀请你一起看电影,那他一定是对你有意思。"

现在在五十个人的大教室里面,沈知微坐在蔚游的旁边。

电影的画面浮光掠影地跳过,她却只看到了蔚游脸上跳跃的光影。

就算是在漆黑的环境中,她也不够明目张胆,只敢趁着昏暗的画面看过去,又赶在画面变亮之前匆匆收回视线。

透过微弱的光线,她看到蔚游的手腕上有一颗很淡的小痣,看到他偶尔觉得无聊的时候会拿起手上的签字笔转。

"沈知微。"宁嘉佑突然叫她的名字。

她突然有种被人抓包的错觉,就连心脏都像被攥住一样,一瞬间几乎缺氧。

她手指收紧,脸上还是看不出端倪,只轻声回宁嘉佑:"……怎么了?"

"刚刚没注意,你记得那个人说什么了吗?"宁嘉佑指了指屏幕上那个年长的角色,"说话怎么文绉绉的,我还在琢磨语法呢,字幕就过去了。"

万幸。沈知微松了一口气。

蔚游听到声音,也朝着宁嘉佑这边看过来,他的视线往回移,又看到了沈知微。

沈知微脑中空白了一瞬,然后轻声回答宁嘉佑的问题:"我也没注意。"

"你也没听到?"宁嘉佑有点惊讶,"那你刚刚干什么了?"

"……发呆。"

她回答这句的时候一本正经,也很诚恳。

蔚游忍不住很轻地笑了声。他的笑很短促,不远处电影斑驳的光影落在他的脸上,在眼睫下落了一小片荫翳,让人忍不住注目。

那一瞬间缺氧的感觉去而复返。

沈知微有时候觉得,人逐渐进化掉尾巴实在是一件好事,不然这一刻她的无数情绪都无所遁形。

宋航远听到他们这边在说话,也凑过来问:"怎么了,怎么了?发生什么了?"

"没什么。"宁嘉佑双手环胸,"说刚刚电影里那句台词是什么?"

宋航远挠了挠头:"啊?我刚刚打了个盹,啥都没听,就知道这主角是一个小孩和一个老头。"

宁嘉佑皮笑肉不笑:"那你完了,你信不信,今天芸姐肯定让我们写观后感,晚自习就要交。放完电影还剩十分钟,她不可能提前下课的,肯定会点名让人回答电影里面的剧情。"

"不能吧？"宋航远惊讶，"你怎么知道？"

"不信你等着，经验之谈懂不懂？我现在对芸姐的心理可以说是了如指掌。"

电影的进度条只剩下最后五分之一，沈知微对于剧情也一知半解，她下意识看向坐在不远处的蔚游。

冗长又短暂的这部电影里，她记得最清楚的，只有他手腕上的痣。

电影的结尾是一辆汽车穿梭在公路上，是一个长镜头。

导演和主演的名字滚动播放，到了尾声，教室的灯倏然点亮，有种从某个世界抽离的错觉。

灯火通明中，沈知微不敢看蔚游。

她刚准备收起自己的椅子，才站起来，宁嘉佑就眼疾手快地一把捞过她的椅子，一手提着一把椅子回到座位。

"谢谢。"

"没事。"宁嘉佑把椅子放回去，"就顺手的事。"

距离下课还有十分钟，芸姐果然点名抽人回答跟刚刚电影有关的问题。

前面几个同学都差不多回答上了，还剩下两三分钟就下课了。班上人都松了一口气，芸姐在讲台上敲了敲："都以为我不抽了是吧？行，那我再抽一个。"

她目光在班上过了一遍："沈知微，你来回答。"

其实芸姐提了一个不算很难的问题，就只是问了一个剧情点，关于主角的选择。

"老师，"沈知微轻声，"……我不知道。"

沈知微的语文成绩很好，尤其是作文写得很不错，让芸姐对她的印象非常好。

大概是没想到沈知微这么乖巧的学生居然没认真看，芸姐面子上有点过不去，转头问："宁嘉佑，你告诉我，是不是你坐旁边影响你同桌了？"

"有……吧？"宁嘉佑语气有点不确定。

芸姐被气笑了，卷着教案对沈知微和宁嘉佑两个人道："今天晚上以电影为题目写作文啊，文体不限，你们两个人都给我写两篇。"

还有几秒钟下课，芸姐看了下手表："行了，今天就这样，都下课吧。"

从食堂回去的时候，突然下起一场雨。

不少人没料到，兜头从食堂门口往回跑，跑到教室的时候，连发尾衣角都是濡湿的。办公室里有女老师拿出了吹风机，老廖也让那些淋了雨的同学赶紧去打点热水喝。

窗边的梧桐叶已经变黄掉落，像是很多年前有人说过南陵适合梧桐，就有人把梧桐种满了南陵城。

今晚晚自习作业不算是很多，沈知微在学校里就把两篇作文都写完了。宁嘉佑紧赶慢赶也只写完了一篇，想到回家还有一篇作文，他愁眉苦脸了好久。

大概是怕沈知微内疚，对上她的时候，他还会硬挤出一点笑。

沈知微知道是自己连累了他，当天晚上用QQ又打了一篇发给他，然后重新看了一遍自己晚自习写的两篇作文。

有一篇是记叙文。

题目是《南陵有雨》。

2008/10/7 见微知著

我有时候不是很喜欢下雨天，不喜欢发尾湿腻的触感，不喜欢皮鞋边缘的泥泞，也不喜欢被打湿的袜子。可是想到如果以后有属于自己的假期，下雨的时候我就可以抱着一只小猫窝在床上，在桌边放一杯热可可，蜷缩在毯子里看外面雨落。

这么说起来，我所设想的每一个未来——

蔚游，我从来都没有奢望过可能会和你在一起。

3

这周六不用上晚自习，宁嘉佑收拾书包格外积极，才刚把书包挂上单肩就问沈知微："这个点时间还早，烧烤摊都还没开门，回家先收拾收拾？好歹把书包送回去。"

今天放学得早，第三节课结束后就放假了，现在还不到四点。

晚上聚餐的地点是宁嘉佑订的，选了距离他们家都不远的地方，主要是为照顾几个女生，方便她们回家。

"颐和东路巷口左转12号。"宁嘉佑怕沈知微忘了,龙飞凤舞地写了地名给她,"别走错了。"

"好的。"沈知微接过,叠起来放到口袋里,"那你回家小心,注意安全。"

宁嘉佑挠了挠头:"嗯。"

"游啊。"宁嘉佑转头看向正在收拾东西的蔚游,"你记得在哪儿的吧?就我们之前去过的那家,宋航远吃噎了还差点要叫救护——"

"哎哎!"宋航远开口打断,"说什么呢?"

宁嘉佑意识到说漏了嘴,缩了缩头,嘴抿起,做了个拉上的动作,只朝着蔚游又提醒:"所以你还记得是哪家吧?"

蔚游看他们打打闹闹习惯了,半靠在课桌边缘,双手环在胸前。

"记得。"

"那就行。"

宁嘉佑放心了,对着还在收拾东西的沈知微说:"那行,我先回家洗澡了。宋航远之前拿可乐的时候手抖个不停,我身上都溅到了不少。不知道是不是他看我长得好,嫉妒我。"

宁嘉佑家离学校并不远,平时他就骑山地车上下学,这会儿手指转着车钥匙就往后门走了。

今天放学得早,沈知微自己坐公交车回家。

昨天下雨,屋顶积水,现在家里的卫生间还有点滴水。和宁嘉佑约的是下午六点半,现在还不到五点,从她家到颐和东路应该只有半个小时不到的路程。

沈知微洗了个澡,看了看外面的天气,从衣柜里拿了很多件衣服出来,翻来覆去地在镜子前试。

她绝大多数的衣服都是赵女士选的,虽然不至于丑,但也和时髦挨不上边。她犹豫了很久,最后才选中一件薄毛衣和毛呢裙子。裙子在小腿下十厘米,她又找了一双同色的菱格短袜配。

沈知微挑选衣服的时间有点久,这会儿已经五点四十五分,还要预留出等公交车的时间。

她抽出便利贴贴在冰箱上,踮着脚在上面写字:*去同学家写作业,稍微晚点回来。*——10.11

如果是写和同学聚餐，赵女士免不了要问是男是女，是哪个同学，甚至还想问那几个同学在班里成绩怎么样、父母是干什么的……

沈知微写完，有点心虚地看了看，确认没有差错后，走到玄关准备换鞋。看到镜子里的自己，她顿在原地，又轻手轻脚地走到卫生间。

赵女士平时也不怎么会收拾自己，洗手台上只有零星几件化妆品。沈知微拿起一支新开封的口红，用指尖轻轻蘸了一点涂在自己的唇上。

她的唇色一向都很淡，哪怕只是一点口红，都显得她气色好了很多。

沈知微小心翼翼地抿了一下唇，片刻后又觉得实在是太显眼，用纸巾擦掉了一点，确认好并没有什么问题以后，才拿了家里的钥匙出门。

才走出家门，她就看到巷口刚好经过一辆237路公交车。这是从这里到颐和东路巷口为数不多的班车，她提着裙子往前赶，将将赶到站台的时候就看到公交车逐渐远去。

她站在原地，叹了一口气，没什么心思坐在长凳上，一会儿站起来，一会儿半蹲着拨弄地上的小草……直到感觉到腿有点麻，她才看到237路公交车从远处驶来。

现在已经六点十分，应该是要迟到了。

这个点的公交车上有不少人，各种气味混在车厢里面，沈知微找了个角落的位置站好。她今天临走时忘了带MP3，现在只能看向窗外急速划过的街景。

沈主任有时会在家里感慨，他当年来南陵上高中，从来没看过那么多新奇东西，也是第一次看到那么高的大楼。而当时的南陵也只有西部老城区才繁华，现在的主城中心已经往东移，随处可见正在建造或者刚刚封顶的摩天大楼，从下往上望的时候，会觉得自己是一只小小的蚂蚁……好像随时都会淹没在时代往前发展的洪流当中。

到站的时候，暮色低垂。

路边的梧桐树被风吹得"哗啦啦"作响，枯黄的树叶一片一片往下落，沈知微拢了一下身上的毛衣，避开风口往前走。

大概因为是周末，这个点的颐和东路人不算少。

路灯影影绰绰，沈知微没走多久，就看到好几个连在一起的烧烤摊。烟火气往上蒸腾，周围的声音有点嘈杂，却能听得出来大多是带着笑音的。

沈知微往里面走了点。

"沈知微!"

有人在叫她的名字。沈知微看过去,只见宁嘉佑双手都举了起来,生怕她看不到一样,还跳起来挥舞了几下。

"这里!这里!"

沈知微犹豫了下,假装没看到似的又环视了一圈,看到坐在宁嘉佑身边的蔚游,相隔很远,她只能匆匆一眼就掠过,然后像是才看到宁嘉佑一样朝那边走过去。

"不好意思,我迟到了,大家没有等太久吧?"她道歉,"没赶上最近的那班车。"

"没事没事,我们都没等多久。"

宁嘉佑把菜单递给沈知微:"我们菜都还没点呢,你们几个女生来点吧。反正宋航远是'泔水桶',你点什么他都吃得完。"

"你再说我等会儿呕在你嘴里。"

宁嘉佑不敢置信地抬头看向宋航远,得到对面人坚定不移的眼神以后,他识趣地做了个给嘴上拉拉链的动作。

"非要这样的话,你们下次可以在没人的地方试试。"蔚游开口,"我们其他人现在还罪不至此。"

他一边说话,一边拆开一次性筷子,抽出来一把分发给桌上的人。

蔚游一向都很有分寸感,这次也毫不例外。他旁边两个男生是宋航远和宁嘉佑,再旁边就是沈知微不太熟的几个男生,也是十六班的。这次来的女生很少,除了沈知微,只有季微和班长。

留给沈知微的位子在宁嘉佑和季微中间。

他们一桌都是点的可乐,宁嘉佑问他们要可口还是百事,旁边个头很高的男生问:"百事和可口还有区别?"

"怎么没有?"宁嘉佑回,"百事才是最好的!"

"那我要可口。"宋航远第一个回。

宁嘉佑咬着牙回了句:"行,宋大少爷。"

"沈知微,你呢?"

沈知微也喝不出什么区别,随便说了个:"那我要百事好了。"

"很有品位。"宁嘉佑肯定地点点头，转而问其他人。

问到蔚游的时候，沈知微抬头，听到他选的是可口。

最后算下来是八瓶可口，三瓶百事。宁嘉佑拿着单子准备去找老板时，沈知微叫住了他。

"宁嘉佑，我看大家选的都是可口，那我……也选这个好了。"

宁嘉佑"啊"了一声，随后用签字笔改了刚刚的数字。

这场聚会是为蔚游办的，大家聊天多少都会提及他。

虽然他本人并不怎么说话，只是偶尔有人问他的时候，才简短地回答上一两句。

"蔚游，你这次去集训的话，大概什么时候回来？"

"一个多月吧，差不多1月能出成绩。"蔚游很轻地笑了声，"当然如果中途考得不行，也可能半个月就能回来。"

"那哪能啊。"有人调侃，"你可是蔚游。"

"成绩应该是今年1月底出吧，差不多寒假你就知道能不能保送了。那确认保送的话你还会来上课吗？"

沈知微原本还在拨弄碗里的牛肉串，听到这个问题，她稍微抬起了头。

"应该不回学校了。"蔚游停顿了一下，"就算我想回老廖估计也不让吧？多半要被说成是扰乱军心。"

旁边的人又调侃了几句，蔚游笑了下，没应声。

沈知微觉得，蔚游很适合站在人声鼎沸处，好过周遭一身冷清，永远遥不可及。

季微坐在沈知微旁边，突然认真端详起她的脸："沈知微，我怎么感觉你今天好像变得比之前好看了？"

沈知微正准备喝水，闻言差点呛住，连着咳了好几下，咳得眼泪差点都出来了。她赶忙拿了张纸巾："我、我没有吧？"

"真的。"季微肯定地点点头，然后问宁嘉佑，"你和沈知微是同桌，你觉得呢？"

宁嘉佑不知道为什么也呛住了，没看沈知微，含糊地回道："……我不知道。"

季微没再纠结这个问题，突然想到什么，又换了个话题："沈知微之前不是校庆的主持人吗？我本来还以为她会是那种比较张扬的性格，没想到是这么安静的性子。不过说起来当初校庆，我们都挺想让蔚游报名的，但是不知道为什么，最后他没报。不然沈知微你当时说不定还能替他报幕，也挺巧的。"

这件事情沈知微不知道，她茫然地抬起头，看到其他人都没怎么接这个话题，她犹豫了一下，小声问："蔚游当时要表演什么？"

"哦对，你以前不是十六班的，你不知道。"季微解释，"蔚游唱歌很好听，很久之前我们听他唱过一次。"

"蔚游，我们在座的就沈知微没听过，要不等会儿你唱一首，让她也听听？"

蔚游语气很淡："今天很晚了，下次吧。"

季微一点也不意外蔚游会拒绝，本来她也只是随口一提，就笑了笑，没有再劝。

沈知微也猜到了他的回答，只是听到后心里还是忍不住涌上了细微的失落。这种负面情绪像是涨潮，浸没了一整片沙滩。

下次是哪次？

出于礼貌的拒绝借口，顺理成章，就像蒸腾在冷空气中的白雾，转眼就了无痕迹。

4

晚间起风了，刮得宁嘉佑身上的卫衣都鼓胀起来。沈知微吃得不是很多，季微看她拘谨，从烧烤架上拿了不少烤串给她。

蔚游好像也没怎么吃，更多时候是在烧烤架旁边布菜。

宁嘉佑拿着可乐对着蔚游的碰了下："游啊，你现在真的越来越贤惠了。"

"怎么？"宋航远挑眉问，"你瞧上咱们游了啊？"

"虽然说也不是完全不能考虑，"宁嘉佑随手把可乐放在桌上，双手支在椅背旁，"但咱这不是也没饥不择食到这种地步嘛。"

宋航远勾着宁嘉佑的肩膀："'饥不择食'这个词，你和游两个人怎么说也得把主谓语换一下吧？"

宁嘉佑听到这话气不过，掐着宋航远的脖子到一边打架去了。说是在打架，两个人更像是打闹，你一下我一下地在玩。

"宋航远平时也就是和宁嘉佑在一起才放得开。"旁边有个男生看了看，"他们两个以前和蔚游都是一个初中的，宋航远和宁嘉佑那个时候都还没长高，和小萝卜丁似的，他们与蔚游走在一起都被说是蔚游的两个儿子，被宋航远和宁嘉佑知道后，差点气个半死。"

宁嘉佑耳朵很尖地听到了几个关键词，嚷嚷着过来问："不是，我听见了啊，方宇宁你说什么呢？"

宋航远也走过来，跟着质问："对啊，你说什么呢？"

刚刚说话的男生识趣地闭上嘴，快速地摇了摇头。蔚游适时开口提醒："好像说我是你们爸爸这件事。"

宁嘉佑气笑了，又提溜着刚刚说话的男生一起去旁边了。

桌上空了一大半，剩下的几个男生除了蔚游，沈知微都不太熟。这几个人又都是比较内敛的性格，没怎么说话，只默默吃着东西。

到最后剩下的烤串都有点冷了，除了很重的孜然味就只能吃出来干巴巴的口感，实在说不上好吃。沈知微不太想浪费，硬着头皮又吃了几串，最后才放到一边。

季微看到她这样："沈知微你这几串是不是都冷了？给你拿几串刚烤出来的？"

沈知微摇了摇头："我已经饱了。"

季微"哦"了声："那就行。你别觉得不好意思，要是还想吃就让蔚游和王珞给你再烤几串。还剩下一点，吃不完也是浪费。"

"好的。"

周围桌上的高谈阔论和烧烤摊的流行乐混合在一起，蔚游的手指在桌面上轻轻地叩击着，很随意，又好像有某种规律。

沈知微看了一眼，便收回视线沉默地收拾起自己桌边的东西。

这么凉快的天，宁嘉佑他们回来的时候头上却带了层薄汗。

"现在他们几个里面，我辈分是最大的了。"

宁嘉佑指了指宋航远和方宇宁。

"你们怎么比的？"有人好奇。

"掰手腕。"宁嘉佑还挺自豪,"男人之间的比拼。"

"你们两个都输给宁嘉佑了?不是吧?"那个人看向蔫巴的宋航远和方宇宁,"争口气啊,咱们能让那小子小人得志?"

"谁知道他这么大牛劲……"方宇宁嘟囔,"我真是服了。"

宁嘉佑面上春风得意,视线转了一圈,在沈知微那处停了停,看到她面前的桌上寥寥无几的钎子,说:"你怎么还是只吃那么少啊,不喜欢?你都瘦成什么样了?"

宋航远听到宁嘉佑这么说话,忍不住调侃:"这么关心你同桌?我吃得也不多吧,怎么不关心关心我?"

宁嘉佑冷嗤:"你一个人吃光的钎子够我回去扎个篱笆了,人要有点自知之明。"

眼看两个人又要吵起来,季微过去打圆场:"行了行了,你们两个各退一步吧,打是亲骂是爱,再在我们面前吵默认谈恋爱。"

两人立马住了口。

已经到了晚上八点,大家都吃得差不多了,又聊了一会儿对未来的规划,宁嘉佑问了几个女生今晚怎么回去,季微和班长都是家长来接。

"那沈知微你呢?"

这个点还能赶上回长陇巷的末班车,沈知微犹豫了一下,没有说实话,只含糊地应道:"……我也有家长来接。"

她说这句话的时候,不知道为什么,蔚游朝这边看了一眼。

宁嘉佑"哦"了一声:"那你回去注意安全。"

时候已经不早了,好几个家里有门禁的都陆陆续续走了,剩下的只有沈知微、宁嘉佑、蔚游和另外一个男生了。

宁嘉佑是骑山地车过来的,他看着沈知微,问:"你爸什么时候来啊?"

"应该快了。"沈知微回,"我在巷口那里等就好。"

她对着宁嘉佑挥了挥手:"拜拜。你路上也注意安全。"

宁嘉佑还想说什么,沈知微拢了一下身上的毛衣,已经往巷口的公交站台走去。

她今天是编了借口出来的,沈主任自然不可能会来颐和东路接她。237路公交车最晚那班是九点,她现在过去,应该还能赶得上。

站台四面漏风，风刮得耳郭都快没了知觉，沈知微搓了搓手背，走到角落稍微避了一下，但也只是聊胜于无。

这个点公交车已经不多了，接连过去的几辆都不是237路。沈知微没有手表，不知道现在具体的时间，但感觉应该已经到了倒数第二辆车会经过的点……可是站台这里空空荡荡，上一次有车靠站已经是五分钟前。

她看了一会儿自己的皮鞋，鞋尖无意识地碾着地上的石子，与水泥地面摩擦发出粗嘎的声响。

如果再等一会儿还没看到公交车的话，那就只能先回人多的烧烤摊附近再做打算。沈知微很轻地叹了一口气，到时候回到家估计应该很晚了，免不了会被沈主任和赵女士责怪。

被路灯照亮的区域影影绰绰，梧桐叶被风吹得"哗哗"作响，鞋尖的石子被碾磨得近乎小了一圈后，班车还没来。

一辆亮着车灯的车由远及近缓缓驶来，沈知微下意识地眯起眼睛，抬手放在眼前遮挡。透过指间的缝隙，她依稀认出，这辆车好像是曾经来接过蔚游的。

是蔚游？他还没走吗？

这个念头让沈知微心脏重重地跳动了几下，然后空悬在胸腔中。

她赶紧将脸往毛衣领口下藏了藏，站在角落里，期望他并没有发现自己还在这里。

她不知道自己现在这样孤零零地站着是不是很狼狈……大概还是有点的，所以她一点都不希望蔚游看到自己。

车灯在梧桐道路上照出一小片区域的光斑，车轮碾压过地面的树叶，发出"沙沙"作响的声音。

一分一秒都好像被倍数延长。

沈知微半低着头，没有其他事情可以做，她只能撕扯着指甲旁边的死皮。一个不留神，整块死皮都被她撕开，灼烧一样的痛感传来。

她抵住伤口，发现地上的光斑没有再移动，而是——

停在了她面前。

漆黑的车门打开，蔚游抬步走近。

"沈知微。已经不早了，你爸还没来接你的话，我先送你回家吧。"

胸腔猛地被风灌过,甚至好似能听到呼啸声。

沈知微在想,或许蔚游知道自己并没有人来接,或许他看到她站在公交站台就已经了然……可是他一向都很会照顾别人的情绪,有分寸地没有提及。

沈知微下巴埋在毛衣里面,闷声回:"……谢谢,不用麻烦了,我自己坐公交车回去也是一样的。"

"现在是冬令时,经过这里的很多班次末班车都已经开过了。"他站在风口,身上的卫衣被风吹得扬起,连同头发都是,"不麻烦,顺路。"

路灯照在他的发梢上,泛出暖黄的色泽。

沈知微没有拒绝的理由,只小声和他道谢。蔚游为她打开车门,手虚虚地遮在她头顶上方。然后他没有从另一侧车门上来,而是打开了副驾驶的车门坐了进去。

从后视镜里,沈知微能看到蔚游好像有点倦怠,微合着眼。

很多年后,沈知微在网络上看到网友铺天盖地的关于暗恋的讨论,大数据的算法将他们的经历和心路历程推送给她。

有人感慨,或许自己一直放不下的,都是被美化后的回忆。

可当沈知微只能通过荧幕看到蔚游的时候,依旧确信自己从来都没有后悔,她仍然会想起来南陵的这个秋夜。

她泥足深陷,不可覆辙。

5

2008/10/11 见微知著

他说我们是顺路,可我知道他住在南陵新区,那里到处都是新开发的高楼大厦,和我所在的长陇巷明明是南辕北辙,所以我清楚地知道我们不顺路。

……无论哪条路。

其实那天在车里,他们并没有过多交流,除了最开始他问她觉不觉得冷。

"……还好。"

"李叔,麻烦将空调温度稍微调高一点。"

"哎,好。"

温暖而逼仄的空间让人容易产生困倦感，所以当车辆平稳行驶之后，蔚游就合上了眼，大概是在休息。

柔软的真皮座椅触感舒适，坐得人身体微微凹陷下去。沈知微在此之前只坐过小舅那辆奇瑞QQ，但就算她并不认识这辆车的标志，也确定它价值不菲。

窗外的光影串联成线，流光溢彩地穿行而过。

车辆开得很平稳，过了片刻，到路口等待红灯的时候，司机师傅才温声问沈知微："你好，小同学，你的家庭住址在哪里？"

"长陇巷45号。"

除此以外，几乎再没有其他的交流。

直到看见巷口熟悉的水果摊时，沈知微才叫停："叔叔，前面巷口应该不好开，您在这里把我放下就好。"

司机师傅"哎"了一声，一直坐在前面休息的蔚游在这个时候开口："麻烦李叔开进去吧。"

"好的。"

巷口离45号楼还有一两百米的距离，沈知微私心里不太想麻烦他们，但车辆已经驶进逼仄的小巷。

这个点了，水果摊早就没有什么生意，准备收摊了。摊主姓黄，和沈主任很熟，时不时在一起侃大山，看到一辆陌生的车驶进小巷，他忍不住多看了几眼。

到了楼下，沈知微出声："我已经到了，在这里停下就好。"她顿了下，"谢谢你，蔚游。"

"没事。"蔚游原本半合着的眼睑抬起，"到家的时候，记得给我发个消息。"

"好的。"沈知微打开车门，声音被风吹得有点散，"……再见。"

"再见。"

楼梯有点陡，沈知微跑上五楼，拿钥匙的时候顺带用纸巾把嘴唇擦了擦。

沈主任和赵女士都在客厅里坐着，听到有钥匙开门的声音，赵女士一下子走过来，在沈知微换鞋的时候给她拿了棉拖。

"微微啊，你今天怎么去同学家写作业写了那么久？这都多晚了，天又冷,要不是你提前留了字条,我和你爸还不知道有多担心。"

沈主任连忙也在旁边帮腔:"是啊微微,我和你妈都没睡觉呢。要是你再不回来,我们估计就要出去找你了。现在天气这么冷,你冻着没有啊?"

"还好。"沈知微小声回,"我今天穿得还挺多的。"

赵女士问:"今天你去了哪个同学家啊?成绩怎么样,妈妈认不认识?"

"新同学。"沈知微顿了顿,"你不认识。"

赵女士一向都希望沈知微能和十六班的同学搞好关系,也就没多说:"有什么不会的多问问其他同学,咱们别不好意思。浴室里浴霸还开着呢,爸爸给你试过水了,还是热的,现在你赶紧去洗个澡吧?"

"等会儿吧,我先去房间里面查个资料。"沈知微说完,往房间走去。

赵女士在她身后叹气:"这孩子。"

吊灯打开,沈知微匆忙走到小阳台。楼下那辆黑色的车还没开走,直到看见她房里的灯亮了,才打开双闪启动,几分钟后,缓缓驶出小巷。

隔壁人家时不时还是会传来争吵的声音,又或者是老式电视机过于嘈杂的广告声。这里是南陵老城区,基本以自建房或者是分配房为主,周围环绕各种小摊和小吃店。因为是老城区,所以距离最开始建校的几所初高中都不远……除了这几个零星的优点,其他实在是乏善可陈。

而那辆昂贵的轿车和逼仄的长陇巷,也有点格格不入。

沈知微在阳台上站了一会儿,拨弄了下小金橘的叶子,浇了点水在上面,又把它搬到了一个稍微避风的角落。小金橘已经开始泛黄,应该过不了多久就要成熟了。

她转身回到卧室,拢了一下被风吹散的头发,突然想到蔚游刚刚说的话。

可他们没有联系方式……那他说那句话的意思是不是说明,她现在有顺理成章的理由加他了。

沈知微心脏快速地跳动了几下,小跑到电脑前启动。

明明这台电脑开机有多缓慢她早已知道,以往也习惯了这种等待,可是今天却显得格外漫长。沈知微看着缓冲条缓慢地向前移动,再也没有以往还能一边做题一边等待的心境。

电脑冷白的光照在她的脸上,她握紧鼠标,几乎在开机的一瞬间就点开QQ登上。

她有一两天没有登录了，几条群消息夹杂着垃圾广告推送一起跳动，系统自带的敲门声连着叩击了好几次，她快速点了退出，然后打开班级群，往下翻到那个灰掉的头像。

还是那对漆黑的猫耳朵。

她双击，在添加好友界面上，却迟疑了好久。

——谢谢你送我回来，我已经到了，你也注意安全。

是不是有点太过亲昵？

沈知微删掉，重新打字。

——今天谢谢你，我到了。

好像又有点太拘谨。

她坐在椅子上往后靠，想要平复正在疯狂跳动的心脏。这个天气，她的手心居然都出了一层细密的汗。

她在屏幕上删删改改，最后选了最简单的：*我是沈知微*。

写完申请消息，下一步要选择分组的时候，沈知微的手指顿住。

她的列表只有简单的"家人""朋友""同学"，她知道，他们的关系或许也止于最普通的同学关系。

可因为她不为人知的心事，她并不想让他出现在潦草的同学列表里。

可他们也不是朋友。

她新建了一个列表"y"，然后发送了好友申请。界面缓了一会儿才加载出来：你的好友添加请求已经发送成功，正在等待对方确认。

发完这条好友申请以后，沈知微忍不住躺在床上翻来覆去。

她曾经有想过加上蔚游的QQ，但是又觉得实在是太过唐突，怕被他拒绝。

等他之后去集训，自己恐怕也没有什么再见到他的机会，更没有加联系方式的借口……没想到会是他主动提出加联系方式。

沈知微把被子抬起来蒙过脸，今天赵女士刚晒过被子，上面满满都是阳光的味道。

等待的时间总是漫长。

沈知微翻来覆去好久，又忍不住到阳台上给金橘浇了一遍水，还顺手把今天试的衣服都整整齐齐地叠好，又把之前手上被撕破的死皮用创可贴贴好，甚至还把床头柜里面的夹子都分门别类地收拾好。

还是没有等到蔚游的消息。

沈知微的心跳声还是紊乱的，刚准备捞过旁边的物理卷子时，台式电脑终于传来了久违的系统敲门声。

蔚游同意了她的好友申请：我们已经是好友啦，一起来聊天吧！

沈知微对着这一行字看了好久，又稍微等了会儿，才打字。

游鱼：你也到家了？今天谢谢你。

那边回得很快。

you：嗯。不客气。

对话止于这里，赵女士趿拉着拖鞋的声音传来，沈知微下意识直接关掉和蔚游的聊天框，正襟危坐在电脑前。

赵女士象征性地敲了两下门："微微，妈妈进来了啊。"

"刚刚切好的甜瓜，爷爷奶奶种的，你尝尝。"赵女士搁下不锈钢盆，"你怎么又距离电脑这么近？经常这样，以后要近视的啊，腰直起来点。"

沈知微调整了下坐姿，赵女士满意地点了点头。她又看向电脑屏幕，看到电脑上还登着的 QQ。

"你平时在网上聊天，都知道对面是谁吧？"

"和同学。"

"那就行。前些时候宁江区那边有个女生说什么要见网友，最后找不到人了，你知道吗？不要在网上和陌生人聊天，网上坏人很多的，你们这种小女孩最容易被骗了。"

这些都是老生常谈的话了，沈知微应了声，打断赵女士的长篇大论："我知道了，妈妈，我要准备写作业了。"

"哦，好。"赵女士话语止住，"那你先写吧。水果记得吃，早点洗澡睡觉啊，别写太晚了。爸妈要先去睡了。"

沈知微乖巧地应声，听到赵女士的拖鞋声逐渐远去，才重新打开和蔚游的聊天界面。

他没有再说什么，他们之间的对话，话里话外都透露着不熟，除了生疏，什么都没有。

光标在屏幕上游离,沈知微想点进他的空间,可是她没有会员,不能开隐身访问。她很轻地叹了一口气,关掉电脑,然后打开一旁的台灯,抽出放在旁边的物理卷子。

那张卷子题目很难,沈知微做到一半就有点做不下去了。她圈出几道超出自己能力范围的题,剩下的准备明天再做。

上床的时候她没拉窗帘,窗外的月光映在一侧的地板上,显出地板上斑驳的痕迹和空气中飘浮的细小尘埃。

今天的月亮格外亮,独占漆黑的天幕。

没有人曾经拥有月亮。

但某一刻的月光,却真真切切地照在了沈知微的身上。

第六章
合照
/
"理想成真,大建筑师。"

1

大概是因为 10 月初有个小长假,所以这个月显得格外短暂。

蔚游去参加集训了,那天以后,沈知微再没有见过他。

多一个人或是少一个人貌似影响不大,其他人都还是按部就班地两点一线,甚至有时候沈知微都在恍惚,之前那个一直坐在她身后的人……是不是蔚游。

偶尔宁嘉佑还会提到蔚游,也只是说了下他竞赛的进程,其他更多的,宁嘉佑也没有再提起过了。

沈知微不常登 QQ,只偶尔在周末没有事的时候,会登上去看一看。

她之前在报刊亭买了充值卡充黄钻会员,可以隐身访问别人的空间。只是蔚游的空间什么都没有,除了寥寥几条系统自动发送的推送,一页就可以翻到底。

沈知微有时候会想,他到底是个什么样的人呢?

好像他永远都包裹着一层外壳,除了冰冷的涂层和模糊的轮廓,她很难从其他地方再去了解他。

沈知微的生活也没什么变化,规规矩矩地沿着自己的人生轨迹前行。她还是会在食堂晚餐是盐水鸭的那天溜出去买面包,经过小黄的时候,也还是会于心不忍地多买一根火腿肠给它。

但硬要说变化,其实也还是有的。

比如物理里她一向最不擅长的受力分析,在做了好多套专题还有宁嘉佑孜孜不倦的辅导后,她终于有了大概的做题思路,至少不是两眼一抹黑了。

11月期中考之后,十六班组织了一场家长会。

这次考试沈知微考得还不错,勉强出了倒数前十。老廖夸了沈知微几句,沈主任笑得脸上皱纹都出来了。

家长们都是坐在学生们的座位上,所以坐在沈主任后面的那个人,原本应该是蔚游的家长。可是沈知微在走廊上看到的却是之前那个开车来接蔚游的司机,或许他不是第一次来代替参加家长会,已经驾轻就熟,看不出任何拘谨。

老廖显然也习惯了是这位来开家长会,并没有意外,只是简单地说了下蔚游最近的学习状况。

除此以外,他们也没有过多交流。

家长会后,又是接连不断的几场模拟考试。

沈知微的三门主课分数其实都还算是平均,没有哪门很差,但是每一科都会比其他人稍微少几分,加在一起就显出差距了。好在她和宁嘉佑确实算得上是互补,平时数学和英语有不会的都可以去问他。

只是她大概实在不是一个天赋型学生,很多难一点的题都要宁嘉佑讲两三遍。她有时也会觉得不太好意思,不想麻烦宁嘉佑,尤其是一些类似题型一直在错的时候。

宁嘉佑倒是好脾气地安慰她:"事物的发展总是呈螺旋式上升和波浪式前进。道路是曲折的,前途是光明的。咱不着急,慢慢来吧。"

……………

沈知微偶尔也会在 QQ 上和冯沁聊天。

冯沁这个时候快结束集训了,她的艺考成绩其实一般,文化课成绩更是一塌糊涂。学艺术一向都是烧钱的,光学费就是一笔高昂的费用。好在她爸爸最近经商非常顺利,家里的车都换了一辆更好的,完全有能力可以支付这笔支出。

糖炒板栗:微微,说起来,你在十六班和蔚游平时有联系吗?

游鱼:我和他不熟。他去参加竞赛了,没什么联系。

糖炒板栗:哦。好吧。你还记得楚盈盈吗?

游鱼:记得啊,怎么了。

糖炒板栗:就上次,蔚游不知道和她说了什么,我听说那之后她家里还给她请了私教,每天上课都挺认真的。她应该是想出国吧。也挺正常的,出国镀了层金回来很好找工作啊。其实我爸也问过我要不要去国外,但我这蹩脚的英语,能考得过雅思就怪了,还是老老实实留在国内好了。

游鱼:出去看看也很好。你可以再考虑考虑,有些学校的要求相对没那么高。

对面的冯沁没有再回,沈知微也关掉了电脑。

沈知微从来没有觉得沈主任和赵女士亏待过自己什么,却不得不承认,富裕的家庭可以带来更多的选择。

留学动辄几十万的支出,完全超出了他们的能力,从来都不在她的考虑范围之内。

因为考试,附中调休了好几次,终于在 11 月的第三个周末放了完整的两天假。

周五收拾东西时,宁嘉佑比谁都积极,倒豆子一样地把东西都装进书包里,一边收拾,一边和沈知微说:"哎,对了,我想起来了,蔚游上周考完了,你知道吗?"

"啊?"沈知微有点愣,下意识看向蔚游空空荡荡的座位,"……我不知道。"

宁嘉佑"嗯"了声："他没在班群里面说。反正是考完了，过几天他就回班来收拾东西。他这次考得挺好，估计接下来不怎么会来学校了。"

他摸了摸自己书包的兜，随手把卷起来的试卷也丢进去。

宋航远已经收拾完东西："宁嘉佑你磨蹭什么呢？走了。"

"和我同桌说话。"宁嘉佑"啧"了声，"你催魂呢。你没有同桌我还有呢，你不会是因为蔚游现在不在，一个人待着受不了寂寞吧，非要催我。"

这两个人平时说话都以恶心对方为毕生宗旨，宋航远"呸"了一声："你少恶心我。"

宁嘉佑把书包拉链拉起，对着沈知微侧了侧头："我等会儿去打球，你要去看吗？咱是同桌，免费给你看哥的飒爽英姿。"

宋航远在旁边非常适时地"哕"了一声。

"难得宋航远和蔚游都在，我直接一次打爆他们两个的头好吧！"

"哎哎，这话骗骗哥可以，别把你自己也给骗了。"

宁嘉佑懒得再和宋航远掰扯，只是问沈知微："你去不去？"

"好的。"沈知微低下眼，没看宁嘉佑，"我收拾下东西。"

其实沈知微在操场上一点都不会显得突兀，周围看台上已经坐得挺满的了，不仅有高三的，还有高一高二的。刚开始的热身赛蔚游没有上场，沈知微从书包里抽出一张数学卷子，放在腿上叠好，在题干上画出条件，然后用铅笔在旁边的空白部分演算。

她做卷子的时候很沉浸，所以做完一整道题才后知后觉周围的声音变得更加嘈杂。

她往前看去，只见此时的队伍已经截然不同。她分不清篮球赛的具体规则，只能看出来蔚游和宋航远在一队，宁嘉佑在对面。

场上明明有那么多人，可是她的视线几乎一瞬间就移到了蔚游身上。

她有一个多月都没见过他了。

说来很奇怪，这一个多月里，除了和旁人提到他，空闲下来的时间，其实沈知微很少会想到他。

可是当真正看到人时，那一秒，心中思念的情绪突然疯长。

那场球赛最后没有打很久，沈知微只记得最后结束的时候，天空才刚刚擦黑。

宁嘉佑撑着膝盖,随手撩起背心下摆擦额头。蔚游看到,皱着眉,兜头把毛巾丢给他。

坐在沈知微身边的女生小声地和旁边的女生议论:"蔚游怎么捂得这么严实,别人好歹都露出一点儿腰呢?"

"你懂什么啊,禁欲!禁欲的美你懂吗?"

"……我比较世俗。"

沈知微没忍住,很轻地笑了声。那两个女生好像也听到了,都没敢回头,往旁边挪了好几个座位。

沈知微准备收拾东西离开的时候,宁嘉佑眼尖地看到她坐在B区域,手里提着瓶水走过来:"你还没走啊,沈知微。"

蔚游和宋航远也跟着过来,看到沈知微在这里,礼貌性地朝着她点了点头。

靠得近了,沈知微才发现一个月不见,蔚游好像瘦了一点,下颌比之前更加棱角分明。

因为蔚游的走近,周围的人都自动散开了一点。

沈知微不太习惯成为人群中的目光焦点,她收拾好书包背起:"刚刚在这里写了一会儿作业,迟了一点,怎么了吗?"

"我今天的英勇身姿你都没看,居然在这里写作业?"宁嘉佑不可置信。

"……手下败将有点自知之明好吧?沈知微说是没看到,说不定是她想给你留点面子。"

宋航远双手环胸,对着沈知微抬了抬下巴:"是吧?"

宋航远对待不熟的人都挺腼腆的,不过这段时间他和沈知微也算是熟了起来,能开玩笑了。

"哎哎,什么意思啊?今天要不是蔚游在,我不打得你求爹爹告奶奶算是你嘴硬好吧?"

两个人又走到一旁去吵架了。

这里只剩下蔚游和沈知微两个人。沈知微手指无意识地勾了一下垂着的书包带子,犹豫了一下,小声开口:"蔚游,你竞赛考完了吗?"

也挺废话的。

"嗯。"蔚游把手里拿着的毛巾搭到肩上,"前段时间就考完了。因为一点事情没有立刻回学校。"

他的神色一向都很平静,沈知微很难从他的表情中判断结果是好是坏。

"那你考得怎么样?"

"还行。"蔚游抬起眼睑看她,"我听宁嘉佑说你在十六班名次一直在前进。"

他笑了下:"坦白说,能在十六班里一直进步的,真的很厉害。"

沈知微其实一直都知道自己不算是很聪明的人,她做不到举一反三,就算是相似的题型下次还是可能会做不对。所以在十六班,她付出了比以往更多的努力,咬紧牙关才能让自己不掉队。

可是蔚游现在在面前,她那一点点、几不可见的委屈顿时烟消云散。

蔚游,你看。

你总是能轻而易举掌控我的开心或失落。

"你们两个聊什么呢?"宁嘉佑小跑回来,勾着蔚游的肩,"这周末爬山不?这周紫荆山的栈道好像就要修好了,去不去看日出?"

"我不去,早上我起不来。"宋航远先开口,"而且这周末我爸妈都在家。"

宁嘉佑翻了个白眼:"邀请你了吗?你就在这儿说。

"蔚游,你行吗?"

"可以。"

"那沈知微你呢?"

"……我也可以。"

"行吧。"宁嘉佑敲了下掌,"就这么决定了。"

操场上已经没有多少人了,起了一点风,宁嘉佑将外套举在风口,往前奔去,外套像是风筝一样飘起来。

"回家咯!"宁嘉佑边往前跑,边回头大喊,"那我们明天见。"

2

2008/11/21 见微知著
明天见。
我在想,要是每次都可以明天见就好了。

卧室的窗户年久失修,已经有点漏风,赵女士用棉布条将窗缝堵了起来,但晚间起风时还是吹得窗户晃动地响。

第二天要早起,沈知微本来打算九点就睡的,但晚上有点失眠,又起床做了一套五三模拟卷,直到十二点才感觉到困意,倒在床上昏昏沉沉的,过了一会儿才睡着。

昨天晚上她和沈主任说了自己明天要去爬山,他们对她偶尔的运动都很支持,沈主任准备四点就起床,骑电动车带她去紫荆山。

沈知微觉浅,几乎是在隔壁房间有动静的一瞬间就醒了过来。只睡了四个多小时,她醒来的时候感觉太阳穴那块儿有点鼓鼓胀胀地疼。

她勉力睁开眼,看到旁边的闹钟,感觉自己还能再睡五分钟,安心地把身体蜷缩进温暖的被子里。

思绪下沉,再次睁眼的时候刚好过了五分钟,她起床收拾了一下,换上了一件保暖点的衣服。

屋外是沈主任趿拉的拖鞋声,还有厨房锅铲发出来的碰撞声,昏黄的灯光让逼仄的卧室显得格外温馨。

沈知微穿上棉拖,打开房门。沈主任听到动静探身出来,锅铲还提溜在手上:"微微,醒了啊?早上吃鲜虾小馄饨,爸爸昨晚包的,都是新鲜的虾仁。"

"今天外面又降温了,你要去爬山,山上估计更冷。你妈昨晚给你拿了件厚外套出来,你等会儿套上。"

沈主任人到中年,不仅有点"地中海",还有点发福,围裙不太合身地挂在脖子上,头上还带着点汗。

"好的。"

"出锅了,你先过来吃吧。"

刚出锅的馄饨有点烫，沈主任叮嘱沈知微慢点吃，然后又把围裙收起来，先下楼把电动车从车库里面推出来。

他们这栋楼车库都是打通的，过道狭窄，有时候也停着不少乱放的自行车，从里面推出来要费些功夫。

沈知微下楼的时候已经四点三十五分。

宁嘉佑和她约的时间是五点，现在这个季节，南陵的日出时间一般在早上六点十五分左右。

南陵算是平原，周围没有什么山脉，最高的紫荆山也只有五百米不到的海拔，按照正常人的体力，四十分钟左右就可以爬上去。

从家出发到紫荆山下差不多要半个小时，时间还早，晨雾萦绕着巷口，不远处的梧桐树往下落了一片叶，恰好落在沈知微身上。

沈主任平时教学任务很重，几乎没什么得闲的时候，今天也是难得有机会可以和沈知微聊聊。

"微微啊，"沈主任问，"坐后面冷不冷啊？要不要爸爸把外套脱给你？"

"我不冷，爸爸。"

"今天和同学出去玩，要好好相处，当然也不要受委屈。有什么事情要和爸爸说，知道了吗？"

沈知微之前还没发现，现在坐在沈主任的车后座，才看到他的发间已经有点白发了。她喉咙紧了一下："我知道的。"

"我们微微一向都乖，周围的人都说我养了个好闺女。"沈主任顿了顿，"没想到一晃眼你长这么大了，爸爸也老咯。以后等你考上大学了，我和你妈也能少操点心了。"

这个点除了清洁车，路上几乎没有其他人。

沈主任穿过好几条街道，再往前穿行十来分钟，终于到了紫荆山山脚下。

沈知微坐在后座，看到前面不远处的树下已经站着一个人。

那人穿着一件冲锋衣，拉链一直拉到下巴，手中不知道在把玩着什么电子产品，很淡的荧光映在他的脸上。

沈知微小声提醒："爸爸，前面那人好像就是我同学。"

"啊，哦。"沈主任眯着眼睛看了看，"男生啊？"

"还有其他人，不止我们两个人。"

"这样。"

沈主任往前挪了几步，刹了车。

蔚游听到刹车的声音，朝着这边看过来。沈知微这才看清，他刚刚一直拿在手里的是一台银色的相机，她不认识的牌子。

"蔚游，你到了很久了吗？"

"我刚到。"

"宁嘉佑呢？"

"估计快到了。"

蔚游和沈知微简单交流完，对着沈主任礼貌地开口："叔叔好。"

沈主任认出了蔚游，笑了几声："我记得你啊，小同学。连着好多次考咱们南陵前三，荣誉墙上都看到好多次了。微微转去你们班没多久，平时还希望你们同学之间能互帮互助，有什么问题可以互相解决。我们家微微物理和英语不是特别好，平时可能还要多麻烦小同学你。"

沈知微有点尴尬，偷偷拽了下沈主任的衣服下摆让他别再说了。

蔚游倒只是笑了下："应该的。"

"那行，你们去吧。你们平时在学校里整天从早坐到晚，能多运动运动也挺好的。"

沈主任坐上电动车，对着沈知微叮嘱："爸爸今天还有事，差不多要走了，你路上注意安全，有什么事情随时打爸爸电话。"

宁嘉佑不在，沈知微和蔚游单独在一起有点尴尬。她低头看自己的脚尖，然后顺着看到了路灯下他们的影子。

明明两人实际上靠得也不近，可是影子却是重叠在一起的，无端显出一点暧昧。

沈知微移开视线，又看到了他右手无名指上的那颗小痣。她把下巴埋进围巾里面，不敢再瞎看。

蔚游原本应该是在调摄像机的参数，察觉到她的视线："怎么了吗？"

"没有没有。"沈知微的下巴埋在围巾里，声音有点闷，"我第一次看到摄像机，有点好奇。你是带过来准备拍照吗？"

"嗯。"蔚游点了下头,"你要试试吗?"

"……我不太会。"沈知微小声回,"不用了。"

"不难,"蔚游把相机递给她,"按这里就行。"

他的个子很高,半举着相机刚好到沈知微可以够到的高度,站在风口挡掉了大部分呼啸而来的风。

沈知微心跳骤急,感觉到了一点慌乱,手指匆匆按了一下他刚刚说过的地方。

画面定格。

她不太懂什么构图,这张照片只能看出空无一人的街道和光芒微弱的路灯,以及路边有株杂草无精打采地耷拉着叶片。

在左下角的角落里,还能看到他们交错的影子。

阴错阳差之间,她居然拥有了一张和蔚游的单独合照。

沈知微盯着这张照片看了几秒。

蔚游低眼,手指拨弄了一下屏幕,低声对沈知微说:"你要是喜欢的话,这张我之后一起导出来给你。"

除了那个影子,这张没有聚焦、毫无技巧的照片其实乏善可陈。沈知微有点不知道自己应该怎么回答,口中刚发出一个音节,又被咽了回去。

她怕自己表现得太过明目张胆,也怕这张他们唯一的合照只能在她的记忆里昙花一现。

"沈知微!蔚游!"

宁嘉佑的声音适时传来,人也对着他们挥了挥手。他跑得很快,几乎带来了一阵风:"你们等我很久了吗?"

他手里提着一个塑料袋,里面鼓鼓囊囊装了几瓶可乐:"本来我已经到了,但是我一想到咱们都爬山了,连可乐都不带那也太寒酸了,又去便利店里买了几瓶。"

他说着还对沈知微偏了下头:"还给你带了罐橘子果汁。"

"谢谢。"

"这有啥,顺手的事。"

沈知微不算是一个体力特别好的人,平时紫荆山山脚下是可以坐环保车的，但是今天时间还比较早，工作人员都还没有上班，所以只能步行到山路入口。

宁嘉佑手里提着好几罐可乐，都还是游刃有余，时不时和蔚游一起停下来等等沈知微。在半山腰休息的时候，他顺手把袋子递到蔚游面前："游啊，提会儿，我手酸了。"

"我先提会儿吧，"沈知微伸手去接，"之后再换蔚游。"

蔚游手抬起了一点，接过塑料袋。

"我们俩这不是都还活着吗？哪能轮得到你。"宁嘉佑双手环胸，"你还行吗？要是累的话，我们在这里再休息一会儿也行。"

山路不太好走，沈知微感觉比跑八百米还累得多。天色已经有了一点亮光，估计还有不到半个小时左右就要日出了。

她摇了下头："我可以的。走吧。"

宁嘉佑半信半疑："真的？你别硬撑啊！"

得到沈知微肯定的答复以后，他们才接着往上走。

山路上有挺多碎石，沈知微走得挺小心。宁嘉佑走在最前面，遇到什么崎岖的地方都会提前和沈知微说。

在经过最陡峭的那段路时，脚下的石阶只够人半个脚掌落在上面，因为经常被人走过，表层已经有点包浆。

沈知微在往上的时候，不小心踩空了一阶，差点要往下摔倒时，脊背突然被人抵住。她找回重心，身后蔚游的声音传来："当心。"

这之后，一路上也算是有惊无险。

爬山的途中，他们还遇到几个一样过来爬山的，休息的时候宁嘉佑还随口与人攀谈了几句，他这人和谁都能聊起来。

这个点来爬山的大多年纪都不大，都很健谈。有几个是南陵大学的学生，听到他们是南陵附中的，还说欢迎他们以后来南大。

爬山最痛苦的不是过程，而是以为自己要到了，结果前面还有无数台阶的时候。

因为沈知微，他们走走停停，最后终于在六点出头的时候抵达了山顶。

这个时候，国内大部分的旅游景点发展得还不是很完善，紫荆山山顶也是一样，除了一个光秃秃的看台，旁边挂了一圈铁链，几乎什么都没有。不过，在这里可以俯瞰整个南陵城，远处的高楼大厦几乎和低矮的老城区形成一个泾渭分明的界限。

宁嘉佑拿着相机，问刚刚遇到的那个南大学生，能不能帮他们三个人拍张照片。

"不用调的，直接按下就行。"

大学生鼓捣了半天。宁嘉佑拉着沈知微站好，蔚游看了一眼，刚准备走到宁嘉佑身边时，宁嘉佑叫住他："哎哎，游啊，你站沈知微那边吧。"

蔚游抬起眼睛看他，意思是为什么。

"咱俩站一块挺奇怪的，还是沈知微站中间好，能组个'凹'字。"

这话不知道戳中蔚游什么笑点，他笑了很久，甚至手都撑到了膝盖上。

沈知微不明所以，宁嘉佑小声和她解释："蔚游的笑点一直都挺奇怪。"

蔚游笑完，说了个"行"，抬步走到沈知微身边站好。

对于陌生的镜头，沈知微一直都觉得有点尴尬，快门按下的那瞬间还有点拘谨，她站在他们两人之间，像是隔了楚河汉界一样分出了一段距离。

最后宁嘉佑点评这张照片，像是三个不太熟的人在公司团建时硬凑在一起拍了张合照。但他不是喜欢多折腾的人，虽然对这张照片不是很满意，也没提出重拍，只说以后还有机会，多拍几张好看的。

日出的那个瞬间，宁嘉佑拿出一路被带上来的可乐，一瓶一瓶地分给他们。

蔚游单手拿着可乐罐，手指抠住拉环，"刺啦"一声打开，细密的气泡翻涌又破碎。

宁嘉佑和他们碰了下杯壁："这个时候是不是应该说点感想啊？其实我没什么感觉，就只是觉得爬得挺不容易，那就祝我们都能在老廖的自习课不迟到，都能考上理想的大学。

"咱俗气，但务实。"

蔚游哼笑了声，突然问宁嘉佑："你为什么想去学计算机？"

"还能因为什么，这不是顺理成章可以买性能好点的电脑嘛，而且就业前景也不错。"宁嘉佑有点不好意思地挠了挠头，"我感觉未来电子行业一定是发展前景最好的。"

"那你呢?"蔚游偏了一下头,看向沈知微,"为什么想读建筑?"

"我吗?"

蔚游点了下头。宁嘉佑也很好奇,凑上去问:"对啊,沈知微,我之前也没问你,其实读建筑系还挺累的,你就没考虑其他专业吗?虽然现在建筑行业前景还挺好的,但是跟项目肯定是很辛苦的。"

之前从来没有人问过沈知微为什么,她想了想,然后小声说:"老家的瓦房常年漏风,要去厨房得经过很长一段的走廊。而我现在住的地方也会漏水,阁楼早就已经年久失修,狭小的空间就连我都只能弯腰通过。南陵大部分的老旧小区都没有空间感知、功能布局,也没考虑到城市环境和周围人群的需求定位。

"所以其实最开始我想要去读建筑的原因,是想以后我设计的时候能以人的感受作为衡量的标准,而不是建筑体的美观,又或者是完全的商业标准。"

宁嘉佑看着她,突然轻咳一声:"……你这么说,好像显得我有点肤浅。"

蔚游也半低着眼睑看着她。

沈知微很少一次性说这么多话,还是类似观点输出的言论,耳郭有点儿红。她下意识地想拿起可乐喝一口,刚拿到半空,蔚游拿着自己的可乐过来轻轻碰了下她的。

很轻的一下。

瓶中的气泡受到撞击,发出细密的破裂声。

"理想成真,沈知微。"

宁嘉佑不甘示弱,也碰了下:"那我也祝你理想成真,沈知微。"

沈知微觉得宁嘉佑这人有时候真的很像个小孩,幼稚得不太像是高三的学生。

她失笑,他们三个人坐在可以俯瞰整个南陵的山顶,身后是从四面八方吹过来的风。

除了理想,其实她还有一个美梦。

她从来没有想象过美梦成真。

可是现在,美梦在她身边。

一直到快下山，沈知微想到蔚游刚刚问他们的话，突然意识到，蔚游从来没有说过他想读的专业。

她迟疑了一会儿，才鼓起勇气小声问他："蔚游，那你有想好以后读什么专业吗？"

那天晨光洋洋洒洒地铺满了半边天幕，蔚游撑着手看了一会儿山下的南陵城，听到沈知微的话，语气很淡，淡到好像转瞬就被吹散在风里，了无痕迹。

"我没想好……再说吧。"

3

下山时路过一座土地庙，掩映在山腰处，应该是住在附近的人垒的，外墙连水泥都没抹，红色的砖石裸露在外。

宁嘉佑不知道从哪儿拿了几炷香，分给沈知微和蔚游。狭小低矮的庙里，他们要微弯着腰才能进去。

沈知微上前拜了下，在心中默许了几个愿望，然后把立香插进香炉，白烟袅袅。

在这座少有人问津的土地庙里，她也许了一个不为人知的愿望。

本来想许愿自己美梦成真，在立香即将燃尽的时候，她犹豫再三，却更改了愿望。

——她想祝蔚游得偿所愿。

2008/11/22 见微知著

或许是我从来没有设想过美梦成真的可能性，所以在最后，还是变成了希望你可以得偿所愿。

有时我会想，世界上怎么会有我这样的胆小鬼。

可是有天夜里我辗转反侧，考虑再三，最后还是得出了同一个结论——

比起我的美梦成真，我更希望你可以得偿所愿。

那天之后，蔚游把照片都通过 QQ 发给了沈知微，包括最开始那张不算合照的合照。

沈知微不常登 QQ，看到蔚游给她发消息时已经是好几天以后。她手指放在键盘上半天不知道应该打什么，只回了句生疏的"收到了"。

那边蔚游没回复，沈知微在电脑上挂着 QQ，拿过旁边的数学卷子写。

不知道过了多久，她被最后一道题的第二小问卡住，用了好几种方法都没算出来，她边转笔边思考解题方法，就在这时，QQ 的消息提示音响起。

居然是蔚游。

you：下晚自习了？

游鱼：嗯嗯。还在做数学卷子。

那边没回复，沈知微犹豫了一下，接着打字。

游鱼：有一道题我不太会，你方便的话，可以帮我看看吗？

you：可以，发我吧。

家里电脑的摄像头是外接的，因为不怎么使用，上面已经有点落灰了。沈知微用湿巾擦了一下，然后拍下卷子发给他。不算特别清晰，但是大概能看清楚图片上是什么。

you：这题应该是正常第二问的难度。通过条件证实不等式成立，先设两个极值点，通过条件里面给到的方程联立这两个条件，解出来极值的和，再代入一下前面给的 $a > 0$ 这个条件，化解一下不等式，最后再因式分解，就可以得到 a 的取值范围了。

沈知微有点没跟上他的思路，想了一会儿才有点不太好意思地打字。

游鱼：不好意思，我好像还是有点没听懂。

you：没事，我这么讲确实有点难懂，你方便听语音吗？

沈知微心脏重重地跳动了两下，从抽屉里找到有线耳机接上主机。

游鱼：方便的。

蔚游发了一条 56 秒的语音过来，大概和她讲了一下解题思路，以及考的是什么知识点。

隔着网络，他的语气显得更加淡，通过耳机传过来，带着细密的电流声，沈知微的耳郭瞬间涌上热意。

她按照他说的理了一下思路,费了点工夫按照步骤又算了好几次,最后终于得到了个取值范围。她翻开这套模拟卷的参考答案对了对,是正确的。

时间已经深夜一点半,沈知微不知道对面的蔚游有没有睡,打字和他表达了一下感谢。

对面没回。

沈知微滚动鼠标,把他们的对话重新看了一遍,先是全部收藏,然后又截图保存到"y"文件夹里。

这个文件夹里的东西林林总总加起来也不是很多,沈知微重新浏览了一遍,点开那天他们三个人在山顶上拍的照片。

真的谈不上好看。

她那天穿了一件很厚的外套,头发也被风刮得凌乱,拘谨又无措地站在中间,显得有点儿呆,就连脸上的笑都是硬挤出来的。宁嘉佑站在她身后,身上的外套敞着,喉结都看得分明,他好像都不怕冷。蔚游则是一贯把拉链拉到顶端,大概是心情还不错,他对着镜头也笑了下。

沈知微抿着唇把这张照片放大又缩小,看了一会儿,然后才关上电脑。

12月初的南陵下了第一场雪。

很薄,落在屋顶上几乎像是霜。刚开始下的时候还在上英语课,不知道是谁低声说了句"下雪了",大家眼睛都跟着往窗外瞟。英语老师讲了半天语法,看到下面的人兴致寥寥,将手中教案卷起来在讲台上敲了一下,语气不冷不热:"这么想看就直接出去看,别身在曹营心在汉的。"

这话说得听不出什么情绪,很微妙,让人分不清英语老师说的到底是不是反话。

下面的人拿不准,宁嘉佑身先士卒,半个身子已经探了出去,试探着问:"老师,我真出去了啊?"

英语老师点了下头。

有宁嘉佑领头,班里好几个人都跟着出去了。英语老师双手环胸看着他们:"只有五分钟啊,到点了赶紧给我回来上课。"

英语老师不说这句话还好,一听这话,班上剩下的大半学生相视一眼,全争先恐后地往外面窜。

到最后只剩下沈知微和另外几个人了,宁嘉佑趴在窗口,对着她招了下手:"出来啊沈知微,只有三分钟了。"

他拿着一只用雪捏出来的小兔子,得意地放在手心:"看,我刚刚捏的,你要不要?"

宁嘉佑捏的东西只能勉强看出来是个球形,沈知微看了一下,摇了摇头。

宋航远凑过来,捏着鼻子说话:"就你捏的这个东西,别说送我了,就是你求我要,我还要考虑考虑呢。"

宁嘉佑以往听到这话多半要和宋航远打起来了,今天却难得笑眯眯地对宋航远开口:"哦。我求你。"

宋航远跟见了鬼一样。

"……个鬼啊。"宁嘉佑突然拎着宋航远的领口,把刚刚那个雪球塞进去,"免费送你。"

这两个人打打闹闹个没完,沈知微本来是想出去拉架,看到他们两个这样又只剩下失笑。

雪还没有积起来,只有窗台上的薄薄一层。她拿了一点雪,捏了条小鱼,小心翼翼地捧在手上,却有人撞了上来,小鱼的尾巴磕在走廊的矮墙上,断掉了。

宋航远这才发现自己撞到了人,连忙和沈知微道歉:"刚刚我没看到你,你没事吧?"

沈知微摇头,手缩进袖子里:"没事。"

"那就好。你刚刚捏的什么?我没看清,是不是被我撞坏了?我重新捏个给你吧。"

"不用。"沈知微安抚地对着他笑了笑,"没关系。"

回到教室以后,沈知微才伸手把刚刚放进手心的小鱼拿出来。

因为掌心的温度,小鱼已经有点融化了,水渗过指缝往外流,在她的校服外套上洇开了一小摊痕迹。她拿纸擦拭干净,抬头看了看窗外。

下雪了……

大课间的时候，十六班全班都被通报批评，原因是不遵守课堂纪律。

当天还有一节班会课，老廖板着脸说了这件事。不过大概是考虑到最近联考接连不断，倒也没有在这个事情上细究，转而说了最近几场考试的进步和退步情况，还有接下来的教学安排，冗长无聊。

因为下雪，教室里开了会儿空调，暖风吹得不少人昏昏欲睡。以往班会课老廖都是睁只眼闭只眼，今天却清清嗓子，提醒大家打起精神。

"教学安排我已经说得差不多了，然后就是对现阶段大家学习情况的点评。其实大部分学生我都已经说过了，但是还剩下一位，我一直都还没讲。"

老廖这么一说，班上的人差不多都已经知道了是谁，视线有意无意地朝着沈知微身后瞄。

沈知微原本还在一边听老廖讲话，一边做阅读理解，听到这句话以后，她思绪发散。再次回神时，圈关键词的笔墨顺着往后，已经蜿蜒出了很长一道痕迹。

"是这样的，咱们班的蔚游同学前段时间去参加了竞赛，这么多天过去了，已经出结果了。"老廖说话慢悠悠的，在这个时候稍微顿住，卖关子一样。

过了半天，他才笑眯眯地开口："虽然他今天不在这里，但是我们首先要恭喜蔚游同学，在全国这么多尖子生的竞争中拿到了'国一'！

"具体他最后选择了什么学校，我还在对接中，不出意外的话，他会是我们班第一个收到大学录取通知的。希望其他同学都能再接再厉，未来取得辉煌成绩，拿到理想大学的录取通知书。"

蔚游在班上的人缘一直都很不错，所以即便他现在人不在这里，同学们的掌声也依然喧嚣。尤其是宁嘉佑，他真的很为蔚游开心。

他一边鼓着掌，一边凑过来和沈知微说："蔚游以后都不用来上课了，直接保送。我就说上香有用吧。哎，那咱们许的愿望肯定也能成真。"

沈知微心绪繁杂，只轻声"嗯"了下。

旁边两个女生小声议论。

"蔚游真拿了'国一'哎，那应该是直接保送了吧？"

"是的，其实也挺正常的。毕竟，他可是蔚游哎。"

…………

那天的雪一直下了很久。

季微和沈知微一起去食堂，因为下雪，打饭时食堂还赠送了一杯热豆浆。沈知微没喝，拿着暖手。

回教室的路上会经过学校的公告栏，细雪飘飘的天，还有几个工人正在搬 KT 板进来，打开老旧的玻璃窗，把新的换进去。

季微看到，小声说："是不是又是上次模考的年级表彰，来来去去也就是这么些人，有什么好着急的。"

她也只是随口一说，挽着沈知微很快就换了个话题。

寒风凛冽，雪粒落在沈知微的眼睫上，碰上温热的皮肤很快就消融了。她失神地看向刚刚被装上去的一块 KT 板。

旁边的字因为天黑有点模糊不清，最能看清楚的，其实是上面的照片。比起现在还有点青涩，但也能看出来周身的疏离，应该是蔚游高一或者高二拍的证件照，眼眉俊秀，和陈旧的公告栏有点格格不入。

沈知微手里捧着已经冷掉的豆浆，隔着漫天的雪，他们好像在对视。

4

那年还挺流行过圣诞节，宁嘉佑来上早自习时不知道从哪儿掏出个蛇果递给沈知微和宋航远。

"苹果啊？"宋航远皱着眉头，"不是，谁稀罕你的苹果啊？"

"什么苹果。"宁嘉佑气得不行，抬手准备夺回去，"这叫蛇果好不好。不要拉倒，山猪吃不了细糠。"

宋航远避开，直接啃了一口，然后主动递给宁嘉佑："行啊。现在还你。"

宁嘉佑给他比了个大拇指："……你怎么不舔一圈再还我呢？"

"你想要也不是不行。"

宋航远作势就要按他说的做，宁嘉佑被他恶心得不行："好好好，算您厉害，我不要了。"

他们说这些的时候也没避着沈知微，沈知微早已经习以为常。

她看到宋航远刚刚啃了一口的蛇果，有点好奇："那这个，嗯，蛇果是什么味道啊？"

宋航远刚刚啃的还没尝出味来,他又吃了一口,尝了尝,肯定地对沈知微说:"感觉就是干巴的苹果味。"

不管大洋彼岸是什么节日,反正南陵附中的早晚自习都是按时开始和结束。

一直到晚自习课间休息的时候,班上消息最灵通的同学传出来个消息——操场上有几个高二的学生被逮住了。说是他们晚自习的时候去过圣诞节,把新上任的教导主任气得吹胡子瞪眼,直接没收了他们不知道从哪里搞来的圣诞树。

第二天公告栏里就通报了这件事,顺便标了一句鼓励广大同学弘扬中华传统文化。

12月底南陵一向都很湿冷,尤其是四肢,时常容易冷得失去知觉。

沈知微在日记本上记录自己的心路历程时,都觉得有点难以置信,时间怎么会过得这么快?

距离她第一次和蔚游说话,已经过去了半年。

寒来暑往,蔚游的座位一直都空着,多余的导学案和试卷都在他桌上堆着,就好像一直没人在这儿待过一样。包括在别人的交谈里,"蔚游"这个名字出现的频率也逐渐降低。

距离高考只有最后六个月了,就算明面上不说,大家暗地里也都绷着一根弦。模考考得再好,也总会担心自己马前失蹄。

沈知微的日记本已经记录到了三分之一。

其实有时候,在冗杂的学业压力下,她也没什么太多的心事,翻开日记本只潦草写一两句,乏善可陈。

转眼就要到2009年了。

小时候对于时间总是没有什么概念,当台历只剩下最后一两页的时候,沈知微看着前面被翻过去的厚厚一沓,才惊觉这一年过得有多快。

他们高三生元旦只放两天假,但也算是奢侈了。

收拾东西那天,宁嘉佑单肩背着书包,先对沈知微说了句:"新年快乐。"

"啊?"

"我提前说了,毕竟那天零点我也不能当面和你说。这么说起来,我是不是第一个和你说新年快乐的？"

他笑起来的时候，眼睛很黑很亮，唇边会有个凹进去的月牙状酒窝。天气很好，难得出了一点太阳，照得他的头发都是毛茸茸的质感。

那天南陵也下了一场不大不小的雪。

沈知微一家六点吃的晚饭，是荠菜饺子。沈主任难得喝了一点酒，满脸都是通红的。

饭后，赵女士去厨房洗碗，沈主任收拾桌子，沈知微就窝在房间里盖着毯子写试卷。取暖器吹得人脸发干，手却还是冷的，她握着笔呵了一口气接着写。

晚上十点多的时候，烟花爆竹的声音接连不断地响起。

沈知微戴了耳塞，一直快到十二点才揉了揉发胀的脖子，起身去厨房倒了杯温水。

沈主任和赵女士没有要等零点的概念，房间早早熄了灯，只有客厅还留着一盏小灯。

保温瓶里的水是刚烧开的，沈知微举起来时被渗出来的水汽烫了一下，没忍住轻呼一声。赵女士睡眠浅，听到声音询问："微微？怎么了？"

"没事，妈妈。刚刚看到一只飞虫。"

"你这孩子。我还以为什么事，时间不早了，你早点睡啊，既然放假了就稍微休息休息。"

主卧传来窸窸窣窣的声响，很快归为沉寂，沈主任轻微的鼾声响起。

沈知微的手背被烫出一小片红肿，好在是左手，并不影响写字。她吹了几下之后，打开水龙头用自来水冲洗，凉水缓慢淋过被烫伤的部分，刺痛感传来，直到腕部以下都没有什么知觉后，她才收回手。

捧着水杯回房时，她看到客厅挂着的时钟，还差五分钟零点。巷弄里难得热闹，大概是不少搬去新区的人现在又回来了，声音比以往更嘈杂。

她捧着水杯，喝了一小口热水，顺便打开电脑登上 QQ。

班级群里久违地热闹，前一阵还在玩接龙，是组团打游戏的。她大概浏览了消息记录，下面的消息还在接连不断地跳出来。

她退回到最新消息，刚好零点，大家都在发"新年快乐"。

大概过了一两分钟，很久没有在群里发过消息的蔚游也发了一句。

you：新年快乐。

沈知微的心跳突然停了一拍，跟在他后面也发了一句。

游鱼：新年快乐。

滴滴滴滴哥：蔚游？

爪爪小螃蟹：蔚游得有八百年没上线了吧，看到他上线我还以为他被盗号了。

好爱吃烊饭：游啊，你拿了哪个学校的保送？

拼搏一百天我要上清大：是清大吧？清大物理很好啊。

下面连着回复的很多，把沈知微随后发的那句话淹没。

蔚游好像是过了一会儿才看到群里的消息。

you：还没决定。

同学们也没深究这个问题，只调侃蔚游以后再也不用上早晚自习了。蔚游没有再回，头像灰了下去。

沈知微关上电脑，窗外的雪还在下。

她站在阳台，看到边缘已经枯黄蔫巴的小金橘，摸了摸叶片，又倒了点水，然后很轻地叹了口气，伸手接了片雪。

……好凉。

不知道是不是雪后温度骤降的缘故，沈知微有点受凉，元旦后就一直昏昏沉沉，收假返校已经好几天了，早上她整个人都还是很虚弱。

吃早餐时，赵女士发现不对劲，伸手摸了摸沈知微的额头，赶紧让沈主任去找温度计。沈主任翻箱倒柜半天才找到，甩了甩温度计，才递给她测体温，38.2℃。

"怎么突然发烧了？"沈主任皱着眉头，"是不是前段时间穿的衣服太少了？"

"是啊，你现在正在关键的时候，不管怎么说，对自己的身体都要上心。"赵女士担心地说，"今天我先替你和你们老师请假，你在家里好好休息。等会儿让你爸早点下班回来看看情况,要是还烧着就要带你去医院了。"

沈知微喝了几口粥,想了想还是拒绝:"不用了,今天的课是完形填空专题,还挺重要的,等到上晚自习时,我再请假回来休息吧。"

"也行。"赵女士收拾好桌上的碗筷,"那我和你们廖老师说一声,今天跑操什么的你都别去了。哦对,还有体育课。"

沈知微乖巧地答应。沈主任还是不放心,送她到教室又千叮万嘱,大意就是觉得坚持不下去一定要打电话和他们说。

宁嘉佑今天难得来得很早,看到教室门口的沈知微刚想打个招呼,眼尖地又看到旁边站着的沈主任,生生把嘴里的招呼咽了下去,目不斜视地走回了教室,还有点同手同脚。

一直到沈知微回到座位,宁嘉佑才举着书低下头问她:"刚刚那人是你爸?"

"嗯。"

"'光明顶'?"他瞪大眼睛,说完又觉得这称呼不太合适,连忙改口,"我是说,你爸不是一中的教导主任吗?今天怎么送你到教室门口了?"

沈知微看着资料上的小字都觉得有点晕,她小声回宁嘉佑:"我今天有点不舒服。"

"啊?这样……"宁嘉佑探手过来,原本好像是想测一下她的体温,手悬在半空又突然收回,转而拿起一旁的水杯,"那我、我去给你倒点热水。"

一早上的课,以往宁嘉佑和宋航远不知道要吵吵闹闹多久,今天难得安静了下来,就连说话都是轻声细语的。

天气渐冷,为了保暖,教室的窗帘拉着,只从缝隙中透出一点光。

刚下课,教室里人声鼎沸。沈知微思绪混沌,不知道为什么,好像在杂芜的人声中听到了蔚游的声音。

她愣怔了一下,转过身,却只看到了从后排走过来的宁嘉佑。

宁嘉佑有点愣神,顺着她的视线往后看了看,问:"怎么了吗?"

宋航远也看着她,不明所以地挠了挠头。

沈知微回神,手指微微陷进掌心,轻轻摇了下头。

"……没事。"

5

2009/1/7 见微知著

与宁嘉佑对视的那个瞬间,对上宁嘉佑错愕的眼神时,我才突然间意识到——

我或许比自己想象中,还要想他。

下午除了一节语法专题外没有什么太重要的课,老廖知道沈知微的情况,特意在体育课前和体育委员说了声,又在课前叮嘱了沈知微一句,如果有什么问题直接去办公室找他,交代完就急急忙忙地走了。

宁嘉佑凑到沈知微身边小声点评:"你看老廖这样子像不像是夹着公文包的唐老鸭?"

沈知微没什么力气,很轻地笑了声。

宁嘉佑也没开口了,顺手拿过她的水杯去饮水机那边接了一点热水。

体育课是好几个班一起上,每次都挺热闹,课前排队的时候还喧嚷了一会儿,沈知微意识昏沉,趴在桌上没太注意,醒过来时教室已经空无一人。

最近天气都不错,但这个季节的阳光照在人身上没什么温度,只能感到一点晒。

沈知微拿出卷子做了会儿阅读理解,因为脑袋昏沉,她勉强只做完了三篇,剩下一篇看了个大概。她推测自己这个状态再继续做题肯定会影响正确率,就只是把关键词圈了起来准备等会儿再做。

看到周围没人,她顺手把日记本拿出来,写了一页日记。到写日期时,她才猛地意识到,自己的经期虽然不太稳定,但差不多就在这段时间……

她抿了抿唇,小心地合上日记本放进书包,应该也不至于这么倒霉。

她就着温水把感冒药吃了,接着趴在桌子上休息。

意识昏沉的时候很容易睡着,沈知微裹着校服外套,思绪很快涣散。

杂乱无章的梦境结束在她听到周围有窸窸窣窣的摩挲声。

她以为是体育课结束了,班上的人回来了。她迷迷蒙蒙地睁开眼睛,刚想问宁嘉佑下节课的导学案发下来没有,才只说了一个字就顿住,自己身边并没有人。

教室的门开了一条小缝,她清醒过来。

或许是送教案的老师来了一趟而已。

吹了很久的暖风,喉咙干涩得发苦,刚刚打的温水已经就着药喝完了,沈知微晃了一下脑袋,起身去饮水机接水。

她起身时经过蔚游的座位,桌上的试卷整整齐齐地摆在右上角,她恍了下神,也没太在意。

教室里的饮水机已经是好多年前的产物,接热水的时候都会卡顿一下再出水。

沈知微站在一边等,然后听到教室的门响起"吱呀"一声。

冷流涌入,和教室里的暖气交融。

她下意识地朝着门口看去,只看到蔚游穿着一件黑色冲锋衣,拉链一直拉到顶端,衬得他肤质冷白,一段时间没见,他的头发好像长了一点。

似乎是没有想到教室里还有人在,他有点诧异地挑了下眉。

沈知微几乎以为自己还在做梦。

她愣在原地,一直到水杯里的水满出来渗入水槽,淅淅沥沥的水滴落,她才如梦初醒地拿起,机械地拧上盖子。

她小声地问:"……蔚游?"

蔚游点了下头:"嗯。我回来收拾东西。"他顺手关上门,"其他人都不在,你没去上体育课吗?"

"我有点发烧。"沈知微顿了下,"请假了。"

蔚游走了过来,视线在看到沈知微的座位时顿住,他突然开口问她:"你要外套吗?"

手中捧着的水杯有点烫,沈知微换了只手拿:"不用。教室里面有空调,不冷。"

蔚游没应声,只是拉开外套的拉链,脱下衣服,递给她。

"等会儿出去可能会需要,你披着吧。"

蔚游一直都是个很有分寸的人,至少不会做出平白无故给别人外套这样的事情。沈知微没接,没明白似的抬头看向他。

他半低着眼,漆黑的瞳仁里映出教室天花板上的白炽灯,还有一个缩小的沈知微。

沈知微移开视线,这才看到自己的椅子上有一点不太明显的血渍。她抿了下唇,手指收紧,耳郭涌上灼烧的热意,突然明白了蔚游的意思。

她接过蔚游的外套,讷讷地说了句"谢谢"。

"没事。"

最近一两天沈知微过得完全没有时间概念,也没有事先准备好卫生巾,在书包里翻了半天,又蹲下去在抽屉里找,都没有找到。

蹲的时间有点长,她站起来的时候一个不稳,差点摔倒,幸亏扶住了桌子边角才稳住身体。

蔚游原本一直都在后座收拾东西,看到沈知微的动作,他好像明白了什么,迟疑了一下问:"……你没有吗?"

他好像是第一次问这种问题,没有看沈知微,耳后有点几不可见的红。

"没有。"沈知微很轻地摇了摇头,"我去便利店买吧。"

她把外套披在身上,轻声对蔚游说:"谢谢你的外套。"

因为发烧,她脸颊发白,几乎看不到血色。

"我去吧。"蔚游顿了下,"……你先去等我。"

没等沈知微说出拒绝的话,他把刚刚收拾好的一沓书放到一旁,直接从教室后门出去了。

沈知微站在原地看着蔚游的背影,门开合带来一点儿冷风,让她昏沉的脑子清醒了几分。她半低着头,很缓慢地眨了两下眼,弓身把椅子上的血渍擦干净后,把湿巾丢到垃圾桶,然后走去了厕所。

因为还在上课,所以这儿空空荡荡的没有人。

她洗了把脸,小腹突然传来隐隐约约的坠痛。她撑着洗手池台面的边缘,刚准备出去看看蔚游有没有来,一个穿着附中校服的女生突然走进来,问她是不是沈知微。

沈知微不认识这个女生,只点了下头。

女生眨了下眼睛,从口袋里拿出粉色包装的卫生巾:"刚刚在走廊那里遇到了附中贴吧里大名鼎鼎的蔚游,他主动和我说话,我还以为是什么事情,结果是让我把这个带给你。他是你男朋友吗？"

沈知微接过，摇了下头："我们只是同学。"

女生有点失望，"啊"了一声："我看他一路跑过来，还是送这个，还以为你是他女朋友呢。不好意思啊，是我误会了。"

说着说着，女生想到什么，又补充一句："这么说起来，只是同学的话……那他人还挺好的。"

"是挺好的。"沈知微半低着眼睛，"也谢谢你。"

"小事，不用谢。"女生对着沈知微笑笑，"还要多亏你呢。我现在也是见到蔚游的人了。听说他都已经保送了，以后估计在附中也没什么再见的机会，我回去得好好炫耀炫耀去。"

沈知微走进隔间，所幸裤子上只有一小块被弄脏了。

她整理了一下，确认自己身上并没有其他痕迹后才出去。刚刚的女生还在照镜子，看到沈知微出来，还挺热情地对着她笑了下。

沈知微弓身洗手时，冷水碰到之前被烫伤的地方，熟悉的刺痛感传来，她有点昏沉的思绪也随之清晰起来。

她突然意识到什么，转身快步出了厕所走向教室。

教室的窗帘和门都合着，沈知微停顿了几秒才推开门，发出"吱呀"一声。

光穿过她身后的门框照进来，教室的空调还在运转，老式空调运转久了就会发出细微的振动声，输送出的暖风带着一点儿特有的气味。

教室里空无一人。

蔚游桌上的试卷整整齐齐地叠放着，桌肚已经被清空了，干净得好像这个人从来都没有出现过。

沈知微走回厕所。刚刚那个女生还在，看到去而复返的沈知微，她侧过身有点茫然地问："怎么了？你落下什么东西了吗？"

沈知微摇了摇头："刚刚……蔚游给完你东西，之后去哪里了？"

"我也不知道。"女生听到这话，回忆了下，"好像是走了吧。"

沈知微喉间瞬间紧了一下，连谢谢都来不及说，几乎是小跑着去了教学楼最东侧的走廊，这儿可以看到整个附中校园。

还在上课时间，整个学校都没什么人，除了偶尔路过的领导和老师，就只有西边操场那里传来隐隐约约的嬉闹声。

沈知微撑着走廊的护栏,看到了学校主干道上蔚游的身影。

她好像总有在人群中一眼看到他的能力。

这个季节,道路上的梧桐已经只剩下光秃秃的枝丫,枯白的树枝蜿蜒向上,把天空分割,连同落在地上的余晖。

她很少能有这样正大光明看蔚游的机会,尽管只是背影。

夕阳落在他身上,照得他发梢都是稀薄的暖光。

人与人的缘分真的是很神奇,有些人隔山隔水还会不期而遇,有些人这一辈子,从遇见开始,就已经是见一面少一面。

那天的天气很好,暖色的光散落各处,风却冷得直往人的骨缝里钻。

回到教室后,沈知微才知道蔚游给他们几个都留了一张字条。宁嘉佑和宋航远不知道蔚游来过,本来还好奇是谁留下来的,但是打开一看字迹就认出来了,嬉皮笑脸地说蔚游这个人还算有良心。

沈知微没想到自己也有。

从那本很厚的《新概念》下抽出字条的时候,她愣怔了好久才打开。他的字迹锋锐且好看,张扬得不太像是他本人。

给她的那张纸上,只有非常简单的一句话——

理想成真,大建筑师。

第七章
缺氧

／

她一步一步往前走出的，
是有他在的那个夏天。

1

那场烧后面来势汹汹，沈知微没撑住，回家昏天黑地地躺了几天，又挂了好几次水才终于好转。

挂水的医院距离一中很近，沈主任没事就过来看看她的情况。午饭时带了个不锈钢饭盒，又仔细叮嘱沈知微一个人在这里的时候别睡着，千万不能回血。

沈知微乖巧地点了点头，剩下一只空闲的手顺手拿了张数学卷子做了起来。

沈主任看沈知微这样实在是心疼，站在旁边叹了口气，摸了摸她的头："爸爸下午还有个研讨会，就先走了，你自己一个人在这里好好休息，养好了再学也是一样的。"

沈主任拢了拢加厚棉袄，走的时候还回头对她招了下手。

输液大厅里的人很多，这个季节流感多发，小孩时不时的啼哭声和大人尖锐的抱怨声混在一起。

沈知微做完前面几道函数题，翻到背面看最后三道大题。

坐在她身边的是个身材有点臃肿的阿姨，看到沈知微这个时候还在做卷子，忍不住凑过来夸了她几句，半晌看了看沈知微身上的附中校服："唉，还是附中的学生刻苦，将来肯定能考个好大学。"

沈知微礼貌地笑了笑，只说"谢谢阿姨"。

这样看着乖巧还喜欢学习的孩子，没哪个家长不喜欢。阿姨一只手还吊着水，硬是拿出把水果刀，削了梨递给沈知微，还不忘数落自家那个不成器的儿子。

宁嘉佑每天都会发课上讲的知识点给沈知微，还说里面有不少是宋航远记的，但最后总会邀功似的说一句是他记得比较多。

等沈知微终于返校时，她座位后面的那张桌子已经被搬走了，空无一物。

宁嘉佑看到她回来，解释："隔壁班转来个转学生，说是少张桌子，就先把这张搬走了。但这儿缺一张桌子确实挺丑的，老廖和教务处的说了，教务处说过几天搬张新的回来。"

沈知微看了看后座空着的位置，半天只轻声"嗯"了下。

今年高三的寒假拼拼凑凑出了十天。为了照顾高三的沈知微，爷爷奶奶准备到南陵来过年，顺便说起平桥村前面的县道终于通车了，现在他们过来方便多了。

一中放假比附中还晚，沈主任提前请了一天假，带着两位老人出去逛了逛。

那年还没有禁止燃放烟花爆竹，凌晨三四点外面还传来接连不断的烟花声，纷纷扬扬的烟火升至夜幕，转眼消散，晨起只剩下一地的碎屑。

随后又是漫长的模考，堆积如山的试卷和怎么发也发不完的资料让沈知微忙到脚不沾地，有时候连着几天都没空打开日记本。

教务处磨蹭了一两个月才把空出来的地方补上一套新桌椅，和从前没太大的区别，搬过来的时候还混着轻微的木质味和油漆味。

宁嘉佑随手摸了把新桌椅，感慨道："咱还是想要蔚游那套桌椅，沾沾他身上的考运也行啊。"

"考运是能沾，"宋航远回，"但色相你这是一点都沾不到啊。"

"找死啊？"宁嘉佑拽了把宋航远的领子，把自己的手伸进去，"你坐在蔚游身边那么久，你就沾到了？"

宁嘉佑刚洗完手回来，冷得宋航远龇牙咧嘴。

两个人吵吵闹闹个没完，沈知微失笑，接着做剩下的卷子。

她其实在学习上并没有很强的领悟力，只是足够自律，就算是在很吵闹的环境下也能沉下心来做卷子，而且擅长归纳总结。

这段时间连续几次模考她都在十六班十几名的位置徘徊，老廖好几次都在班会课上点名表扬她，说她是十六班这一整年进步最快的学生。偶尔他还会在课后鼓励沈知微，继续保持这个状态，摸到清大和北大的录取分数线不是问题。

毕竟十六班的十几名，能排进南陵前三十。

好像一切都在往最好的方向发展。

宁嘉佑属于非常典型的天赋型学生，学得游刃有余，数学、英语都接近满分，尤其数学几乎都在185分以上，就算有时语文考得不是太好，但排名也都能保持在班级前十。

宋航远倒是退步了一点，但是他本身对自己的要求也不是特别高，没那么想去北城的话，附近几个省份的名校他都能随便挑。

大概因为距离高考越来越近，就连平常很少夸赞他们的老廖有时也会欣慰地夸他们都是天之骄子。

这个说法后来被宁嘉佑否定。

那天体育课结束，他经过公告栏前。其他版面都已经换得差不多了，只有蔚游拿到"国一"的还一直挂着，不知道是不是水汽渗进去了，已经轻微褪色。

"真要说天之骄子，"宁嘉佑侧了侧头，"那还得是咱们游啊。说起来，咱还挺想他的。"

"肉麻得要死。"宋航远点评，"你'表爸'不在，你成留守儿童了是吧？"

"去死。"

宁嘉佑把球丢过去，宋航远躲开。

宁嘉佑嗤笑了声，猛地往前扣住宋航远的头："你是不是心里偷偷害怕你高考拉低咱们班平均分啊，现在非逼我揍死你？"

"放开放开。"

宁嘉佑松开手，随便从地上薅了一根狗尾巴草："明天是不是要百日誓师了？"

"是吧。"宋航远也薅了一根叼在嘴里，"明天二十七号，听说还要安排人在国旗下讲话。"

"是谁演讲啊？咱班是不是没人收到通知啊，难道是别的班的？"

"不能吧。"宋航远想了下，"不是每年都是十六班的人演讲吗？"

"不知道。"

宁嘉佑随手把狗尾巴草扔掉，看着宋航远："这狗尾巴草啥味啊？"

"也没啥味，草味呗。"

宁嘉佑意味不明地笑了下："怎么能没味呢？我刚刚还看到大黄在这里尿尿被保安赶出去。你没吃出来？"

宋航远狠狠地呛了两下，连忙把嘴里的狗尾巴草吐出来，都没来得及骂宁嘉佑，就匆匆跑到旁边的洗手池漱口去了。

宁嘉佑笑得前仰后合。

对上沈知微的视线时，他才用口型无声地说："我诓他的。"

当天晚自习时，沈知微被老廖叫去了办公室。

来到门口时，她敲了下门。老廖大概是没听到，还在和隔壁的老师聊天。

"我是问了他家长，但他最近应该在忙其他的事情吧，没有时间。"老廖捧着搪瓷杯子，"我本来是觉得他现在这个阶段来学校演讲刚刚好，也给其他学生做个榜样。"

"他形象也好。"旁边那位老师附和，"我们班没收的不少信都是送给他的，后来他不来学校了，这才少了不少。这群小姑娘啊……"

老师一边说着，还一边无奈地摇了摇头。

沈知微敲在门上的力道又加重了一点，老廖这才看到她，连忙朝着她招了招手："哎，沈知微。你来了。"

他放下搪瓷杯子,脸上挂着笑:"是这样的,明天就是百日誓师了,刚开始定下来的人来不了了。我想了想,你挺合适。咱们班进步最大的就是你,平时你学习作风也端正,正好你以前也当过校庆主持人。只是今天赶稿子估计来不及了,我找了份现成的稿子给你,等会儿晚自习你熟悉熟悉,明天读一下。"

老廖从抽屉里翻出来一份稿子,递给她。

沈知微接过:"好的,老师。"

她刚准备离开,片刻后又转身小声问:"老师,之前定的人是谁?"

"这个……"老廖喝了口茶,"本来是蔚游来着,但他现在没空,就得换人。"

老廖怕沈知微心里有芥蒂:"你们俩都是优秀的学生,只是相比而言他现在的学业压力要小一点,所以我才先找他的。

"行了,你回去上晚自习吧。一个演讲而已,别有太大的心理压力。"

沈知微点头,走的时候关上了办公室的门。

百日誓师那天的演讲内容沈知微已经记不太清楚了,大体就是冲刺一百天,砥砺前行,拼搏奋进。她念得很熟,没有磕绊,很顺利地就讲完下了台。

快3月的天了,太阳已经照得人快睁不开眼睛。

下面的学生站成方阵,高三的先行退场,高一高二的留在原地鼓掌。

被这么多人看着退场还鼓掌多少有点尴尬,最前面一班二班几个领头的学生想笑又不敢笑,跑得比平时要快得多。

那天晚上,沈知微久违地打开学校网站,然后就看到首页滚动的几个大标题以及配的图片。其中一张是沈知微今天的演讲抓拍,另外一张是蔚游前段时间拿到"国一"的喜报。

她坐在电脑前看了一会儿,等到自动熄屏才回神。

蔚游的头像,她再也没看到它亮起来。

除了一点点微薄到不可见的关系,其实他与她之间,好像本来就只是平直向前的平行线。

阳台上的那株小金橘已经彻底干枯,下面的根茎都空了。不知道是不是生了虫子,上面原本结了的果子已经全部腐烂。赵女士有次进她房间收拾的时候顺手扔掉了，只剩下一小块怎么擦都擦不干净的圆形凹痕。

沈知微倚在窗台上吹风，突然意识到——

她已经有很久没有再见过蔚游了。

上次那一面，她发着烧，面色惨白，孱弱得好像一推就能倒，意识都是混沌的，应该怎么都谈不上好看。

如果早知道下一次见面会这么漫长……

她一定不会让自己那么狼狈的。

2

数量多到可以堆起来的试卷、乏味重复的机械性的考试，这么多年来的无数日夜都在告诉他们即将到来的考试有多重要。

时不时有人崩溃，小声地啜泣又或者是大哭，而后又擦干眼泪继续做着冗长的阅读理解。

昏天黑地，周而复始。

沈知微三模刚刚好考进前十，是转进竞赛班以来的第一次。

沈主任来参加家长会时，笑得合不拢嘴。老廖也捧着杯子对沈主任夸沈知微："我带竞赛班也有不少年了，还是第一次看到进步这么快的学生，而且也很谦虚，也知道用功。"

"还要多谢廖老师的照顾。"沈主任熟练地打着官腔，"都是因为在学习氛围这么浓厚的集体里学习，知微才能进步得这么迅速。"

面对这种场面，沈知微总是有点局促，只轻轻拽着沈主任的衣角，跟在旁边。

好在沈主任和老廖你来我往没几句，就有其他家长走过来问老廖自己孩子的学习情况，沈知微就拉着沈主任往旁边走了走。

…………

高考前的某次假期，冯沁还约了沈知微去图书馆做卷子。她艺考考得还不错，文化课只要能上本科线就可以考到期望的学校。

沈知微带了几张化学和数学卷子，准备坐公交车去。

本来出门时赵女士还想说点什么，沈主任用眼神示意了一下，赵女士堵在嘴边的话才硬生生地变了："那行。你早点回来，晚了就打电话让你爸去接你。"

冯沁以前做作业时挺喜欢说东说西的,这次难得静下心来做卷子,有的题不会,就圈出来问沈知微。

沈知微给她分析了一下这个阶段最容易拿到的分,又讲了几个历年高考最经常考的知识点。语文和英语都不算是短期可以提分的科目,沈知微建议她把大部分时间放在数学填空的前十题以及大题的十七题和十八题上。

沈知微讲题不算很跳跃,步骤非常清晰,虽然冯沁数学一直都不太好,也完全可以听懂。

两人在图书馆坐了一下午,沈知微效率很快,刷完了两张数学卷子和一张化学卷子。她也是挑着自己目前最容易失分的题型去做,有针对地去训练自己的弱项。

最后收拾东西时,冯沁一边把桌上散落的卷子全塞进包里,一边有一搭没一搭地和沈知微聊天。

大家的生活都乏善可陈,趋同而类似。

冯沁讲了几件自己在考场上遇到的事情,有在自己卷子后面涂颜料弄花别人卷面的,还有在后面用炭笔全部涂满的。

"还会这样吗?"沈知微问,"那最后怎么判的?"

"当然是有的。看不得别人好的人太多了,自己画得不好索性就拉别人下水。"冯沁耸了下肩,"但具体怎么判我也不知道了。"

图书馆已经快要闭馆,除了她们,已经没有什么人了。

"微微,"冯沁囫囵收起自己的包,"你还记得楚盈盈吗?"

沈知微手指几不可见地停顿了一下,然后才点了下头:"记得。"

"哦,听说她最近在学雅思,应该是准备出国了。我感觉她好像确实挺喜欢蔚游的。"冯沁顿了一下,"不过说起来,蔚游要去哪个学校啊?应该是留在国内吧,楚盈盈岂不是没机会了?"

市图书馆的玻璃幕墙可以清楚地照出沈知微的倒影,她怔忡几秒,才回:"我不知道他报了哪个学校。"

冯沁了然地点了点头:"是哦,你和他也不熟。"

不熟。

简单且潦草地概括他们之间的关系。

148

高考前照例都要体检还有拍毕业照。

因为年前的那次高烧，后面又是接连不断的考试，沈知微一直都没怎么恢复好身体，比最开始还是瘦了点。

给她抽血的护士姐姐捏着她手腕，针孔扎入皮下："平时贫血吗？"

沈知微摇了下头，护士才接着开口："有什么不舒服及时和我们说。"

高考体检抽血没有抽太多，刺痛感并不强烈。但是沈知微站起来时还是眩晕了一阵，胃里都有点翻涌，她忍不住扶住墙。

季微察觉到沈知微的异常，走过来小声问："你没事吧？要不要去休息一下？"

"没事。"

季微扶住她走到一边的椅子上休息："别硬撑啊。"

其实也不算是硬撑，这点不舒服沈知微确实还能忍住。

季微陪着沈知微坐车回到学校，路上还在一家牛肉汤馆吃了顿晚饭。

南陵附中周围有一整条小吃街，平常晚饭时间学生都不被允许出来，但因为今天高三去市人民医院体检，所以有不少人顺便在外面吃了个饭，一时间格外热闹。

这个天，牛肉汤馆里已经早早开了空调，大锅冒着热气，玻璃柜面已经全都是油，沈知微要了一小碗牛肉粉。

出餐的时候季微去拿，拿回来凑在沈知微耳边小声吐槽："这牛肉的片数，在这儿开了十年店，估计牛都只是受了点'皮外伤'。"

"我先去个厕所，你等我下。"

这家店没多久都快坐满了。

季微回来时，看到自己的碗筷全被烫好放在桌上，勺子也是洗过一遍的。沈知微规规矩矩地坐在原来的位子上，也没着急吃，捧着单词本在默背。她的背脊纤薄，从衬衫外好似都能看到突出的棘突。收在桌下的小腿合拢，小腿袜服帖地提到膝盖下十厘米的位置。

耳边有一绺头发垂下，沈知微下意识地拢起，抬手时才发现季微已经回来了，朝着她招招手。

"回来啦？"

沈知微顺手把刚刚还在看的单词本收起来，把涮好的碗筷推给季微。

季微接过，突然开口说："我以前是不是说过，感觉你没有那么想要融入十六班？"

沈知微没想到季微突然会说这句话，拿着筷子小声地"啊"了一声。

季微拢了一下袖子，接着说："我刚才突然想明白了，与其说是你不想，不如说是你确实不需要。因为我觉得像你这样的人，无论是不是在十六班，最后都能理想成真。"

季微朝着她眨了一下眼睛："我看人很准的。"

吃完粉回去的路上，季微也小声地和沈知微说了自己的理想——她想去学法学。因为她从前崇拜的一个学长现在在 top3 的学校读计算机，她也想去那里读法学。

沈知微迟疑了一下，问："……那你去那里，是想追他吗？"

"也不一定。我不喜欢自讨没趣，所以没结果的事，其实也没必要挑破吧。有的人能够远远看到就很开心了，至少我是很满足了。"

沈知微看着季微说起这些时熠熠发光的眼睛，很为她开心。

除了开心，如果非要说的话……

也很羡慕她。

拍毕业照那天天公作美，阳光很好。

十六班要去校大门口的雕塑那边拍毕业照，班长站在沈知微后两个位置。她听到班长小声问老廖："廖老师，蔚游不来吗？"

"他最近还在忙。"老廖回，"回头让人把他一起 P 上去吧。"

班长点了点头。沈知微身边好几个女生也都竖着耳朵，听到这话后都忍不住唉声叹气。

沈知微身边站的都是不太熟悉的同学，她屏息站在中间，对着镜头有点不太笑得出来，最后也只是嘴角绷直，拘谨地站在原地。

宁嘉佑后来收到照片，评价沈知微那个时候表情严肃得好像在参加什么重大会议，宋航远在旁边笑得不行。

南陵高考难逃雨天的魔咒，连着好几年高考都遇上了湿漉漉的梅雨天，今年也不例外。

赵女士请了一个五天小长假,第一天考语文时,她还特意找人借了一身红色旗袍,意在旗开得胜。往考场外一站,她看见至少十来个人都是穿的红色衣服。

6月其实已经很热了,再加上外面还下着淅淅沥沥的雨,天气算不上喜人。

考场外面可以避雨的地方都站满了人,深绿色的车棚下面也是一个挨着一个,塑料雨披粘在身上,实在说不上好受。

沈知微出考场时,赵女士还缩在一个小卖部的角落,眼尖地看到沈知微走出来,连忙撑开伞走过去,也没敢问考得怎么样,就只拨弄了下沈知微的头发,问她热不热。

"还好。"沈知微喝了口水,看到赵女士溢于言表的紧张,"我应该发挥得挺正常,妈妈。"

赵女士放下心来,但中午回去仍旧没敢睡午觉,坐在客厅就等着下午送考。因为怕自己睡着,她还学着别人买了咖啡回来提神,喝了一口,苦得咋舌。

剩下的几门,沈知微也是正常发挥。数学做完都能拿分的题,她还花了十五分钟检查,最后二十分钟用来做最后两道题的二三小问。英语阅读理解考的单词刚好是沈知微前段时间在报纸上看过的。物理大题的解题思路也顺畅,演算很趁手。最后考的那门化学,她心里估分,大概能到110分以上。

八号下午出考场时,沈知微心里出人意料地平静。

回到学校,不少人已经先一步回来,教室和走廊上到处都是纷飞的试卷,纷纷扬扬几乎要遮住天幕。

穿过走廊进到十六班时,她恍惚中好像回到了当时亦步亦趋跟在老廖身后,第一次来到这里的那天。

那时她透过窗户,看到教室里的蔚游,与他的视线即将短兵相接的瞬间,她偏过了头,不敢多看,只能顺着往前走,心脏的跳动声震耳欲聋。

…………

恍惚还在昨日,转瞬却又一年。

而现在她一步一步往前走出的,却是有他在的那个夏天。

3

高考后的班级群非常热闹，不少以前"潜水"的人都出来了，大伙儿七嘴八舌地说着谢师宴，还有在问考完有没有凑在一起去毕业旅行的……各种消息刷得飞快。

早饭时沈知微说自己暑假想去做家教，赵女士倒是挺支持，说是挣点零花钱也好。沈主任屈起手指在桌子上叩了下："你这都还没出成绩呢，怎么就想着去做家教了？现在还是多休息休息吧。"

这件事被推到出成绩后再说。

6月中旬，沈知微回了一趟平桥村帮爷爷奶奶做了几天农活。虽然分给她的都是最简单、最轻松的活，但也把她累得不行。

回到南陵后，她刚打开电脑登上QQ，跳出来的消息让电脑卡了好几分钟。不过她已经习惯电脑的卡顿，顺手想拿起卷子做，手边却摸了一个空。

她愣怔几秒，笑了下，转而打开主机旁的抽屉，从里面拿出了日记本。日记本边角已经被磨得发毛，她低着眼，小心翼翼地抚平上面的褶皱。

翻开的第一页，记录的是她第一次看到蔚游的那天。

…………

2007年的南陵夏天，空气中都是郁躁的热气。

那时候的沈知微还没有转到竞赛班。

学校要举办校篮球比赛，沈知微坐在看台上，看到几个评委和体育生在场地旁讨论什么，迟迟没有开始比赛。

听旁边几个女生说，那边好像是在讨论能不能让几个文科班凑出一支篮球队来。

沈知微被晒得不行，她本来对球赛也没什么兴趣，想了想，小声地和旁边的女生说："我先回去写卷子了。"

"啊，班长，你这就走啦？"女生惊讶了一下，"听说这场可能是十六班来打，里面有蔚游哎。"

沈知微不太清楚"wei you"到底是哪两个字，在心里默念了一遍，半响才意识到应该是常年待在荣誉榜上的那位，只不过她从来没有见过他。

"蔚游……怎么了吗？"她问。

"啊？你不知道吗？"女生更惊讶了，"咱们学校贴吧里有好多帖子都是在讨论他。"

旁边有个一直拿着校服扇风的女生随口插了一句："倩倩，班长不关注这些也很正常啊。"

她对着沈知微笑了下："班长，你回去吧，等会儿写完顺便给我们看看啊。"

教室里空无一人。

沈知微做完前十道填空题后，抬头扭了扭脖子，正巧对上来巡查的班主任的视线。班主任笑着肯定了她的学习精神，然后又说现在同学都在外面，让她这个班长去维护一下纪律，等会儿比赛结束后清点人数。

沈知微收拾好卷子去了操场，刚还稍显平静的看台此时像是被点燃了一样，大家都在摇旗呐喊。

沈知微艰难地挤进去，才终于走到刚刚的位子。

女生看沈知微去而复返："班长，你怎么回来了？"

周围声音太大，沈知微解释了半天，女生也根本听不清，最后沈知微轻微地摇了下头。这件事也不是特别重要，女生也没有再问。

一直到中场休息时，周围的声音才小了下去。

沈知微坐在看台上，终于看明白了一点比赛规则，问："那后来是不是所有文科班凑了一队出来？"

"是啊，这也太不公平了，谁不知道这几个文科班里最起码有十来个体育生。"女生回，"不过理科班估计也挺想争这口气的，十三班今天直接弃赛了，让十六班上。"

"哦对，"女生遥遥指了一下站在看台不远处的男生，"那个 17 号就是蔚游。"

沈知微顺着她指的方向看去，只看到一个个子很高的背影。男生不像其他人穿着无袖背心，而是穿了件薄外套，整个人显得疏离又冷清。旁边几个男生掀起衣服擦汗，顺便递给他一瓶水。他拧开仰头喝了一口，然后朝着场中走去。

他侧过头的那一瞬间，头上有点濡湿的额发扬了一下，盛夏的光笼罩全身，看不清面目。

十六班下半场打得不太顺利，比分胶着在45∶43。

每个人都在紧张。

比赛结束前六分钟时，文科班又投出一个漂亮的三分球，比分瞬间变成45∶46。不知道是不是被鼓舞了士气，文科班很快又有个人跨步上篮，拿了两分。

旁边看台的尖叫声几乎震耳欲聋。

三分的差距，除非十六班在最后五分钟连进两个球，不然很难扭转局势。

沈知微目光落在场中的17号身上，他运球时的动作依然看不出急躁，甚至还说得上是游刃有余。

他熟练地转身运球，过人上篮，往上一掷——精准的两分球。

喧嚣声传来，却又好像在遥远之外。

只剩下最后一分的差距。

场上气氛胶着，最后三分钟沈知微周围的人全都屏息，生怕发出声音影响到场上的人发挥。

比赛最后文科班的打法很保守，两个后卫拦着蔚游在三分线外，虽然说起来有点不太光彩，但确实不失为一个胜算很大的打法。十六班剩下的几个男生也有在尝试进球，一个刚刚要投，临门一脚被拦下。

最后两分钟。

球传到十六班一个人手里，他几乎有点颤抖，肉眼可见地紧张，抱着球，喊了句："蔚游！"

球朝着那边掷过去。

下一秒，篮球以一个非常漂亮的弧度，在三分线外投进。

全场静寂了几秒，随后爆发出几乎掀翻场地的呐喊和欢呼声。

一直到比赛结束的哨声响起，比分定格在了50∶48。

旁边沈知微认识的两个女生雀跃地交谈。

"刚刚我都担心死了，生怕那个球不中，没想到最后还拿了个三分。"

"我倒是没怎么担心。"

"啊？你不紧张？"

"没什么好紧张的。毕竟，那是蔚游哎。"

好像有些人站在那里，就永远值得被相信。

"蔚游"近乎成为无所不能的代名词。

沈知微看到有人拥过去，蔚游站在原地，眉梢轻扬，少见的意气风发。

那是沈知微第一次看到他。

他瞳仁很黑，眼皮很薄，肤色冷白，不笑的时候显出一点儿淡漠，站在人群中，几乎是瞩目地出挑。

人声鼎沸，沈知微淹没在拥堵的人流里，呼吸停滞了几秒。

她突然觉得有点缺氧。

2007/9/4 见微知著

小学学过一个成语叫作掩耳盗铃，所有人都知道掩耳盗铃者愚蠢。但那天比赛终止的哨声响起时，我本该听到心中警铃大作，可我却捂住了我的耳朵，假装什么都听不到——

只听到我的心跳声，嘈嘈切切，震耳欲聋。

4

出高考成绩的前几天，十六班就已经有人知道自己的成绩了，高校招生办的老师带着从前十六班的学长学姐前来"抢"人，还叫上了老廖和学校领导一起去做思想工作。

班群里听说这事，都笑得不行。

吃不吃梨子：不是，你们谁去问问。就说蔚游在哪个学校你们就去哪个。

这条下面应和者很多，七嘴八舌地都在议论蔚游到底去哪里了。

过了几分钟，一个才被老师"围追堵截"完的人腾出手机来打字。

仙人球球：我去问了，老师说自己不是负责保送那边的，不太清楚。

其他人看问不到什么，很快就换了个话题。

沈知微看了一会儿班群，退了出去。

…………

到了查成绩那天，查分系统不出所料的很卡，点进去就是一片空白。

沈主任难得在阳台外抽了三根烟，将烟蒂摁在旁边的水泥地板上，留下一点烟灰。赵女士也在家里踱步，怕自己这样影响到沈知微，又躲到厕所里面转来转去。

沈知微很有耐心地等着页面刷新。看到网页崩溃的界面,她抿了下唇,这几天她没对答案,但是她做题一向很稳,大概能猜到自己的成绩。

她又点了一遍刷新。

在外面踱步的人变成了两个。

这次界面终于慢慢悠悠地转到了江省普通高校招生全国统一考试成绩查询界面。

语文:131 分,数学:136+34 分,英语:109 分,物理:A,化学:A+。

总分:410。

沈知微看了一眼成绩条,平静地拉开房门。

沈主任和赵女士都在外面眼巴巴地看着,看到她出来时脸上没什么激动喜悦的表情,还以为是考得不好。

沈主任身上的衬衫都被他揪得皱皱巴巴的,温声问道:"微微啊,成绩查到了吗?"

"考得不理想也没事,就是一次考试……"沈主任还想说什么,被赵女士戳了后腰一下,"嘶"了一声。

"我考了四百一十分。"沈知微轻声开口,"一分一段表还没出来,还不知道具体的位次,但是按照往年的分数线和班里其他人的分数,名次应该在全省一百多左右。"

沈主任愣神了一下,赵女士倒是反应过来了,磕磕巴巴地问:"多……多少?"

沈知微微微侧身让出位置,意思是让他们自己进去看,自己则是去厨房倒水喝。

说来奇怪,人好像就是有某种趋利避害的本能,她的手指才刚刚碰到水瓶,曾经被烫伤的那个部位就开始隐隐作痛。

这天晚上,家里电话一直响个不停,不是七大姑八大姨打到这里来问沈知微成绩,就是沈主任和赵女士忍不住向别人炫耀她的成绩,说话时脸上都带着笑,说完了分数还要寒暄客套几句,又或者是问问对方孩子的学习成绩。

一直折腾到了深夜,一分一段表也出来了。

四百一十分排在省内第一百二十九的位次,同分的有三个人。

沈知微没有额外加分，裸分估计只能过清北的最低投档线，但除了清大，如果她想要读建筑，国内其他大学任选。

可她想去北城。

查完分的班级群里更热闹了，大多数考得都符合自己预期，大家心里卸了担子，有意向去一个学校的已经在约着一起坐飞机或者火车。

班长发了个群公告，确定了谢师宴最后的选址。

沈知微看了看，并没有什么特别值得留意的，刚准备退出时，右下角的图标却突然跳动了起来。

是有人在私聊她。

沈知微点开，居然是宋航远：沈知微，你考得怎么样？

游鱼：还可以。

宋航远知道沈知微的性格，说还行应该就是在预料之中，也没追问到底是多少分。他顿了几分钟，才发过去下一条消息。

宋航远：那你和宁嘉佑联系了吗？

沈知微看着他发来的消息，迟疑了一下，才打字回复。

游鱼：没有。

那边一直显示"正在输入中"。

沈知微不知道到底发生什么事让他这么吞吞吐吐的，背脊莫名传来一点儿微不可察的紧绷感。

她最后耐不住性子，打字询问。

游鱼：……怎么了吗？

那边的"正在输入中"停顿了一下，然后才跳出来一条消息。

宋航远：你没和他联系就好。他如果和你联系的话，别和他谈有关成绩的事情。他现在还在打游戏，我知道他的准考证号还有身份证号，顺手帮他查了一下。

话说到这个地步，沈知微还有什么不明白的。

宋航远查分的时候，特意选了个网速快的网吧。他自己紧张得要死，不敢看，就先顺手替宁嘉佑查了下……没想到会看到完全出乎意料的分数。

游鱼：他考得不太好吗？

宋航远：嗯。

沈知微对这个"不太好"没什么底。

游鱼：多少？

宋航远：395分。

沈知微看到屏幕上的数字，迟疑了很久，才接着打字问。

游鱼：他没参加夏令营、冬令营，没有什么降分政策吗？

宋航远：没有。说句实话，你别看宁嘉佑看着挺亲近人的，但其实他这个人很傲气。不过也正常，十六班出来的哪个没点傲气。当初寒暑假竞赛的时候，他好像和家里因为什么事吵了一架，最后什么都没参加。

宋航远：那件事闹得还挺大的，过了报名时间了他家里人都要来闹。最后宁嘉佑和家里人说，就算是裸分他也能上清北。

沈知微沉默了几瞬。

395这个分数不低，但如果要说全省排名的话，至少是两三千名开外……这可能连往年南大的最低投档线都不能达到，何况他想上的还是计算机专业。

十六班心态不好抑或是成绩大起大落的学生都有，沈知微想过可能会有人高考失利，但是唯独没有想过宁嘉佑。

毕竟高考的前一个晚自习，他看出来她有点紧张，还学着蔚游用纸叠了只小兔子，想让她放松一点。

游鱼：我知道了。

游鱼：你有什么情况的话，也及时和我联系。

那边回了句"OK"，很快就下线了。

沈知微在第二天早上接到了冯沁的电话，她文化成绩比平常好了不少，算一算分数，应该可以去临市的艺术学院读书了。

她爸爸很高兴，然后直接给了她一万块钱的奖励。

这实在算得上是一笔巨款。

冯沁问沈知微有没有什么想吃的，说是要感谢她在考试之前的辅导。

沈知微婉拒了。

她们俩可以算是从小就认识的朋友，忙过了高考，现在难得有这么多空闲的时间可以在一起聊天。

冯沁性格外向,是个说话很有意思的女生。她好像能察觉沈知微兴致不高的样子,讲了好几件在网上看到的有趣的事,沈知微很给面子地笑了几声。

沈知微接电话用的是家里的座机,她一边和冯沁聊天,一边用手绞着座机话筒下面的线圈。

最后要挂断电话的时候,冯沁才像突然想到什么一样,开口问:"对了,你们班谢师宴蔚游来不来?"

"嗯?"沈知微在听到这个名字时手指无意识地蜷缩了下,摇了摇头,意识到对面的人根本看不到以后,才小声接着道,"他……应该不来。"

"哦,那他可能现在就已经出国了吧?"

"……出国?"

"你不知道吗?"冯沁有点惊讶,"说起来,我之前还惊讶楚盈盈为什么学雅思呢,原来是为了和蔚游一起出国,我还以为她早死心了。听说本来蔚游出国这件事一直没定下来,也就是前段时间才确定的。楚盈盈爸妈和他爸认识,知道得比较早。这么远都要追过去,我也真挺佩服她的。"

"我听其他人说,好像是去英国吧?"

说完这句以后,沈知微那边很久都没应声,冯沁有点困惑,"喂"了好几声,最后嘟囔了一句"是不是断线了",抬手挂断了电话。

忙音从听筒里传出来。

如果,如果冯沁挂得再晚一点,肯定能听到对面传来一声很细微的哽咽。

第八章
大雪

/

暗恋总是让人自卑。

1

出成绩后的几天,沈知微有点忙。

沈主任为她联系了几个准备请家教的学生家长,听到沈知微今年的高考成绩,他们个个都很积极,争着说自家孩子听话、好辅导。

然后就是填报志愿,因为这事,家里出了点分歧。

沈主任和赵女士都想让她读师范类专业,将来可以回到南陵做老师。

可是沈知微想报的只有建筑。

晚上吃饭时,赵女士还想就着她的志愿再劝劝她,话里话外都是想让她再考虑考虑师范专业。

"学建筑的话,虽然你说是搞设计,但是多少也要下几次工地吧?你一个女生,多辛苦。"赵女士把菜朝着沈知微那里推推,"进设计院也不轻松,经常要通宵吧？虽然现在都说设计院前景不错，但你毕竟是个女生，以后生活重心肯定都还是要放在家庭上啊，这种工作多不顾家啊。"

沈知微挑出红焖鸡里面的姜丝，抿了下唇，然后才闷声回道："志愿已经交上去了，我只报了清大建筑系。"

赵女士没想到沈知微已经填完了志愿，她猛地放下手里的筷子："只报了建筑系？不是，微微啊，这么大的事情你怎么不和我还有你爸商量商量呢？你知道你这个决定有多重要吗？高考完了你现在翅膀也……"

沈主任在桌子底下踢了踢赵女士的小腿："行了行了，少说两句。吃饭。"

沈知微有点味同嚼蜡。

沈主任觑着沈知微心情不太好，上来先劝了下赵女士："你也别多说什么了，这个志愿交上去就是已经定了。微微也这么大了，她要是想读就让她读，有点志气也是好的，以后觉得不适应了再转专业也是一样的。"然后又劝沈知微，"建筑也挺好的，选了就选了吧，去了好好念。"

沈知微很少有这样不听话的时候，还是在填报高考志愿这种关乎人生走向的事情上。

赵女士闷声回了房间。

晚餐几人不欢而散。

最后沈主任收拾好碗筷，沈知微帮着他一起。沈主任瞧了瞧主卧的动静，压着声宽慰沈知微道："你妈就这个脾气。"

沈知微把碗摞在一起："我知道。"

"她也是为你好，你别太往心里去。"沈主任催着她回卧室，"你就把碗筷放这里，回去休息吧，爸爸来收拾。"

沈知微回房间以后，打开了挂着的QQ。

垃圾消息都被她清理过，没有红点再跳出来，她翻了翻好友联系人。

这个点，大部分的人都在线，一直往下，才看到宁嘉佑和蔚游，两个人的头像都是灰着的。宁嘉佑的头像是个笑着的动漫人物，灰色的离线效果放在这个头像上有点突兀。

沈知微没有点开聊天框，半低着眼睑退出了QQ。

蔚游出国这件事很快得到证实。

其实6月的时候,蔚游家长就来了趟学校拿放弃高考的同意书。老廖知道,只是没说。一直到高考完了,他才透了这么一句:"不管去哪里读书,你们都是祖国的栋梁。"

旁边有人问蔚游是什么时候走的。

老廖这段时间和蔚游家里也有点联系,沉思了一下,回:"应该就是在你们高考前几天吧?"

旁边同学唏嘘了一声,只说了句"难怪"。

百日誓师时老廖说的"蔚游没空",很久没有再上过的QQ,毕业照上空出来的一小块,都在这一刻逻辑自洽。

谢师宴当天沈知微先去了一趟学校,老廖在办公室捧着杯子和她说话:"这次高考发挥得不错啊,我看过省排名,应该没什么问题。"

沈知微点了点头:"嗯。谢谢廖老师这一年的辛苦教导。"

"是你自己能沉得下心来学习。"老廖笑笑,"报了什么学校?还有两天志愿填报就截止了,确定了吗?"

"已经交上去了。"

"填的什么?"

"清大建筑。"

老廖好像有点惊讶,思忖了一下才回:"挺好的。但我记得清大建筑系往年的录取分蛮高吧?"

沈知微点了点头:"还选了其他的,那几个专业分相对低一点。"

老廖没再多说什么。

…………

谢师宴正式开始是在晚上,沈知微回家后又换了套衣服出门。

夏天天黑得晚,下午五点多钟时天还很晴朗,偏西的太阳覆盖在长陇巷里。这个天出门实在算不上舒服,带着黏腻的热,铁皮门都被晒得滚烫。昨天夜里还下了一场雷阵雨,巷口低洼处积了水坑,旁边生了青苔。

沈知微用手遮着头顶照过来的光,避开水坑,小跑着到了公交站台。五点过十分,她坐上公交车。司机师傅开得慢悠悠的,是南陵公交车司机里面难得的慢性子。

最后到饭店时，人已经都到得差不多了，班上的几个老师都在，有几个平时性格就开朗的学生正在活跃气氛。

班长考虑到大家的经济条件，选的是一家经济实惠的餐厅，味道好分量大。

沈知微走进去，宁嘉佑眼睛最尖，笑着朝她招了招手。

"沈知微！"他喊她的名字，"这里。"

这家餐厅空调打得很足，像能看到白色的冷气涌出，沈知微刚进来就被冻得缩了一下。

白炽灯很亮，照得宁嘉佑眼睛也亮晶晶的。他笑起来的时候唇边会有一个像是月牙状的凹进去的酒窝。

好像和往常没什么不同。

宁嘉佑在自己和季微之间留了一个座位。

等到沈知微坐下来，他看到沈知微身上只穿了一件白色棉纺裙："你冷吗？"

"……有点。"

实际上是不止一点。

宁嘉佑转过身，招呼宋航远："听见没？把你带的那件外套给沈知微。"

宋航远指了指宁嘉佑搭在椅子上的外套，问："你自己不是有吗？怎么非得要我的？"

"让你给你就给，"宁嘉佑顺手拍了下他的脑门，"哪儿来这么多废话。"

说着，宁嘉佑起身直接把宋航远的外套提了过来，抖了抖放到沈知微的椅背上："我去和服务员说下，把空调温度调高一点。"

沈知微不太想麻烦人，本来想叫住宁嘉佑，季微在旁边用肩膀碰了下她："没事，让他去吧。"

季微顿了下，好像还想说什么，看到宁嘉佑快回来了，话到嘴边又转了个弯，接着说："……我们在这里也觉得挺冷的。"

老廖这天难得喝了一点酒，说起话来也有点煽情，班上有几个女生小声地哭了。

说着高三累,但是真的要到分别的时候,还是舍不得。

沈知微坐在宁嘉佑旁边,一直都在避免聊高考成绩。旁边几个同学大概也都知道宁嘉佑这次考得不好,都在聊其他的,没有讨论志愿和成绩。

之前刚出分的时候,季微就来找沈知微聊过成绩。

季微发挥得和平常差不多,至少top3肯定是稳的,至于能不能去法学院,还要看前面有没有人选。不过她倒是看得很开,说自己放在后面的志愿也都是感兴趣的,去哪个都行。

最后是宁嘉佑自己和沈知微聊起高考成绩。

"你应该是去清大吧?"

沈知微本来在夹一块糖藕,听到宁嘉佑突然说话,筷子一个打滑,藕掉了下来。

她轻轻"嗯"了一声。

"清大的建筑系是国内最好的。恭喜你啊,理想成真了。"

他拿着可乐对着沈知微的杯子碰了下:"今年高考默写考了'赢得生前身后名'那句,我还没谢谢你。"

宁嘉佑的侧脸在白炽灯的照耀下被映出一小块白色光斑:"说起来,我之前应该多听听芸姐的话,高考的确少一分就差上千人。所以,挺遗憾的,没能和你一起去北城。"

"你最后报了什么?"沈知微沉默了一会儿问。

"济大吧。"宁嘉佑回,"济大的计算机也不错。"

宋航远在旁边吭声:"我报了复大,和他一个城市。"

宁嘉佑侧过去看他一眼,懒洋洋地回:"不是,你暗恋我啊?和我报一个城市。"

宋航远:"你今天才知道?"

宁嘉佑被恶心得不行,没说话。

那天晚上的谢师宴上,有人哭,有人笑,有人临时表白,也有人从此相隔人海。

散场的时候已经晚上八点多了。

宁嘉佑送沈知微去公交站台,一路上沈知微还是有点不知道该怎么和他聊天，沉默着没开口。

宁嘉佑察觉出来她情绪的异样，停下来问她："……你不会还在因为高考成绩的事情怕我伤心，不敢和我说话吧？"

沈知微没说话，算是默认了。

宁嘉佑蓦地笑了声："哥没那么脆弱。一个北城而已，大不了以后考研也能考过去。"

沈知微抬起头看他。

十八岁的少年，无论怎样都意气风发。

她怔忪半晌，随后才回他："我相信你。"

宁嘉佑笑了声："行了。既然相信我，就别怕我怕得都不和我说话，好像我现在会吃人一样。"

"说实在的……"他半低了眼，抬手在她头发上很轻地揉了下，"你能考上清大，我很为你开心。"

2
那晚的月光很亮。

亮到沈知微回去后在床上辗转反侧睡不着。

失眠是件很折磨人的事情，沈知微起身去温了一杯牛奶，顺手打开电脑登上了QQ。

列表别人发过来的消息里问什么的都有，有以前不熟的五班同学问她考了多少分，也有现在十六班的同学问她报了什么学校，之后去北城的话要不要一起订票。

沈知微大多礼貌地回复了。

然后鼠标下滑，停在了蔚游的头像处。

他居然换了个性签名，连同空间也同步了这一句话——Toda mi ambición es ser libre toda mi vida.

不是英语，沈知微不太看得懂。

她在网上检索了一下，尝试了好几种语言才终于找到翻译。

是西班牙语。

"自由一生，是我全部的野心。"

那出国……是不是他遵循自己本心做出的决定呢？

她不知道。

就连宁嘉佑都对蔚游的家庭知之甚少，她与蔚游甚至都算不上是朋友，就更没有资格去问他这句话了。

沈知微打开对话框，想了一下措辞，才开始打字。

游鱼：听说你出国了。

游鱼：祝你前程似锦，蔚游。

变灰的头像不出所料地没有亮起回应。

旁边放着的温牛奶已经有点凉了，沈知微喝完后，将空杯子洗好放在床头，才继续躺在床上，迷迷糊糊到三四点才睡着。

马上就要去做家教了，沈知微这几天都在家里备课。

她在沈主任给她找的几个学生里挑了个成绩中等的女生。她清楚自己的学习能力，最适合教的就是这种认真努力并且愿意花时间去查漏补缺的学生。

她找那个女生要了期中、期末还有月考的卷子，针对失分点来分析女生薄弱的地方。

辅导过程很顺利，有时候沈知微好像在那个女生身上找到了自己的影子——

趋同的家庭环境，班级里不算有存在感的缄默，温暾又不爱和别人争吵的性格。

某次课后休息，沈知微正在批改卷子时，旁边坐着的女生想到什么，小心翼翼地问："微微姐，我听我爸说，你以前高一高二的成绩好像挺普通的？"

话说出口以后，女生觉得有点失言，连忙慌乱地改口："不、不是，我的意思是，也不是一般，就是相较于能考进清北来说，应该还是有一段距离的。"

这个女生的父亲和沈主任关系很好，沈主任有点什么事情都喜欢往外说，沈知微并不意外。

她手中的红笔稍微停顿了一下，然后轻声"嗯"了一下。

她从前高二还在五班时，刚开始分数差不多都维持在三百七十多，偶尔几次掉到三百六十多，也有几次上到了三百八十。这分数在附中算不上特别好，只能说是普通的还不错。

按照这个成绩，高考运气好的话可以去省外的"985"，运气不好的话，可能省内的"211"都得稍微掂量着点，距离top2自然是天差地别。

女生凑近了一点，接着问："那微微姐，你高中最后一年进步好大啊！你也有请家教吗？还是因为竞赛班的老师讲得更好，或者更负责一点？"

明明说的就是前不久的事情，但沈知微却好像有点恍如隔世。

高三在十六班的这一年，沈知微也很难概述到底是什么样的，只知道铺天盖地都是写不完的卷子，完全学校和家的两点一线，生活简单到没有任何变数。

而那个时候的她，最初也只有一个愿景。

她想去北城。

可即便是北城，也和大洋彼岸的朗城相隔大几千公里，无可置喙的南辕北辙。

手中的红笔有点渗墨，沈知微拿面纸擦拭了一下，然后才回："没有请家教，平时有什么不会的都是问同学。"

女生了然地点了点头："对哦，你们是十六班。听我老师说，你们附中十六班，抽几个人出来凑凑都能凑出个高考满分卷。我还听说你们老师前十二道选择题都不讲的，大题也只讲最后几道的二三小问。"

她说到这里，好像想到了什么："对了，微微姐，你们这届十六班是不是蔚游也在？你和他是同学？"

"……嗯。"

女生有点好奇："我在贴吧里面经常看到关于他的帖子！可惜他之前打联赛的时候我还在初中，他是不是真的像别人说的那样，长得很好看？"

"是很好看。"沈知微有点无奈，用卷子在桌上轻敲了一下，"好了，闲聊暂停。我们继续上课吧。"

女生很乖巧，点了点头，很快就收了心。

家教不算很累，女生家长也很客气，就是稍微有点远，差不多跨了大半个南陵，在城西那边。

南陵唯一的机场就在城西。

有一天上完家教以后，沈知微坐公交车去了一趟南陵机场。

往来的人大多西装革履，提着行李箱步履匆匆，而她站在那里显得格格不入。

她前往柜台，问如果去朗城要多少钱，又需要多久。

值班的工作人员查询之后回复她："要去朗城的话，南陵没有直达，要先到北城然后再转机，十四到十六个小时就可以到达朗城。价格会根据上座率和班次时间浮动，来回差不多六七千。"

沈知微愣了一会儿，匆匆说了句"谢谢"后转身，在人来人往的南陵机场又坐了一会儿，才离开。

之前很长一段时间，她对南陵到朗城的距离都没有什么概念，但那时，那横跨大半个地球的八千多公里，突然有了具象。

是十几个小时的漫长航班，是八个小时的时差……或许也是很多人这辈子都可能不会再相见的距离。

能查到录取消息时已经到 7 月中旬。

按照往年的分数段，沈知微心中已早有预料，最后果然没有成功被清大建筑系录取，而是往下顺延到了风景园林专业。

有几个人来私聊沈知微，问到时候准备怎么去北城，要不要一起去。

沈知微回完消息，点进和蔚游的聊天框，消息仍停在 7 月 2 日她发的那句"前程似锦"上，至今杳无回音。

翌日，沈知微去学校看望老师，顺带要一些个人材料。

附中教学调研任务重，就算已经到了 7 月中旬，学校里还是有着不少老师在做课题调研和专项分析。

老廖也在备课，他下半年要去带高一了，办公室搬到了一楼，但还是任职教学组组长。知道今天沈知微要来，他特意还早来了一刻钟。

沈知微敲门时，他正在和同办公室的老师聊天。

旁边和老廖说话的老师有点陌生，看到沈知微进来，热络地问道："廖老师今年班上得有十来个清北的吧？听说十六班今年就没一个'211'的，全员'985'！"

这个老师嗓门有点大，引得原本还在办公的老师也抬头朝着这边看来。

沈知微被看得有点不自在，抿了一下唇。

老廖摸了下杯子，笑着点点头："今年确实考得还不错。今天这个原来不是十六班的，也顺利考进清大了，自己很争气！"

"争气是一方面，"旁边老师笑，"几科老师的辛苦也是一方面。"

老廖笑着应声，看向沈知微："班里应该有几个人和你一个学校吧？到时候去北城，你们也可以互相照应照应。"

他把沈知微要的材料叠好递过来："你要的东西都在这里了，有什么问题随时来找我。"

沈知微稍微躬身："谢谢廖老师。"

"这有什么，应该的。"

带竞赛班压力大，尤其又是高三。沈知微总感觉老廖比之前她第一次见的时候沧桑了，头上多了几根白头发，半掩在黑发里面。

她突然有点鼻酸，小声地吸了一口气："老师再见。"

"行了，去吧。"老廖摆摆手，"路上这大太阳的，回去小心别中暑啊。"

沈知微走出校门时，用手挡了一下照过来的阳光。

7月中旬，南陵热得连马路都是滚烫的。校门口的便利店被两棵百年梧桐树并排夹着，落下一大片的阴影。

沈知微去便利店的冰柜里拿了一瓶冰橘子果汁，还去货架上拿了一根火腿肠准备喂小黄。

收银的阿姨窝在凉椅上，老旧电视机里面发出"咿咿呀呀"的戏曲声响，她半合着眼睛，拿着蒲扇缓慢地扇着，一直到沈知微轻叩玻璃台面，才惊醒。

"一共四块五。"阿姨看了一眼沈知微手上拿的东西。

沈知微拿出一张五块的纸币，递给阿姨。

阿姨对着阳光辨认了一下真伪，又仔细摸了一下纸币的质感，然后才从搪瓷罐子里拿出五毛钱，放在柜面上。

169

"喏。找你的钱。"

沈知微说了句"谢谢",阿姨已经重新闭上眼睛,倒回凉椅,旁边老旧的电风扇仍在"呼啦啦"地转动。

梧桐树下算不上凉快,但至少比太阳直射的地方好太多了。

沈知微找了找小黄,屋前屋后却都没有。她尝试着叫了几声小黄的名字,始终没有得到回应。

她重新又返回便利店,歉意地叫醒阿姨:"不好意思,阿姨,我想问问之前拴在门口的黄狗去哪里了?"

大概是连续两次被吵醒让阿姨有点不耐烦,她语气有点不太好:"早死了。本来就是条老狗,夏天又热,好在还知道不死在门口,躲在一个草堆里面去了。"

"你还买吗?"阿姨觑到后面来人了,"不买就别站在这儿耽误我做生意了。"

3
积压的情绪好像突然有了一个发泄口。

吃晚饭时,沈知微突然毫无征兆地掉了眼泪。她一个人坐在饭桌前,哭得像一只小兽,一点声音都没有,只有眼泪往下滑落。

她勉强扒拉了几口饭,然后回到卧室。

卧室没开空调,后背有点黏腻的热意,沈知微抽纸出来擦眼泪,却怎么都擦不干净。

有电话打过来,她摸到手机,眼前泪水弥漫,连号码都看不清。

接通之后,是宁嘉佑,他那边声音有点杂乱,应该是还在外面。

"沈知微,你最后录取的什么专业?"

宁嘉佑正在吃东西,应该是有点烫,他"嘶"了一声,接着说:"录取消息是不是都出来了?好在我物理、化学考得还算正常,两个 A+,同分的话,我专业可以优先选,这才录上了计算机。我去对了答案,数学十一、十二题连错,一个忘了加负号,一个看错题目了,还有英语完形填空错了五个,怪不得只考了这么点分。"

沈知微没出声。

宁嘉佑又"喂"了两声:"能听见吗?沈知微?"

"……听得见。"沈知微开口时才察觉嗓子有点干涩,小声回,"录了风景园林。"

宁嘉佑听出来她声音里带点哭腔,手拢着听筒:"……你,哭了?怎么了?总不能是因为我没考上清大吧?没考好的是我,你哭什么?哦对,还是说因为你没录取上建筑?不过风景园林专业也是建院,到时候你转专业过去很方便的。"

宁嘉佑难得有耐心地等对面的人回复,手中拿着的三明治也没有吃,有一下没一下地拨弄着外面的塑料纸。

"小黄死了。"

宁嘉佑一直叫那条黄狗"大黄"或者"黄主任",听到沈知微的话还愣了一下,半晌才反应过来。

他没想到沈知微居然会是这么感性的一个人。

平常她总是内敛的,就算有情绪也都是淡淡的,看到他和宋航远打闹只会很轻地笑一下,遇到事情也很少和别人起争执,他很少看到她情绪波动这么大过。

他不太会安慰人,有点语无伦次,磕磕巴巴地安慰了几句,最后说自己明天去找她。

第二天,宁嘉佑陪着沈知微一起找到了缩在草丛里面的小黄。它的身体已经僵硬干瘪了,两人找了僻静的地方把小黄埋了,旁边还放了一根火腿肠。

回去的路上,沈知微除了眼睛还有点肿,已经看不出来昨天哭过的痕迹。宁嘉佑话很少,不知道该说什么,最后出乎意料地提起了蔚游。

"你知道吗?蔚游出国的消息。"

"听说了一点。"沈知微顿了下,"怎么了吗?"

"其实我也没有想到,他走得这么洒脱。"宁嘉佑笑笑,"不过确实像他会做出来的选择。毕竟他家里管他管得蛮严,对他来说,出国可能是相对自由一点的选择。只是可惜了,以后再见还不知道是什么时候。"

这话沈知微有点不知道怎么接，半天才说了句："如果是他自己的选择，那也挺好。"

长陇巷在南陵老城区，很早就传出可能要拆迁的消息，但一直到今天都还原封不动。可能是因为这边人口密度太高，也可能是因为这附近古建筑多，多方掣肘。

宁嘉佑一直把沈知微送到楼下，对着她抬了抬下巴："你上去吧，我看着你到家了再走。"

沈知微点了下头，回头和他说："再见。"

宁嘉佑朝着她挑了一下眉毛。

一直到沈知微回到家，打开卧室的窗户朝着宁嘉佑挥手示意时，他才转身离开。

录取通知书还没寄到前，沈主任天天去邮局那边问有没有长陇巷45号的邮件，工作人员都被问得有点不耐烦。等后面印着"清大"字样的录取通知书到了，工作人员一下就理解了沈主任为何如此着急，态度有了一百八十度的大转变。沈主任更是找回了中年男人必不可失的面子，昂首挺胸地出了邮局。

沈知微和十六班另外一个女生约好一起坐飞机去北城，她这段时间做家教刚好赚了点钱。

沈主任和赵女士两个人原本都打算去北城陪沈知微报到，但是南陵距离北城挺远，况且三张飞机票也是一笔不小的开支，沈知微说自己能应付，不带多少行李，有什么缺的直接去买就可以。

沈主任和赵女士也只好同意，说等之后选个周末再去看她，到时南陵到北城的高铁也要开通了，方便不少。

报到那天下了一场雨，空气中的热意却好像更甚。沈知微推着行李箱去机场时，能感觉到热气好像粘在喉腔管道里，附着在呼吸之间。

同行的女生已经到了，在候机大厅等沈知微，看到她过来，顺手递来一张面巾纸。

"天挺热的。"纸巾带着清淡的香气，女生道，"擦一下吧。"

沈知微接过道谢,她们俩其实不算特别熟悉,聊的话题也差不多就是班上那些人的去向。

这个女生一直都在十六班,和班上的人要更熟悉一点。她有点惋惜地谈到班上有个人滑档了,前面几个志愿都填的不服从调剂,于是一直往下顺延录到了最后一个志愿,估计要去滨城了。

滨城冷,要比北城更北一点。往年从南陵过去的学生很少,那个滑档的根本没想到自己会去滨城,犹豫了好久,但最后还是没准备复读。

航站楼分 T1 还有 T2。

沈知微不太懂,问旁边的女生:"T1 和 T2 有什么区别吗?"

"T1 就是从国内出发。"女生夹着遮阳的帽子,不知道在找什么,声音有点含糊,"T2 就是国际航班,不过南陵的航线比较少,很多国家都得到港岛或者是北城转机。"

沈知微顺手帮她把帽子拿着,那个女生和沈知微道了谢,从包里找出自己的身份证。

"好了,找到了。我们走这边。"

女生之前坐过好几次飞机,很熟悉流程,领着沈知微办托运、过安检,然后上飞机找到座位。两人都不擅长找话题,也不算特别熟悉,聊了几句就陷入沉默。

女生抬手找空姐要了条毯子,不好意思地对着沈知微笑笑:"昨天睡得有点晚,今天早上四五点就起来收拾了。我得补个觉,快到了叫醒我就行。"

沈知微点点头,帮她把毯子披了下。

北城比南陵繁华,学校附近堵得水泄不通,到处都是人,不仅有新生入学,也有前来直播的记者,喧嚣得几乎听不清声音。

沈知微和同行女生拉着行李箱到达清大门口时被晒得有点晕,站着缓了一会儿才去教导处办手续。那里已经排了长队,好在有一个棚子可以挡住太阳。旁边站了一群学长拎着矿泉水发给排队的新生,或许是大一军训晒得太猛还没白回来,个个都是皮肤黝黑,一笑起来牙白得有点炫目。

工程学院和建筑学院的宿舍在对楼,隔得不算远。沈知微一办好入学手续就有不少学长学姐来帮她提行李，热情得像是在"抢"行李箱了。沈知微只好先跟女生告别，去自己的宿舍。

收拾了大半天，也和舍友见上了面，只有一个是本地人，剩下的都来自天南海北。简单聊了几句后，沈知微也没多说什么，有的人要打电话，有的在对着镜子补妆。沈知微在上铺收拾完，轻手轻脚地下床拿了刚发的教材，在下面预习。

她是少见的、第一天就在预习的人。

旁边的舍友都很惊讶，问她怎么第一天报到完就开始看书了。

沈知微想了想，没把自己要转专业的事说出来，只说现在正好也没什么事情干。

舍友见状，怕打扰到她，声音都放轻了点。

一直到傍晚，沈知微还坐在书桌旁。之前和她分开的十六班女生找来宿舍，想管她借一下驱蚊的花露水。

沈知微从收纳盒里翻出花露水递给她。女生在自己被咬的手腕上抹了一点，随口找了个话题："谢谢你啊，沈知微。对了，你有没有看到班级群啊，蔚游终于上线了，感觉上次看到他上线都是大半年前了。不过我们高考那段时间，他应该也忙着准备雅思，后面去了英国估计也有一大堆事情等着安排，更没时间了。况且他本来也不是个喜欢玩社交软件的人。"

女生把花露水还给沈知微，问她要不要一起去食堂。

沈知微说自己还有点东西没整理好，婉拒了。

随后沈知微打开笔记本电脑。这台电脑是新买的，开机要快得多，没有等很长时间。

她登上QQ，看到右下角，蔚游的头像在跳动。

上次的消息停在7月初，他回消息已经是两个月后。

you：不好意思，才看到消息。之前网络一直没有装好，这边找工程师麻烦一点。

you：冒昧打听了一下，宁嘉佑说你去了清大建筑系，恭喜你，理想成真。

you：也祝你前程似锦，大建筑师。

4

后来他们鲜有联系,更多时候是沈知微点开与蔚游的聊天框发呆。

但也不算是经常。

只是偶尔看到那个灰下去的头像,沈知微会无意识地将光标滑到上方停住。等她回神,才发现自己已经对着这个界面愣怔了好久。

大一新生都挺忙碌,军训之后没多久就开始上第一节大课,整个建筑系都一起。老师前半节课讲了建筑发展史,下半节课是讲图纸,分析图纸上各种符号的含义,然后布置了一项课后临摹工图的作业。

建筑系很累,大一转专业要求也高,沈知微没有多少空闲时间去想其他的事。不过有时她也会和季微聊几句,问季微有没有见到喜欢的学长。

她一边看高数,一边等着季微回复。

对话框上面的"正在输入中"显示又消失,过了好几分钟。

季微:不想啦。

季微:他恋爱了。

沈知微不太会安慰人,有点无措地想自己是不是不应该问她这个问题。

游鱼:那你打算怎么办?

季微:能怎么办?

季微:就这样吧。

季微:本来也没觉得有什么可能的。

季微说得轻描淡写,字里行间好像都没有什么多余的情绪溢出。

10月的天,北城的空气中已经带着凛冽的气息,南陵却还维持在三十度左右,沪市更偏南一点,左右也差不太多。

沈知微坐在宿舍裹着薄毯,打字安慰了几句。季微却好像真的没太在意,转而换了个话题。

季微:前段时间我和宋航远在食堂碰到了,他和我闲聊了几句。我们这个校区距离济大不远,宋航远约了几次宁嘉佑出去玩他都没去,说是他想保研到北城。

季微:……你怎么想?

沈知微的思绪还停留在季微之前说的话里,愣了几分钟才回。

游鱼：挺好的。

那边季微也没有再聊这个话题，又扯了几句别的，随后结尾。

大一社团招新，沈知微本来不太感兴趣，舍友说是有加分，而且学校对这方面也有要求，沈知微才跟着她们一起去操场上看了看。

她跟着舍友选了个据说很好混学分的声乐社。

社团活动两周一次，频率不算太高。她虽然不算五音不全，但也说不上唱歌很好听，一般有社团活动时只用充当听众就可以，或者在操场上给观众收发荧光棒。

除了上课和社团活动，沈知微还在学校附近找了一份家教兼职，薪酬给得很可观。她学校和家教地点两头跑，忙得脚不沾地，有时就连沈主任和赵女士的信息都是第二天才回。

第一学期过了大半的时候，有一个舍友谈恋爱了，是隔壁土木专业的。另外一个舍友调侃，说他们这个组合挺好，一个搞设计，一个做包工头，直接可以整成家族企业了。

舍友有意为宿舍其他人牵线搭桥，问到沈知微时，她却婉拒，说自己暂时没有这个想法。舍友觉得她大概是忙于学业，也没有再提。

与此同时，学生会开始招新，沈知微报名进了宣传部。

和她一起进来的还有个物理系的男生，长得很清俊，也很腼腆，同部门的学姐很爱逗他。偶尔几次和沈知微碰面时，他都很不好意思地对着沈知微笑笑，然后迅速走开。

这次是在食堂，旁边跟着的是沈知微的舍友，笑着别了别她的手臂，意有所指："这个人……微微，多半是有情况啊。"

沈知微愣了一会儿："他和我一个部门的，就是这个性格，挺腼腆的。"

舍友挽着她的手："就算再腼腆我也没有见过脸红成这样的，你刚瞧见没有，那个男生从耳后一直红到脖子了。微微，我觉得你们还是可以发展一下的，那个男生长得也不赖，还很纯情，我瞧着挺顺眼。你要是觉得还可以的话，不如接触下试试。"

舍友是真挺想劝她："我知道你是想把精力都放在学习上，但是你平时要么是去家教要么是学习,好歹给自己一点休息的时间啊。咱们都上大学了,什么事情都可以尝试尝试。"

沈知微眼睑低垂:"……还是算了。"

"你对这个没兴趣的话……"舍友试探着问,"那就没有什么其他喜欢的吗?我们都可以帮你追啊!清大这么大,总有你喜欢的吧。就算现在没有顺眼的,你以前没有喜欢的人吗?"

建筑系男女比例算是对半分,这几个月也不是没有对沈知微示好的男生,其中不缺长得挺好看或者各项都挺拿得出手的,可她从来都没什么回应。

除了有喜欢的人,舍友几乎想不出其他答案。

沈知微听到这个问题,握着筷子的手无意识地蜷缩,她轻声回道:"有喜欢的人。"

舍友惊讶了很久,才问:"是你以前的同学吗?"

沈知微点了点头。

舍友或许是有点没想到,给了自己一点缓冲的时间,好奇地问道:"那他现在在哪儿?你没告白吗?"

"出国了。"沈知微摇了摇头,"没有告白,我不敢。"

"这有什么不敢的。"

舍友用筷子在餐盘上敲了一下,声音有点响,旁边排队的人都朝着这边瞟了一眼,舍友歉意地笑了下,才小声接着说:"拜托,你是清大的哎,而且长得也很不错啊,一般男生根本配不上你好吧,你还用玩暗恋那套?"

"假如我告白的话……"沈知微眼睑稍低,"我们应该彻底不会再有联系了,连朋友都谈不上。"

虽然,他们现在的关系,说是朋友也牵强。

舍友沉默了一会儿:"唉,也是,暗恋总是会让人自卑的。不过说起来,能让你记这么久的男孩子,是什么样的?"

舍友挺好奇的,毕竟她和沈知微认识也有小半年了,很少看她有过特别大的情绪波动。这么一个温和内敛的女生,舍友有点想不出来她到底会喜欢什么类型。

沈知微想了一下:"很优秀,也很难接近。"

"就这样？"舍友追问，"就不能具体一点吗？"

其实蔚游真的是个很难去具体描述的人，一直到今天，沈知微跟别人说起他的时候还是会觉得词不达意。

沈知微摇了摇头，意思就是不愿意多说什么了。

舍友也没继续问，两个人收拾收拾回了宿舍。

路上，舍友看天气预报，惊喜地说："微微，我看过几天北城要下雪了哎，而且还是中雪！这还是我第一次看到雪哎，我们那边都不下的。"

舍友的语气里满是惊喜。

其实南陵也不常下雪，而且大多时候都积不起来，第二天就化了，早上地面滑得不行，只能慢慢步行去学校，不过也算是难得的不用上早读课的时候了。

沈知微也很期待北城的下雪天。

或许是有期待的日子总过得格外快一些，转瞬就到了1月中旬。

预报要下雪那天，恰好部长从学校附近的企业拿到一笔不小的赞助，可以请全部门吃饭。部门成员商议了两天，最后地点定在一家远近有名的老式火锅店，生意很好。

晚上气温已经降下来了，随口呼出的一口气都变成蒸腾的白雾。沈知微拢了拢大衣，出地铁站后又走了两三百米才到聚餐的火锅店，四肢都冻得有点僵硬，进到热气腾腾的店内才恢复一点知觉。

店内已经供暖，在里面只用穿一件薄衫就足够，沈知微把大衣挂起，走进了包厢。

这段时间她和部门的几个学姐学长都已经熟络起来，她办事稳妥且嘴严，几个学姐都挺喜欢和她往来。

一看到沈知微来，就挥手招呼："沈知微！这里。"

服务员过来添了热水，沈知微温声说了"谢谢"。部长把菜单递给他们几个新来的，让他们来点。

"今天不是预报有雪吗？"一个学姐也是刚到，穿了雪地靴，脚在地上跺了几下，"都这个点了，怎么都还没下？"

"天气预报也不一定是准的。说是有雪，说不定下不来。"

聚会什么话题都聊，部门里面的事、拉赞助时发生的趣事，又或者是哪里的八卦，聊着聊着，不知不觉聊到了高考。

场上的人不是省状元就是市状元，基本上都是天之骄子。

那个腼腆的物理系男生被学姐点到："小徐，你高中是在哪里读的呀？省多少名来的？"

男生不好意思地挠了挠头："高中是在江省读的。没高考，保送的。"

"哎哎哎，我记得沈知微也是江省的吧？这么巧，你们不会是一个城市吧？"

"不是。"男生回，"她是南陵的，我在她隔壁城市。"

保送，物理系。

沈知微将这两个词联系起来，手指几不可见地动了一下。她从沉默中抽离，突然抬起头问那个男生："你之前参加的是物理竞赛吗？"

男生没想到她会突然开口，愣了一下才点头。

"是啊。说起来，当时我们竞赛还出了个挺……"他不知道怎么形容，略过这个词，"……的人。长得特别好看，当时只要参赛的对他应该都有印象，而且他最后明明拿到了'国一'，居然还婉拒了保送。"

在清大，"成绩特别好"倒是没有那么稀奇，大部分人都对那个"特别好看"比较感兴趣。

"有多好看啊？"学姐好奇，"你们学物理的都长这么好看？"

男生知道她在打趣，下意识地看了一眼沈知微，然后很快收回视线。旁边有人笑了几声，他脖子都红了。

"是真的特别好看。我记得他也是南陵人，据说是南陵附中的。"

"叫什么啊？"部长听他这么说，也好奇了，"听你这么说，这人挺传奇啊，沈知微也是南陵的，说不定他们两个人认识。"

"叫……什么来着？我只记得是两个字，还挺特别的一个名字。"男生想了一会儿，"哦对，我想起来了。蔚游，他叫蔚游。"

在场的学姐学长都差着辈，也不是南陵的，自然不知道这个名字。

部长问沈知微："你也是南陵的，认识这个人吗？小徐说得这么夸张，我都有点怀疑真实性。"

场上的目光都集中在沈知微身上。

她手指压进掌心,轻声回道:"认识,但是我们……不太熟。"

大伙儿听到真有这么个人存在,有点唏嘘,感慨这么个人没来清大真是有点可惜,不然怎么也要把他拉来宣传部,有这张脸,出去拉赞助都方便点。

这事也只是其中一个话题,很快就揭过。但接下来的聚餐,沈知微一直有点心不在焉。

聚餐结束时已经到了晚上九点。

这天是周五,部门有不少学长学姐是北城人,不打算回学校了,就让物理系那个男生送沈知微回去。临走的时候,几人还挤眉弄眼,像是想撮合他们两个人。

踏出火锅店时,还在原地等车的学姐看了看天空:"哎,下雪了。"

她对着沈知微摆了摆手:"回去时注意安全啊,学妹。"

沈知微也摆了下手:"学姐也是。再见。"

北城繁华,这边地处商业街,晚上九点也还是人来人往。

刚开始只是小雪,后面逐渐变大,直到漫天都是纷纷扬扬的雪,沈知微从来没有看过这么大的雪。

她不知道八千公里外的朗城会不会也在下雪。

虽然,雨雪与否,好像也都和她无关。

沈知微站在原地,手指合拢接了一片雪花,很快就融化,雪水顺着掌心纹路佚散。

风雪骤来,吻她鬓发,簌簌往下飘落。

…………

那天回到宿舍,沈知微久违地打开日记本。

2010/1/15 见微知著

2010 年冬,北城大雪。

蔚游,我好想你。

第九章
眼泪

/

胆小鬼偶尔一次的勇气潦草收尾。

1

第二学年时,沈知微顺利以全专业前百分之十的成绩转入建筑系。

因为同在一个学院,所以她并没有换宿舍,只是平时课程并不完全一致,上早课时她都是摸着黑轻手轻脚地下床。还好舍友都好相处,即使有的人浅眠,知道沈知微明早有早八,也会在前一天晚上提前戴好耳塞。

大二的课程稍微少了一点,沈知微的家教兼职也轻松了些,空闲时间变多,有一次周末她抽空去了从前只能在电视里看到的鸟巢和水立方。曾经这里水泄不通,人来人往,摩肩接踵中夹杂着欢呼与哭泣。现在喧哗散去,好像一点痕迹都没有。

这一年世博会在宁嘉佑所在的城市举办,几乎一票难求。宁嘉佑在济大人缘很好,拿到了一张票,进去拍了不少照片发给沈知微看。

他们偶尔也会聊到蔚游,但也说得不多,每次都只是寥寥几句。

上大学以后，高中班级群逐渐不再有人聊天，大一时还会有人说上几句，后面因为天南海北，大家都有各自的生活而逐渐没有了消息。

2011年刚开年，宣传部的学姐接了个年后的家教辅导，本来她正好是北城人，过去也方便，没想到临时组了个团要去旅游，时间冲突了，就问沈知微能不能替她去。

家长那边倒是没什么意见，左右都是清大的学生。

沈知微原本有点犹豫，因为那个家教辅导时间很紧，差不多大年初七就得去北城。但这个家长一个小时开价三百块，就算是在寸土寸金的北城，也已经很高了……如果不是时间冲突，学姐也不会临时让她去。

沈知微只犹豫了一会儿就答应了。

学姐看她答应，在QQ上问她：微微啊，我看你经常去做家教，你是不是挺缺钱的？

游鱼：……是有点。

学姐说：这样啊。没事，那我以后有什么好资源都可以推给你。

沈知微和学姐道过谢后，结束了这段对话。

年夜饭的餐桌上，赵女士夹起一块鱼肉，无意中提起："微微啊，大学里有没有什么中意的男生？妈妈是觉得，你现在这个年纪也可以接触接触，等出了社会后，说不定好的都被别人挑走了，到时候都是别人挑剩下的了。"

沈知微挑去姜丝，没吭声。

"清大是好学校，里面的男生肯定也都非常优秀，现在在校园里找对象感情多纯粹，等以后出了社会，别人考量的东西就多了。"

赵女士连着说了好几句，沈主任在旁边看了一眼沈知微的表情，没帮腔。

沈知微一直都没应声，赵女士脸上有点挂不住，筷子放在碗上，眼皮耷拉下来："你这孩子，妈妈和你说话呢！"

"知道了。"沈知微闷声回，也放下筷子，"我吃饱了。"

说完她就回了卧室。

第二天一大早就要回平桥村，好在县道终于通路，有了直达的大巴，不必像之前一直转车。

村头村尾的都知道沈家又出了个大学生，还是清大，一大早就围得水泄不通,有些关系不亲近的也佯装路过在这里等着。

"哎,你们家风水还是好啊,连着出两个大学生!"

"哪里只是大学生,那可是清大啊,名头都不一样,要上电视的!"

"什么时候也来教教我家娃呗?老沈啊,你和你家孙女说说,我家娃听话。"

…………

沈主任一家下大巴的时候,爷爷奶奶笑得眼睛都有点睁不开。远处不知道谁家这个点还在放鞭炮,却还是没盖过这边的声响。

沈知微不太喜欢这种场面,跟在沈主任身边有点拘谨。

"微微啊,叫人。"沈主任点她名字,"这是你三叔。"

"孩子怕生,"三叔倒是表示理解,"又不常回来,不认识也是正常。"

拜年时总免不了互相恭维,沈知微一直到今天也没习惯。好在第二天一早就回了南陵市,连同爷爷奶奶一起。带着他们去城里买几套新衣服,大部分时间都是沈知微陪着爷爷奶奶逛。

一直到大年初七,沈知微头好订了去北城的火车票,提前去了学校。

清大寒假是允许学生留校的,沈知微提前打了申请,在宿舍里面休息了一会儿,下午坐地铁去了家教的地方。

金碧辉煌的别墅里,保姆已经提前为她准备好了拖鞋。

她辅导的对象是一个十三四岁的小男孩,雇主提前就说过这个孩子可能脾气有点大,之前的名师都说教不了,可能要请和他年纪相差不大的学生辅导才好点。

沈知微算得上是一个耐心很好的人,更何况这还是时薪三百的工作。男孩虽然脾气有点大,但并不算是不讲理,第一节课没什么波折地上完了。

回学校的路上,沈知微无意识地点开手机登上QQ。部门消息很多,被顶在了最上面。她没点进去看,继续往下翻,看到了宁嘉佑发过来的消息。

红焖柚子:*蔚游回国了。*

他只发了这么简单的一句,在三个小时前。

游鱼:*最近吗?*

那边回得很快。

红焖柚子：就昨天。回来先倒了一天时差，他在那边事情还挺多，不会待太久，估计十来天就走了，我们刚见面。

宁嘉佑发来一张照片。

沈知微点开，是在烧烤摊，宁嘉佑最靠近镜头，对着镜头比了个耶。蔚游坐在他旁边，也没看镜头，半低着眼，双手环胸倚在椅背上，有点懒散和倦怠，不知道旁边的人在说什么，他轻轻笑了下。

真的是很淡的笑，恐怕也只是一瞬即逝，却恰好被镜头记录下来了。

明明只是手机屏幕上一张像素不高的照片，沈知微却久违地、突然地、不可避免地有点想哭。

距离她上次看到蔚游，已经过了整整两年一个月零十九天。

……她好想回南陵。

冲动让她和雇主请了两天的假，订了当天回南陵的票。等思绪回笼时，她已经坐上了摇摇晃晃的火车。

漫长的十个小时车程，回到南陵时已经凌晨五点，天才蒙蒙亮。

沈主任穿着件皮夹克，蹬着二八大杠从七八公里外赶过来接她。帮她提包时，他叹了口气，问："怎么才过去一天又回来了？"

"……想家了。"

因为一夜的奔波，沈知微嗓子有点哑，声音很闷，还带着点鼻音。

"想家了就回来。"沈主任叹了口气，把包放在车篓里面，"你平时在北城，爸爸妈妈顾不到你，你要照顾好自己，别那么累，不必到处忙着做家教，爸爸妈妈都还能干活，你的生活费我们也能负担得起。这次……你是不是受到什么委屈了？"

"没有。"

孩子长大，不可避免地会有自己的秘密，也难免疏远。

她不想说，沈主任没多问，只是转而说："你妈那个人是唠叨了点，但也都是为你好。你别憋着气在心里，都是一家人，有什么话是说不开的？"

沈知微没吭声，半响才小声回了句："我知道的。"

2月的天，南陵的风像是薄刃刮过肌肤。

宁嘉佑喜欢热闹，一直都是他来负责攒局。

合照那次来的都是蔚游的初中同学，第二次聚餐约在了沈知微回来后的第二天，选了南陵一家很有名的火锅店，邀的都是高中的朋友。

翌日，沈知微穿了一件高领毛衣配毛呢裙子，难得化了淡妆。到火锅店时，包厢里已经来了两三个人，正在和蔚游说话。

他的声音一如过往，却遥远地穿过了七百多个日夜，如今只是听到，就会让她倏然红了双眼。

沈知微想，情绪价值这件事，好像很难去界定等量关系，更无关对错，总有人一开始就占据上风。

她在包厢门口站定，肩膀突然被人拍了一下。

"沈知微。"宁嘉佑走到她面前，"你怎么……"

他低头看着沈知微湿润的双眼，好像是突然被摁了静音键。

南陵冬天几乎很少下雨，但她的眼睛此时却好像水雾淋漓，连带着仿佛他的心一拧都是水。

宁嘉佑站在旁边，沉默了很久，才从口袋里抽出纸，小声问她："你需要吗？"

他没问她为什么哭，也许是因为彼此心照不宣，很多事情真的也没必要寻根问底。

…………

沈知微不记得自己那天哭了多久，只记得最后宁嘉佑领着自己进去时，宋航远眼尖，扯着嗓子问："宁嘉佑啊宁嘉佑，你怎么把人家沈知微给欺负哭了？"

"我哪敢欺负这祖宗。"宁嘉佑顺手把外套搭在椅背上，"你又不是不知道，这个天，南陵这风刮得和刀子一样，眼睛睁着都能被风给吹红了。"

"谁说不是。"旁边有人附和，"这西北风刮得'呼呼'的，要不是咱们游难得回来一趟，谁这个天跑来外面。"

蔚游坐在座位上，听他们调侃。

宋航远不知道在和宁嘉佑说些什么，宁嘉佑有点心不在焉，敷衍了几句，把他气得不行。

这家火锅店空调的制暖效果不是很好，几个女生被安排在了靠近空调的地方，沈知微的位子在宁嘉佑身边。

宁嘉佑左手边就是蔚游。

等上菜时，宁嘉佑说自己去趟厕所，起身离开了座位，顺便还拉上了宋航远一起。

动静有点大，沈知微抬眼时，恰好和蔚游对上了视线。他的头发比从前长了，周身的疏离也消融了一点，冷白肤色在灯光下近乎暖玉。

目光交接时，蔚游像是愣了一下，然后才稍微抬唇，对她说："好久不见。"

2

短短四个字，却足够让沈知微溃不成军，丢盔弃甲。

她不知道自己到底是怎么忍住泪意，又是怎么才咽回那声哽咽，只记得自己当时的笑一定很难看……因为她真的很久很久没有见过蔚游了。

很长一段时间，沈知微最多也只能通过别人的只言片语知道他的消息，但远隔重洋，真假都无从探究。

沈知微移开视线，小声回道："是有很久没见了。"

"在北城还适应吗？"

"比南陵冷一点，不过还好。"

"在清大读建筑感觉怎么样？"

"挺好的。"

"我感觉……"蔚游突然止住寒暄，"你好像还是和以前差不多。"

沈知微思绪顿住："啊？"

蔚游补充刚才的结论："有点怕我。"

不敢对视，匆忙躲避的视线，都可以佐证他刚刚说的话。

"也不一定是怕。"旁边有个男生突然搭腔，"游啊，你不觉得你身上就沾着点……我也说不上来，反正就是没别人好接近。别说沈知微了，就连我有时候看到你都忍不住变拘谨了。"

"真的假的？那你下次去面试都不用准备其他的东西，在简历后面贴张游的照片，也免得你总喜欢和别人侃大山。"

大家身上原本都带着点很久不见的生疏感，随着几句调侃很快消融。

宋航远就是在这个时候回来的，他笑着问："你们聊什么呢？"

"你们是不知道，宁嘉佑今天不知道被什么东西上身了，我刚刚洗手的时候甩他一身水，他居然没打我！"

"是挺稀奇。"旁边有人接腔，"是不是看在你们'表爸'今天回来的面子上，估计怕你告状呢。"

"方宇宁！这么久不见，你还是这么欠。"宋航远装腔作势地挥起拳头，"今天不把你打得哭爹喊娘都算我没吃饱！"

宁嘉佑平时最讨厌别人说"表爸"这件事，今天却罕见地没什么反应，懒散地坐在椅子上，眼皮耷拉着，只是听到蔚游的名字被提起时，朝着身边看了一眼。

他这么反常，宋航远有点稀奇，"啧"了两声。

"不是，今天蔚游回来，你就在他面前装贤惠是吧？想要用爱把他留下来？"

宁嘉佑抬眼："昨天通宵打游戏去了，没睡好。"

"哦……"宋航远拖长调子，"苦肉计是吧？"

宁嘉佑烦得不行："再说今天晚上五排踢你了。"

宋航远没吭声了，乖乖做了个嘴巴上拉链的动作，用公筷涮肉去了。

季微夹了颗牛肉丸，开口问："蔚游，你毕业后是打算回国还是继续留在国外？你读的是金融，留在国外的话，机会应该挺多。"

"回国，"蔚游顿了下，"没打算留在国外。"

"国内好啊。"季微的表情被雾气浸得有点模糊，"以后去北城、南陵，或者和我还有宋航远一起在沪市都不错，发展前景也好。说起来，其实你看着就很有华尔街精英的气质，挺适合投行之类的工作。"

蔚游笑了笑，没说话。

沈知微觉得很奇怪，自己好像总是能轻而易举地感知到蔚游的情绪。就像他现在明明只是没应声，她也能知道他并不是那么喜欢金融。

可她也从来都不知道他真正的愿望。

所以那个时候，她许愿也只能笼统地说一句——

祝他可以得偿所愿。

这次聚会，他们除了可乐还要了几扎啤酒。场中有人这两年已经练出了好酒量，喝得脸色通红。

旁边的季微让沈知微也尝试一下，沈知微没拗得过，尝了一口，不太好喝，她皱着眉头才咽下去，呛得咳嗽了好几声，从刚刚就一直在忍着的眼泪终于顺理成章地流了下来。

季微在旁边都看傻了，手忙脚乱地给她找纸，愧疚地道歉。沈知微发不出声音，只摇摇头表示自己没关系。

有人喝醉了，胆子也大了起来，大着舌头问蔚游："游啊，你和哥说实话，你说当年那么多女生喜欢你，你真就一个都不喜欢？"

"我记得还有个学艺术的女生……"那个人红着脸想了好久，"是不是叫什么楚、楚盈盈来着？长得特别好看啊，你就一点都没心动过啊？"

"哎哎，游啊，你知道他为什么问你吗？他当初喜欢的一个女生就喜欢你，人家根本没喜欢过他，完全是拿他当接近你的工具呢，所以他现在还记挂着这事想着来问你呢。"

宁嘉佑极快地朝那边看了一眼。

那个人恼羞成怒："……你别胡说。"

不过刚刚这个问题，不仅这个人好奇，其他人也都挺好奇的。

"我感觉是没有。"有人回，"咱们和蔚游同班三年了，就没怎么看他和女生多说过几句。他这个人其实挺拎得清的，要是真喜欢一个人，不可能一点儿特殊对待都没有吧？"

"这么说起来……"旁边人想了想，"还真是没有。"

"所以游啊，你当年有没有心动过啊？还是瞒着我们呢？"

蔚游之前也喝了一点啤酒，不过不多，只耳后有一点泛红，衬得他肤色更加冷白。他手指扣住啤酒罐子，有一下没一下地按压着瘪下去的地方。

"没有。"

"真没啊？"有人瞠目结舌，"一次也没有？"

蔚游撑着手："没有。"

旁边的人听到这话，不禁摇头感慨道："游啊。当年西天取经，猪八戒但凡有你一半的定力，估计前脚才出大唐，后脚他们四个就能到天竺了。"

蔚游闷声笑了下："……可能当时我光想着好好学习了？"

他平时很少开玩笑，偶尔的一句听着莫名好笑。

旁边的人笑成一片。

当晚散得挺早，宁嘉佑临走前去了趟卫生间。没多久，沈知微也跟着去了。

她在洗手池前洗手，南陵的冬天冷，就算室内开了空调，水也依然是刺骨的冷，冲得她的手几乎失去知觉。

"我不出来你打算冲多久啊？"宁嘉佑走出来，皱着眉头看着她，"不知道冷吗？"

他今天穿的是一件卫衣，兜帽在后面，垂下来的两根绳子晃荡了一下。

沈知微回神，双手搓了一下，没抬头看他，只是小声开口："宁嘉佑，我想麻烦你一件事。"

说到这儿，她微微抬眼："今天的事……你能不能帮我保密？"

"我知道你和蔚游的关系更好，但这件事其实也并不会打扰到他，他知不知道也无关紧要，我真的只是——"

"知道了。"宁嘉佑突然开口，"放心，我没那么多嘴。"

他的语气不算特别好，不过也没有愠意，只是少了平时的笑音。

沈知微抽出一张面纸，手指还湿着，她一边擦拭一边说："我没有那个意思。"

宁嘉佑听到她的话，视线顺着往下看到她还在滴水的手指。他抬手揉了一下眉心，放下手时，对她笑了下，恢复了之前正常的模样。

"我知道。其实这也很正常，我只是有点意外。"

他好像还想说些什么，但是最后还是没开口，只是半低着眼睛，看不出来到底有什么情绪。

"等会儿我还约了宋航远回去打五排，先送你去地铁站。"

沈知微脖子上系着的围巾有点耷拉下来，他抬手捞起，在后面打了个结。

"走吧。"

沈知微只在南陵待了两天就回了北城。

她买了第三天早上的票，绿皮火车逐渐驶离南陵，一路北上。

回学校后，她连轴转了好几天，好在带的那个男孩乖巧了不少，雇主后面给她的工资开到了四百一个小时。

家教结束后，回宿舍的路上，季微给沈知微发消息。

季微：你回北城了？

游鱼：嗯。在这里接了一个家教。
季微：哦，这样。怎么这么辛苦啊，寒假了就休息休息。
游鱼：还好，不是很辛苦。
对话框上方"对方正在输入中"显示了很久，才跳出一条消息。
季微：说起来，当时在火锅店里，你是不是和宁嘉佑一起出去了？
游鱼：啊？是的。
沈知微打字的手微妙地停顿了一下。季微是个很少说废话的女生，这个时候突然问起来这件事，多半是有什么情况……可是她和宁嘉佑说的事，宁嘉佑应该不至于告诉其他人。
季微：哦，你们好像也没出去多久。宁嘉佑是和你表白了吗？你没答应？
季微：我看你们之后都没怎么说话了。
季微：我本来以为他会等到考到北城后再和你说的，不过他大一大二好像是专业前几名，很大概率可以保研吧。
看到这条消息，沈知微脑中"轰"地炸开，几乎一片空白。明明每个字她都认识，可是连在一起的时候，她却好像完全丧失了阅读能力。
宁嘉佑……和她？
她从来没有想过这回事，甚至预设中也从来没有思考过这种可能性。
游鱼：……表白？
季微：你原来不知道吗？我觉得很明显啊。
季微：宁嘉佑好像一直都挺喜欢你的。

3
人与人的断联常常不需要一个具体的理由。
那天以后，沈知微很少再和宁嘉佑有联系，或许是因为其中关系实在复杂，又或者是她实在不知道要用什么样的语气再和他往来。
宁嘉佑也很少再找过她。
直到年底，宋航远给沈知微发消息，说是要和宁嘉佑来北城玩。
当时沈知微正在图书馆复习，她愣了几秒，才回了一句"好的"。
宋航远回得很快，找她要了份课表，研究了一下，最后定在星期天过来，酒店也订在了清大附近，到时候来找她。

沈知微其实有点想问他这么安排有没有问过宁嘉佑，想了想还是作罢。

周末晚上，沈知微正在宿舍里修改剖立面，舍友回来看到她披着毯子还在改图，把饭放到旁边："微微，帮你带的饭。你明天早上是有设计课吧？"

沈知微点了点头："明天下午我高中同学要来，我可能不在宿舍，带他们去清大转转。"

舍友也没在意，坐在旁边画起了分析图。

沈知微做完作业已经快到零点。舍友都还没睡，安静地在床上各做各的事情，她也轻手轻脚地洗了把脸，回到床上。

有个舍友突然看了眼日历，惊声问："今天是不是12月18日了？"

"怎么了？"有人拉开帘子问。

"我在手机上看到消息推送，才想起来，之前是不是有预言说2012年是世界末日啊？"

"啊？"最后一位舍友也参与到聊天里，"真的假的啊？"

"不知道，反正网上说得神乎其神。"

沈知微没参与讨论，躺在床上准备睡觉。

第二天设计课结束后，沈知微摸出手机，宋航远给她发消息说已经逛了大半个清大了，还发了张图片，说自己和宁嘉佑在建筑系馆下面等她。

沈知微回了一句"好"，又和老师敲定了一下作业里要修改的部分，才背着电脑出去找他们。

这个点，路上都是人，沈知微背着电脑艰难地往前走，在人群里面找了一会儿才终于看到站在路口的宁嘉佑和宋航远。

沈知微不太了解宁嘉佑的近况，只知道前段时间他好像去了国外交换学习。

宋航远看到沈知微，远远地和她打招呼："沈知微！这里。"

看到沈知微身上背着的电脑包，他伸手上前："我来帮你拿吧。"

"不用不用。"

宁嘉佑站在一旁："宋航远手没断，让他拿。"

沈知微听到他的声音，有点恍惚，愣怔时，宋航远已经拿过她身上的电脑包。

"嘶!"宋航远没想到沈知微的电脑这么重,手往下一沉,"……你还别说,真挺重。"

宁嘉佑双手抱胸,看他一眼:"你平时光当泔水桶了,这么虚?"

沈知微下意识地解释:"我没买轻薄本,是有点重,要不还是给我拿吧?"

宁嘉佑没说话了。宋航远接过这个话题:"没事,也就帮你送回宿舍,哪能轮得到你来拿,我叼也得给你叼回去。走吧,下午去哪儿逛逛?"

沈知微没坚持,只是有点不好意思地说:"说实话,其实北城我也没怎么好好逛过。所以虽然是我领着你们玩,但还是得做做攻略。"

"那你平时都干什么啊?"宋航远瞪大眼睛,"就学习?"

"也不是,也会出去参加部门活动,可以加学分,又或者是在附近做家教之类的。"

宋航远挺佩服她:"吾辈楷模。"

下午沈知微跟着他们去了北城几个有名的景点。

这个季节天挺冷,出来瞎逛的人很少,所以三人没怎么排队就逛完了。宋航远累得不行,歇了好一会儿,最后是被宁嘉佑生拉硬拽才起来的。

他们订的酒店在清大的前一站,上地铁后,宋航远撑着车厢:"柚子,你等会儿送沈知微回去吧,我就不去了,今天真累劈叉了。"

沈知微不太想和宁嘉佑单独回去:"不用了,就一站路,我到时候自己回去就行。你们先回酒店休息吧。"

"宁嘉佑这人根本不带累的,你别不好意思。"宋航远朝着她扬了扬下巴,"况且怎么能让你一个女生独自回去呢,多不安全。"

话音刚落,地铁刚好到站,他比了个"再见"的手势,顺着人流下了车。

沈知微有点不知所措。

她一直都是个喜欢逃避的人,遇到事情习惯龟缩起来。现在和宁嘉佑单独待在一起,她不可避免地想到之前季微和她说的话,虽然无从辨别真伪,可她实在没办法坦荡面对他。

地铁一站的时间很短,车厢门打开,宁嘉佑稍微侧头,提醒身边的人:"到了,走吧。"

12月的北城的确很冷。

沈知微脖子上的围巾滑下来，宁嘉佑跟在她后面，顺手打了一个结。

她讷讷地回道："谢谢。"

地铁站距离清大校门口不算远，几分钟就可以走到。

沈知微站在门口刷校园卡，对着宁嘉佑说："我到了。你回去注意安全。"

宁嘉佑却没走，他不怎么怕冷，这个天也只穿了一件不是很厚的外套。

"沈知微。"他突然喊她名字。

沈知微愣住，刷卡的手放下，看向他。

从认识至今，已经过去很长一段时间，但宁嘉佑也没怎么变，一直都是意气风发的模样。

有时沈知微听别人说起他，说是以他现在的专业排名，保研应该是板上钉钉。她很为他开心，他一直都很有天赋，只要他想学什么，轻而易举地就能学好。

宁嘉佑双手插在外套口袋里，突然笑了下，唇边显出个月牙状的凹进去的酒窝。

"那天季微也来问过我，我才知道她也找过你了。说实话，刚开始我还挺慌张的。怎么说呢，就感觉特别像是当年默写全错然后下节是芸姐的课，又或者比这还要慌点，就挺难形容的。其实，我本来是打算来清大读研后再和你说的。"他垂下眼睑，"后面我才知道，好像也没什么说的必要了。

"蔚游这个人吧，确实挺招小姑娘喜欢的。不过咱也没比他差，只能说算他运气好。

"说了这么多，我的意思是……"

宁嘉佑在她头上很轻地揉了下："我早就想明白了，所以，你没必要再躲着我。"

沈知微说不出话，只感觉眼睛被风吹得发干。

宁嘉佑朝着她摆了下手："外面风大，你早点回去吧。"

他们离开的那天北城下了雪，宁嘉佑和沈知微说买了下午的票，可沈知微上午在图书馆看书时却收到了宋航远在北城站拍的照片。

沈知微问宁嘉佑为什么订的是上午的票，却和她说是下午。

那边可能是没看手机，过了好一会儿才回。

红焖柚子：天挺冷的。

红焖柚子：我们自己来车站就行。

他不想她来送。

沈知微不知道说什么，半天才回了句"嗯"。

跨年那天晚上，宿舍四个人都没睡。远处的操场上到处都是人，有在合唱的，还有在这个时候告白的。

舍友睡不着，卷着被子坐在书桌前，问沈知微："你害怕吗？"

沈知微还在赶作业，摇了摇头："还好。"

一直到零点到来，日头升起，也没有什么世界末日。网上又传出来消息，说是要等到12月21日。

不过世界末不末日，好像也并不能影响什么，大部分人的生活都还是按部就班，疲于奔命。

大三暑假，沈知微去了学校附近的一家设计院实习。正值各地城市化热潮，设计院大多忙碌，就连她这个实习生也难有空闲，无法抽出时间回南陵。

某天在宿舍，沈知微原本正在做方案汇报的PPT，放在一边的手机振动了一下。她顺手点开，就看到冯沁发过来的消息。

糖炒栗子：微微，我好像看到楚盈盈的微博了，她居然还喜欢着蔚游呢，真长情啊。

糖炒栗子：你去看看，链接我发你了。

沈知微看着这几条消息，心跳稍缓。她抿着唇，犹豫了一下，才点进冯沁发来的链接。

漂亮又富裕的女生大概总是很容易被人喜欢，况且楚盈盈性格又很好，分享生活也没有什么炫耀的意味，所以粉丝数很多，平时也经常互动。

最新的一条，是她发于昨晚的视频，定位在一家livehouse（现场酒吧），标题是"去听喜欢的人唱歌"。

沈知微点开，视频内的环境有点昏暗，但蔚游坐在聚光灯下，发丝都分明。他平时对什么都是淡淡的，可是视频里的他脸上的表情却好像有点不一样。

沈知微从来没看过这样的他……很难形容。

那也是她第一次听到他的嗓音。

和他平常说话时截然不同,就好像浑身上下的冷清全消融,化作了南陵仲夏尾端的雾。

沈知微恍然间突然想到他们送蔚游去竞赛那晚,季微被婉拒的提议。

原来他说的下次,是这次。

沈知微看了好几遍视频,才点开下方的评论区。

有粉丝问是什么歌。

楚盈盈很骄傲地回道:这是他自己写的呢!

冯沁又发来消息,感慨了一句蔚游唱歌可真好听,他这嗓子去当明星也够了。

糖炒栗子:微微啊,你说,他会不会真的成为大明星啊?

游鱼:也许吧。

糖炒栗子:我还挺期待的,而且他以前还是你同学哎,说出去都挺有面子的,嘿嘿。

当天夜里,沈知微久违地翻出好久没写的日记本。

2012/8/29 见微知著

夏天都快过去了,我才发现北城好像没有梅雨季。

我明明不喜欢梅雨天,可是我突然却很怀念2008年南陵那个漫长的夏天。

因为当年仲夏,我们还会天天见。

4

伴随着2012年的结束,甚嚣尘上的世界末日并没有到来,第二天还是照常的朝九晚五,地铁上还是挤满了倦怠的成年人。

沈知微发现,很多年前的那场高烧好像逐渐在降温,只是病去如抽丝,一时半会儿很难完全痊愈。

设计院经常需要做方案汇报，与甲方的沟通同样必不可少，或许是环境使然，沈知微逐渐适应了高强度地与人沟通，比从前要更加游刃有余。

2013年春天，大四即将结束时，沈知微实习的设计院的领导发消息过来，说是她之前提出来的那个设计概念很特别，已经被甲方采用，到时候项目承接的分成也会按照比例打给她。今年设计院又接到很多不错的项目，如果她毕业以后有意向留下的话，可以随时过来。

沈知微避重就轻，只是感谢领导给了她这次工作机会，没有具体回复毕业以后的打算。

建筑系的本科是五年制，比景观系要多出一年。

所以沈知微本科的舍友都已经在准备毕业设计，每天待在宿舍的时间很短，要么是在图书馆，要么就是在建筑系馆。

交完图纸到答辩这期间有差不多十来天的时间，舍友喊上沈知微一起去周边省份转了一圈。之前暑假沈知微考了驾照，舍友们大多也拿到了驾照，所以这次出去玩时她们在当地租了一辆车。

5月底，雪山还没融化。

她们一路向前，沿着盘山公路往上开，繁星近到触手可及，一路上的雪杉好像是披荆斩棘的勇士，终于在凌晨四点五十分时到达雪山观景点。

"mountain-forecast（山地预报）上显示这座雪山是晴，看到日照金山的概率很大。"舍友身上套了件厚羽绒服，"不过这天也太冷了，幸亏我带了羽绒服。"

沈知微拿出之前准备好的巧克力和饼干递给身边的舍友："身处高原需要及时补充体力，不然很容易有高原反应。"

舍友接过，挽着她手臂蹭了下："微微真体贴。"

那天她们很幸运地看到了"日照金山"。

高耸的雪山伫立在天际，无论是谁站在山巅都显得渺小。远处的牛羊经过发出清脆的铃铛声。也有人常来这里朝圣，一步一叩首，或许心有执念难解。漫天"隆达"落下，经幡之下，凛风摇曳。

返程路上，周围的风景快速往后退去，有一个舍友突然问沈知微："微微……"她声音压低一点，"你还会放不下以前高中时喜欢的那个男生吗？"

沈知微沉默了一会儿："在放下了。"

英语中存在过去时态、现在进行时态、将来时态，可是中文的表达却千变万化，一个词加上前缀，或者变换位置，又或者是重音的变化，都会表达出截然不同的意思。

所以她前面用来矫正的"在"，微妙又精确。

回去的路程漫长又遥远，几人谈起未来，除了那个本地的舍友，剩下的都准备回家乡的省会城市发展。

留在北城有千千万万个理由，可是想要回去的话，只需要一个理由。

宿舍逐渐变得空旷，她们生活过的痕迹被抚平抹去，四年的时间被压缩在四四方方的瓦楞纸箱里。

有一个舍友不无感慨地说道："往后的时间聚少离多，每个人都忙，又是天南海北的，说不定下一次聚在一起，就已经是参加其中某一个人的婚礼了。"

即便再怎么不愿承认，可这确实是预设中可能性最大的一种。

分别以后人与人之间的关系细若游丝，就连久别重逢都可以被推算演化出来。

但至少还可以重逢。

沈知微的"放下"的确是进行时。

大四下学期，她曾尝试开始过一段亲密关系。

当时是宣传部部门聚餐，那个物理系男生红着脸问沈知微，要不要和他试试。

旁边有人起哄，男生挠了挠头，看着沈知微："我知道我这么说挺唐突，我们……可以先从朋友开始，就当是尝试也好。"

或许是因为他的眼神确实真诚，又或者是那个时候她确实需要分清楚执念和喜欢的区别，沈知微鬼使神差地点了点头。

可是这段恋情最终只持续了不到两个月。

感情需要彼此提供情绪价值，但他们两个人似乎根本就不同频。男生是典型的学术派，生活常识近乎于无，几乎不像一个即将毕业的大学生，并且他对很多事情有着非常严重的强迫症，而且太过坚持自己判断的标准。

思维的不同频让两个人的交流几乎很难有趋同或者是互补的可能。

所以这段感情算是无疾而终。

沈知微倒是没有太多感触，只是在某次宿舍夜谈时，说自己从一开始就不应该答应他。

毕竟模糊的开始，通常也是无疾而终地结束。

舍友比她看得开："微微，我觉得有的时候人其实没必要太把自己放在规则的条条框框里。对于你来说，这段感情是一次试错，对于他来说，也是一样的。

"咱们还年轻呢，人生的选择怎么可能会和数学一样不是对就是错，总要试错的。

"我是觉得，这说明微微根本就不适合搞学术的理工男！"

…………

沈知微有点愣怔，她试错的目的到底是什么？

是开始一段感情的可能性？还是验证感情里除了蔚游的排他性？

她不得其解，也想不明白。

所以在大四即将结束的时候，她请了一个星期的假，办好前往朗城的签证后，揣着兑好的外币，去了楚盈盈之前定位的那个 livehouse。

沈知微将雨伞收起放在店外，穿过人群询问里面的乐队，是不是经常有一个华人在这里驻唱。

穿着皮夹克的鼓手听清她的话，耸耸肩，表示自己爱莫能助。

沈知微不知道问了多久，才终于有人回复她。

"Are you asking about You（你问的是游吗）？"

沈知微点了点头。

"He hasn't been here for a long time（他已经很长时间没来了）。"白人驻唱朝着她挑了下眉，"Beautiful lady, you can listen to my song（美丽的小姐，你可以来听我唱歌）。"

沈知微小声回："I just want to see him（我只是想见他一面）。"

驻唱转着话筒，朝着她笑了下，他是非常典型的高加索长相，瞳色很浅，笑起来非常有感染力。

他没有问她目的，只是有点无奈地回道："Okay. Then you can go to his

university to look for him（好吧，那你可以去他的学校找他）。"

出来后，沈知微走在潮湿的石砖路上，久违地、清楚地感受到自己的心脏正在呼之欲出地跳动。

从前不得其解的问题，她终于在这一刻找到了答案。

一直到今天，蔚游依然是她忘不了的存在，是漫长到留在身体里的痼疾，是感情里面唯一存在的排他性。

医学上存在一个名词叫作假性愈合，完全适用于她。旧时她曾以为的退烧，在这一刻又烧成燎原之火，卷土重来。

沈知微做了一个她从前从来没有设想过的决定。

如果她能再见蔚游一面——

她想把自己从来没有宣之于口的秘密告诉他，一个只与他有关的秘密。

她曾经胆怯逃避，止步在一道透明的界线内，从来不向外逾越半步。但或许是她心知肚明这次以后他们很难再有什么相见的机会……分别总是各自多歧路，日后的重逢太需要运气。她自认从来不是一个很幸运的人。

她的少女时代只有这一段湿漉漉到沾湿她所有心绪的暗恋。

她想让这段暗恋得见天光，也想痊愈这场漫长痛症。

在逼仄的旅馆里，她用手机给蔚游发消息。

游鱼：蔚游。

游鱼：我在朗城，要出来见一面吗？

消息发出后，她将手机放下，轻抚心口。隔着一层温热的皮肤，她能感觉到手下是数年间都没有过的心如擂鼓。

生物学上说很多鱼类具有趋光性，就算是被洋流冲散也依然具有生物的本能。

她远渡重洋，时至今日，心跳声犹如朗城的雨，旷日持久。

翌日，她前去蔚游的大学找他。商学院里人来人往，她看到留学生便上前问认不认识一个叫蔚游的人。

华人圈说小不小，说大不大，况且蔚游从一入学就很出名，所以很多人都知道有这么一个人。但他们都不清楚他现在的具体位置，只知道他公寓大概在哪里。

在偌大的城市里找人，等同于大海捞针。

沈知微尝试过拨打蔚游的电话，可也始终无果，无人接听到忙音。

几天过去，她的假期即将告罄，下一个大作业的第一次草图三天后必须提交。

她不得不承认，缘分真的太重要了。

他们的距离被她人为地缩短，但可能因为中间隔着弥漫在朗城清晨常年不散的雾，所以总是会迷路，找都找不到。

沈知微订好返程的机票，坐上前往机场的出租车时，朗城突然下起了大雨。司机一边打方向盘，一边低声咒骂这糟糕的天气。

到了机场，等待登机时，机场广播突然播报因为天气恶劣，返程航班的起飞时间被推迟到三个小时以后。

沈知微裹着毯子去买了一杯热咖啡，边喝咖啡边翻阅架子上的报纸时，突然接到了一个来自国内的电话。

连日来的奔波让她精疲力竭，她还没看清号码就已经下意识地接起。

开口的居然是一个陌生又熟悉的声音。

"……你好？"那边礼貌地开口，"我看你打了很多个电话过来，请问有什么事情吗？"

一瞬间，眼泪急急涌出，模糊了沈知微的视线："我是沈知微。"

"打电话给我，有什么急事吗？"

飞机还没启程，沈知微突然感谢这一场突如其来的雨。

"没有什么事情。我刚巧来了朗城，想问你要不要出来见一面？"

蔚游那边的声音有点杂，沈知微听到他走了几步才回："我提前结束本科课程回国了，现在不在朗城。如果你需要向导的话，我可以问问我还在朗城的朋友。"

"……没关系，不用麻烦了。"沈知微握着手机，"其实，蔚游——"

她的话在这里停住。

那边好像突然有什么人找蔚游说话，声音模糊听不真切，他拢住话筒，随口对那个人说了句什么，走到僻静的地方。

"不好意思，刚刚有点事。怎么了？"他顿了下，"你说。"

朗城的雨还在下，沈知微缄默了一会儿，咬字很轻："没什么。"

蔚游没有追问，尽管被拒绝，但还是留下了朋友的地址和号码，说如果有什么需要可以找他。

电话的最后，他提醒："朗城经常下雨，你出门的话，记得随身带伞。"

"好。"

"再见。"

"再见。"

蔚游等沈知微先挂了电话。

朗城的雨把沈知微困在这里，他们之间的距离好像是恒定的八千公里。就像两条平行线，无论往哪里延伸，中间永远等距。

胆小鬼偶尔一次的勇气潦草收尾。

好像是被浇灭在了雨里，也好像是被困在了迷雾里。

她总想着会有下次。

大五上半学期就要开始做毕业设计的准备工作，此外沈知微还要整理作品集，参加竞赛刷履历，又被通知很有可能参加联合毕设，忙得几乎脚不沾地。

也是在这一年秋天，音乐软件上突然冒出一首歌占据各大榜单。这个神秘的、只有一个名字的歌手被无数人知道。

这时还不是流量为王，只能用短信来积攒票数，这首歌在年末发行，却以倍数票数占据这一年流行乐榜首。

喜欢他独特嗓音的人犹如涨潮，但热爱和诋毁总是随之而来，也有人质疑整张专辑是不是全由他一个人作曲。

可是有一个事实是不容置喙的——

这个近乎于一夜成名的人，正在被越来越多的人关注着，又或许是吸引着。

沈知微是在被提醒后才看到音乐软件首页飘动的推送。

上亿次的点击，一点开甚至可以让手机卡顿的评论数，后面跟着的……却是一个熟悉的名字。

《等雨》——蔚游。

第十章
橘子

/

"喜欢"这个词,一直到现在,
都不算是过去时。

1

宁嘉佑顺利保研清大,导师是位研究计算机系统的大能。

虽然他们都在一个学校,但是清大占地面积大,宁嘉佑的实验室又距离建筑系系馆非常远,平时两人也挺少碰面。

沈知微为数不多遇到宁嘉佑的几次,他都不修边幅地提着包子往实验室赶,匆忙地对着沈知微打了个招呼。

大家都在释怀。

季微拿到一家央企的 offer(录用信),留在了沪市。大三时她谈了个男朋友,是沪市本地人,毕业后两人感情也很稳定,已经快到谈婚论嫁的地步。

宋航远回了南陵,顺利进了一家五百强企业,忙得不行,有时和他们聊天时都说感觉自己像是被抽的陀螺,连轴转。

在蔚游最开始发歌的时候,沉寂已久的班级群热闹过好一阵,都在问宁嘉佑最近特别出名的歌手是不是蔚游。

宁嘉佑回答得含糊其词，只说让他们直接去问蔚游。

或许大家心里多多少少都有了自己的判断，偃旗息鼓一般没有再问。

直到年底的一场颁奖盛典，"年度歌曲"被颁给了在今年夏末秋初一夜成名的《等雨》。

沈知微是在宿舍看的这场颁奖典礼的回放。

名利场中衣香鬓影，大多声色犬马。蔚游的座位被安排在角落，他穿着西装，挺括的面料很好地彰显了他的高挑身材和肌肉线条，浑身透出股和周围环境截然不同的冷清气质。

他好像是没有什么相熟的人，同公司的人大多也与他交情泛泛，最多也只是说了几句话。

但镜头大概格外偏爱蔚游，频频对向他的正脸。

其实屏幕里的他和现实里的他好像还是存在一些细微的差别，沈知微说不上来，只知道现在自己指尖能碰到的——只有冰冷的电子屏幕。

冯沁也没想到自己当初的话居然成真了。

她现在在做新媒体，不仅要后台运营，自己还要出镜和做数据，非常忙。这时的算法推送还没有后来那么强大，搭建流量矩阵并不容易，他们公司只能选择以数量取胜，在各大平台都有不少号。

她来找沈知微打趣："微微，你是不知道，我们公司最近也想蹭这一波蔚游的热度呢！只可惜现在都没什么人知道他的私生活，公司那些人要是知道我暗恋过蔚游还不得疯了！"

沈知微半低着眼睛："那你……"

冯沁一下就知道了沈知微要说什么："放心啦微微，我不会乱说的，更不会把蔚游以前的事情当成噱头曝光的。"

只是即使冯沁不说，蔚游这张脸在当时南陵附中也实在是太出名了，同届生多多少少都听说过他，网络上真真假假的爆料不免随之而来，所幸只在小范围传播。

沈知微经常会听他那张专辑里的歌，但最喜欢的不是最出名的《等雨》，而是专辑里讨论最少的那首《仲夏》。

大五上半学期，她熬大夜连着通宵好几天时，耳机里放的都是这首歌。

快放寒假，宁嘉佑和沈知微说好一起回南陵。

回去前，他还拉着沈知微去鸡鸣寺拜了拜，顺便给自己求了一下姻缘，特别臭屁地说："也不知道以后什么样的人才能和哥在一起。"

沈知微跪在蒲团上，恭恭敬敬地请了三炷香。

回去路上经过明帝陵，又穿过梧桐大道，周边一家商铺在放歌，熟悉的嗓音让宁嘉佑顿住，下意识地看向沈知微，表情有点不太自然。

沈知微察觉到宁嘉佑的停顿，抬起头问他："怎么了吗？"

宁嘉佑摸了下鼻子："……没什么。"

沈知微的靴子压过一片早就干瘪的梧桐叶，枯叶发出清脆的破碎声。她突然开口问："宁嘉佑，你知道今年 5 月中旬的时候，蔚游在国内吗？"

他们之间一直避而不谈的话题，只有蔚游。

宁嘉佑有点没想到沈知微会提到蔚游，愣了一会儿神："我知道，他回国前和我说过，国内有家唱片公司刷到他唱歌的视频，在他本科期间就想签他了。今年 5 月，蔚游在学校那边交完毕业论文，没什么事情，就飞回来录 demo（试听）了。"

宁嘉佑笑了下，双手环胸，状似轻松地问："你怎么突然问到这个……我还以为你不会再和我聊起关于他的事情了。"

沈知微抬起眼睑，也笑了下："刚好听到他的歌，随便问问。"

话题就此打住。

其中讲不清的各种情绪太多，继续谈下去容易庸人自扰。

…………

或许是宁嘉佑求姻缘的心太诚。

回学校不久，他就与隔壁学校人文学院的一个女生有了发展。两人在一次校辩论赛上认识，赛后女生对宁嘉佑表达了好感，交往也顺理成章。

沈知微非常自觉地和宁嘉佑保持了距离，除了偶尔见面会打招呼，私下几乎没有什么往来。

那个女生笑起来很甜，眼睛像弯月，和宁嘉佑站在一起时很般配。

所有人都在朝前走。

毕业前夕，沈知微拿到好几家设计院的 offer，她从中选了一家职业发展前景最好的。

没多久,她被设计课老师私信,通知她被选中参加清大的联合毕设。

这意味着她的工作量很可能要比别人更多,图纸的精度要求也更高,包括整体设计风格的统一也是一项巨大的工程,让她几乎很少有精力去关注其他的事情。

带联合毕设的老师非常严格,前期的方案推进非常缓慢,一次又一次地更改图纸,后期的效果图更是重做和修改了七八次,才终于达到预期想要的效果。

毕业典礼那天,除了大合照,大部分人都是以宿舍为单位来拍学士服照片。沈知微的舍友都在去年毕业,所以她没拍什么照片,只和班级里熟悉的几个女生拍了几张。

她准备走的时候,没想到宁嘉佑带着女朋友过来了。

宁嘉佑抱着个相机,隔着很远就朝她打招呼:"沈知微!我和大老板提前说了这件事,昨天晚上写代码写到夜里三点才终于赶完,空出来半天,刚好可以给你拍照。"

沈知微不太想麻烦他,刚想拒绝时,他的女朋友小橙也在旁边点头:"拍嘛拍嘛,虽然男生拍照都很难看,但你放心,我会帮你看着的。"

盛情难却之下,沈知微还是拍了大半天照片。

这两人陪着她折腾这么久,快到中午,沈知微开口说要请他们吃饭。

正值饭点,清大附近的饭店都有很多人在排队,宁嘉佑为她们两个女生买了奶茶,回来时,小屏幕恰好在放一档访谈节目。

小橙看着屏幕上的人,随口和沈知微聊天:"知微姐,你有了解过这个人吗?他最近真的超级火,我周围好多人喜欢他!"

沈知微的视线在屏幕上停顿片刻,主持人好像是在问蔚游对于新专辑的想法,以及专辑里会不会采用其他人的作曲。

她几乎下意识地看向宁嘉佑,他好像没有和小橙讲过蔚游的事情……迟疑了几秒,她回道:"我听过他的歌。"

小橙弯起眼睛笑:"他真的很出名哎,应该没什么人没听过他的歌吧?"

宁嘉佑把奶茶拿给小橙,不动声色地跳过这个话题:"沈知微一直不太关注这些。"

小橙乖巧地"嗯"了一声，也没有再问。

吃完饭后，小橙下午有课先离开了。宁嘉佑送小橙回到学校，在校门口恰好又遇到沈知微，顺便跟在她后面一起进去。

当初他从沪市千里迢迢来到北城，送沈知微回学校的那天雪很大，转瞬已经是两年多前的事情了。

从凛冬到初夏，时间快到沈知微都觉得恍惚。

她抬眼看向宁嘉佑："小橙性格很好，和你也很般配。"

她挺想说一句"好好对她"，但转念一想，这句话实在像是狗血电视剧里出现的台词，宁嘉佑的为人不至于让她这么来提醒。

宁嘉佑大概是不知道说什么，沉默了半天只对她说了句"谢谢"。

搬出宿舍那天，沈知微找了搬家公司，没麻烦其他人。

宿舍里现在都是大一新生，怕对她们造成影响，沈知微从前一天就开始整理东西，收拾的动静很轻，最后林林总总也只装满了一个大瓦楞纸箱。

从高中就开始写的日记本纸张已经泛黄，被压在纸箱的底部。

她已经很少再打开这本日记。

那天阳光很好，沈知微很平静，只是也会觉得很神奇，眨眼间居然就已经度过了人生不算短的四分之一。

她搬着箱子准备离开的时候，刚好撞上从图书馆回来的几个舍友。

她朝着她们点点头："你们回来了。宿舍的全身镜、插线板我没有带走，还有之前买的吹风机也放在抽屉里了，用的时候记得去大厅，不然很容易断电。哦对，宿舍的王阿姨基本上都是固定在周三上午查房，周三之前记得要藏好了。"

她大五的时候不常在宿舍，大部分时间都是在系馆或者是实习，与这几个学妹都只能说是点头之交。

只是毕竟在一起生活过这么久，总归是要交代一下。

说完，她准备离开，其中一个学妹突然小声叫住她："……学姐。"

"嗯？"

学妹上前抱了沈知微一下："祝你前程似锦呀。"

2

蔚游的第一场演唱会定在南陵，那段时间网络上铺天盖地都是关于这场演唱会的最新动态。

沈知微有时会在北城商场外的大屏幕上看到蔚游，时而也会想，他怎么会变成那个别人口中遥不可及的大明星蔚游呢？

明明好像不久之前，她小心翼翼地穿过学校走廊，还能看到他离开的背影，还能记得那天阳光照在他身上毛茸茸的触感。

转瞬他却变成了，跨越茫茫人海都见不到一面的大明星。

演唱会前夕，蔚游有问过宁嘉佑要不要回南陵。

那段时间宁嘉佑忙着开题，问沈知微要不要回去，沈知微也刚好处在项目收尾阶段，要赶最后几张效果图，只能婉拒。

那几天她忙得昏天黑地，偶尔有时间刷朋友圈才知道宋航远和季微都去了演唱会。两个人的位子都挺靠前，对着镜头比着各种稀奇古怪的表情。

季微还来问沈知微，怎么没有回南陵看蔚游的演唱会？

沈知微说最近挺忙，没有抽出时间。

季微表示理解，毕竟北城不像沪市那么近，然后安慰沈知微说没关系，反正还有下次。

还有下次。

沈知微盯着这几个字看了几秒，随后回了一句"是啊"。

工作不到两年，沈知微已经逐渐熟悉这种高强度，面对难缠的甲方也变得游刃有余。

甲方的审美通常与设计师本人的想法完全相悖，又或者是提出种种并不合理但必须要修改的要求，与其说是做设计，倒更类似于钱货两讫的交易。

她好像并没有变成蔚游所说的大建筑师，甚至有时会忘了自己学建筑的初衷。

宁嘉佑和小橙的关系好像挺稳定，小橙考研结束，意向学校是本校，在等成绩出来。

沈知微和宁嘉佑现在交集很少，他经常泡在实验室里，任务重的时候可能连着十天半个月都没什么联系。宋航远偶尔几次来北城出差，都说宁嘉佑现在浑身上下一股子代码味。"

他说得言之凿凿，惹得宁嘉佑自己都凑在手臂上闻了下。

宋航远笑得不行，宁嘉佑反应过来，两个人打闹了好一阵，然后宋航远不知道怎么了，"哎哟"一声。

宁嘉佑停手："怎么了？"

宋航远扶着腰，笑着回："前段时间公司体检，医生说我有点腰肌劳损。以前也没想到自己还能有这个毛病，唉，转眼咱们居然都不年轻咯。"

"你老了就老了。"宁嘉佑随手把外套脱了砸在宋航远身上，"别带上我，哥风华正茂呢。"

宋航远哭笑不得，拎着杯子看向沈知微："就这么个人，你居然还能忍得下去和他来往这么多年，下部《忍者》怎么说都得你来演。"

沈知微拢了一下自己身上的针织衫，笑着回："行呀。到时候你向哪位导演推荐推荐我。"

宋航远听见这话，抬眼看向她，有点诧异。

或许是觉得沈知微比从前高中时从容太多，又或者在感慨几年过去大家都或多或少成长，他忍不住多看了几秒。

直到宁嘉佑咳嗽了声，他才收回视线，有点尴尬地摸了下耳朵，拿起桌上的啤酒与他们两人碰了下。

聚少离多让他们有点生疏，可是聚在一起时，却又好像回到了很多年前。

到最后宋航远不知道喝了多少，走路都摇摇晃晃的。宁嘉佑半架着他走，沈知微在旁边帮忙拿着宋航远的外套。

喝醉了的宋航远话挺多，宁嘉佑听得不耐烦："说这么多，怎么没说你银行卡的密码呢？"

宋航远"嘿嘿"笑了两声，醉醺醺地回："告诉你也没事，兜里也没多少钱，全还房贷了。"

"还挺实诚。"宁嘉佑转头看向沈知微，"你说这个时候让他在房产证上再加个我能成吗？"

沈知微回："你去问问季微，这有没有法律效力。"

她顿了下，突然开口问："对了，今天怎么没有叫小橙出来？"

"她最近挺忙的。"

沈知微点头："这样。"

宋航远在这个时候站定，和站军姿似的，手指贴着裤缝，另一只手指着他们，语气喃喃："宁嘉佑，沈知微……"又指了下自己，"宋航远。"

"好像还缺了一个人……"他想了好久也没想起来是谁，半晌才突然出声，"蔚游！"

沈知微看到他点兵点将一样地掰着手指头，最后趴在宁嘉佑的肩头，小声说："……要是蔚游在就好了。"

这一瞬间，沈知微感觉好像有玻璃碎片扎进了自己的胸腔里。

明明那么多次看到荧幕上的他，以为自己已经脱敏。却还是会因为宋航远的一句话，心中泛起细细密密的刺痛。

宁嘉佑看了一眼沈知微，推了推宋航远的头："突然发什么疯？"

宋航远像是已经醉得不省人事，没再说话。

他们吃饭的地方距离沈知微的公寓不远，宁嘉佑架着宋航远回酒店，回头对着沈知微说："我送他回去，你自己回去注意安全。"

沈知微把宋航远的外套递过去："我知道的。放心。"

2015年的时候，蔚游的微博粉丝数已经突破千万，成为娱乐圈当之无愧的断层级歌手，每一首歌传唱度都极高，几乎无人不知。

沈知微用自己的工作号关注了他，被同行业的人看到，大家都说没想到她这个看上去非常恪守准则的建筑从业者还会追星，她也只是笑笑没说话。

网上关于蔚游的消息真真假假，但可信度最高的是，他出生在南陵，毕业于南陵最好的高中，曾经参加了物理竞赛拿到"国一"，高中毕业出国读了金融，人生履历近乎完美。

也有据说是他同班同学的人冒出来，爆料他以前上高中时很倨傲、自我，而且目中无人，是个非常不好相处的人。

随后#蔚游耍大牌##蔚游高中#就上了当晚的微博热搜。

沈知微也看到了以前班里的人为蔚游说话，但是这些很快就淹没在了数十万条的评论里面，像是融化在湖泊里的一粒雪，起不了半丝波澜。

粉丝为他据理力争，对家粉丝喜闻乐见，也有其他人作壁上观，好像所有人都与那个大明星蔚游熟识。

不过坦白地讲，其实网上的舆论对蔚游来说，影响很小。

他不常出席时尚晚宴，也不常走红毯，一般只在音乐盛典上出现。

几年过去，蔚游的人气今非昔比，位子大多靠前，前来和他攀谈交涉的人也越来越多。可是他好像还是惯常冷清，处在名利场中，带着一点儿格格不入的淡漠。

无论网上有多少铺天盖地的诋毁，他还是照常地写歌、发歌。

他的专辑里少有别人写的歌，为数不多的几首也非常契合他的嗓音。

沈知微偶尔会看看他的微博粉丝数，点开来看，因为数量太多，经常会卡顿一下。

而她的名字消弭在茫茫的千万人中，翻也翻找不到。

2016年年初的某天，宁嘉佑突然约沈知微吃饭。

沈知微当时刚汇报完方案，一只手整理资料，另一只手拿着手机，婉拒："我这周有点忙，小橙呢？"

电话那边宁嘉佑沉默了一下，然后听筒里只剩下"刺啦"的电流声。

"分手了。"他语气倒是挺轻松，"这不是失恋了，想找人一起去喝喝酒嘛，我同门的师兄弟都忙得恨不得长八只手，哪有时间。"

沈知微很少过问宁嘉佑和小橙的感情状况，她整理资料的手停住，有点诧异。她印象里他们的关系应该很稳定，至少不会这样突然地分手。

她预算了这周的工作量，前一天赶了赶进度，挤出了一天时间去和宁嘉佑吃饭。

那天北城难得出了太阳，宁嘉佑个子高，窝在饭店外面的塑料椅子上玩手机。能看到突出来的棘突，他好像比之前瘦了点。

看到沈知微走过来，他朝着她招招手。

"沈知微！"他带着一点笑音，倒是没有什么颓唐的样子，"这里。"

宁嘉佑清楚自己的酒量，最后只点了两罐啤酒。沈知微捧着服务员送上来的热水，听他在旁边说了好久实验室的事。

"你是不知道我们大老板到底有多严格，我熬夜写的报告被他打回去好几遍。那段时间我对着电脑码代码，感觉都快不认识字了。

"我有个师哥都已经延毕两年了，今年还不知道能不能毕业，我感觉他黑眼圈都快挂到胸前了。

"去年新进来个学妹,都已经进来了还想换导师,说是想去人工智能方向,掰扯老半天才终于成功……"

宁嘉佑讲了半天,好像都不带累的,还顺手把糖醋小排朝着沈知微这边推了推。

沈知微在旁边安静地听他讲完,才问:"宁嘉佑,那你为什么会和小橙分手?"

宁嘉佑像是被人扼住了声带,一瞬间失声。

他低下眼睛:"也不为什么,就两个人都挺累的。"

世界上很多事情其实没有刨根问底的必要,因为通常都没有一个既定的、必要的原因。

哪有什么为什么。

沈知微喝了一口啤酒,还是挺呛:"你的研究已经出了结果,可以顺利毕业,她也考上了本校的研究生,我不是要劝你,只是觉得……挺可惜的。"

她语气唏嘘。

"并不是这两个条件同时成立,等式就一定能成立。"宁嘉佑笑笑,"有时候人和人的关系就是很简单,想尝试的时候就在一起,累了就分开,总比以后纠缠久了,连自己都分不清自己心里的想法好。"

他的用词有点微妙。

沈知微没应声。

宁嘉佑用自己的杯子碰了下沈知微的:"不说这个了。万事顺利啊,沈知微。"

他既然想清楚了,沈知微也没有继续劝他。

感情的事情不是一句两句能说清楚的,也无关什么对错,无论是及时止损还是遗憾离场,她只希望宁嘉佑至少是认真考虑过这段感情后做出来的这个决定。

他们吃的是粤菜,宁嘉佑吃到一半好像有点胃痛,捂着小腹说不出话来。

沈知微看到他这样,赶紧弓下身看他的状态:"你怎么了?吃坏肚子了吗?"

不远处站着的服务员明显非常紧张,仿佛随时都要冲过来。

宁嘉佑忍不住笑:"不是,真信了?"

他笑起来的时候,唇边那个凹进去的酒窝很明显:"……我诓你的。"
他收回手,并无什么异常。
沈知微看着他,语气难得带点愠意:"怎么能拿这种事情来开玩笑?"
宁嘉佑挠了挠头:"我这不是看你太严肃了吗?"
沈知微又好气又好笑,回去的路上也没怎么和他说话。
宁嘉佑把她送到楼下:"你上去吧,我看你到家了再走。"
沈知微点了下头:"再见。"
宁嘉佑目送着她上楼,手机在手里有一下没一下地转动着。
沈知微回到家,打开卧室的灯,对着楼下等着的宁嘉佑招了下手。
宁嘉佑慢吞吞地和她比了个"再见"的手势,转身离开。

因为设计院年度业绩不错,年会办得很热闹。
先是老板唱了首老歌,跑调有点厉害,但旁边的人还在笑着夸奖。沈知微看着有点没趣,想要提前离开。
却没想到下一首歌居然是蔚游那首不太出名的《仲夏》。
唱歌的人是设计院新来的实习生,大学刚毕业。他的音色挺像蔚游,唱歌时眼睛半垂,手里拿着一把吉他,手指摁着弦。

> 我听见风声吹,
> 教室里的橘子味,
> 春天半褪,
> 抓不住这盛夏的结尾。
> …………

旁边的同事随口闲聊了起来:"这个新来的唱歌还挺好听,这首歌是谁的来着?"
"我知道,我知道,是蔚游的!我妹妹可喜欢他了,他的每首歌她都听过。"
"《等雨》是不是就是他唱的?"
"对对,就是他。"

沈知微没应声，同事看她对着那个实习生愣神："怎么一直在看台上啊？人家这才大学毕业呢。不过听说他也是清大的，你的直系学弟，作品集还不错……说起来，你有没有觉得，他看起来还挺像那个蔚游？"

像吗？

距离高中毕业已经过去了七年，甚至距离他们上次见面都已经过了整整五年，可是有关蔚游的记忆居然还是纤毫毕现。

沈知微看着台上的人，缓慢地摇了摇头，轻声回道："……不像。"

音乐还在继续，同事有点听不清楚："啊？"

沈知微一字一句地重复了一遍："不像。"

同事自觉无趣，转而和旁边的人聊天去了。

或许是年会场地的暖气开得真的太足了，沈知微坐在那里，几乎生出一点儿缺氧的错觉。

离开大厦时，凛冽的西北风灌进肺里，冷得让人瞬间清醒，缺氧的感觉终于缓解。但也许是风真的太大了，沈知微感觉眼睛被吹得发干，仿佛下一秒就要流眼泪。

她突然想到，自己劝宁嘉佑的时候，总是理性地觉得挺好、合适，又或者是觉得可惜。

轮到自己身上，却又永远做不到那样洞若观火。

大概时间总是会惩罚痴心妄想的人。

回到家卸完妆，已经到了晚上十点。

沈知微抱着毯子，没有兴致再看手机，在箱子里翻来覆去地找不知道放在哪里的日记本。

最后还是在角落找到的。

她翻到最后一页，时间定格在了 2012 年 8 月。

2016/1/29 见微知著

一直到现在我都能清楚地分辨你和别人的区别。

可是明明除了在屏幕和梦境以外的地方……

蔚游，我再也没有见过你。

3

本科舍友玥玥在群里发来好消息,要和感情稳定的男朋友结婚,婚宴地点和北城相距两千多公里。

沈知微请了年假,订了婚礼前一天的航班,打车赶去机场前还在赶项目施工图,神色里满是倦怠。坐上飞机看到窗外的漆黑天幕时,她还觉得有点不太真实。分别仿佛还是昨天,却没想到她们一转眼就已经到了结婚的年纪。

第二天就是婚礼,玥玥忙得抽不开身,喊了朋友过来接机。沈知微不好意思麻烦陌生人,婉拒后自己打车去订好的酒店,和另外一个舍友一起住一间,还缺一个舍友有事来不了。

两人也挺久没见了,毕业之后,四个人里只有沈知微从事了与所学专业相关的行业,剩下的要么转行去做甲方,要么就是进了完全不相关的公司,想找一个聊起来的契机也不容易,讲过去触景伤情,谈未来又南辕北辙。

寒暄几句后,舍友先去洗了澡,出来时绞着湿发,先找了个话题:"你知道苏苏为什么没来吗?"

沈知微摇了摇头:"不知道。"

"可能是有新朋友了。"舍友语气平平,毫无波澜,"大家不在一个地方,圈子也完全不重叠,时间久了关系慢慢就淡下去了,不想为这一趟伤财又劳神也挺正常。"

朋友确实是阶段性的,只要其中一方不再想维系,关系很快就淡了。

沈知微工作后和苏苏的确也交集寥寥,刚开始还能偶尔分享生活说说话,到后来就是朋友圈偶尔点一个赞的关系⋯⋯可是她们一起开车去看雪山,路上雪杉飞速往后退的场景却好像还发生在昨天。

她甚至还记得当初毕业时,她们说可能下次再重聚的话说不定就是其中某个人的婚礼了。

却没想到,如今连婚礼几人都不一定能凑齐。

沈知微不知道该说些什么,恰好水壶的水烧开了,她起身用纸杯倒了一杯热水给舍友,捏着纸杯边缘放在床头柜上。

"还烫。"

"不说这个了。"舍友看着她笑笑,"你呢,最近怎么样?"

"还那样。"

"你还在北城的设计院吧？我记得设计院工资都不高，提成也低，都得靠年终奖呢。但就怕哪个项目没拨下来款，连年终奖都泡汤。你有没有考虑过转行？"

沈知微笑笑："就这么先干着吧。"

舍友心知她没有继续聊这个话题的想法，转而问："哦对了，你之后和那个高中同学还有发展吗？"

沈知微一怔："……没有联系了。"

舍友了然："也挺正常，哪有那么多再续前缘。但万事都说不准的，你要是以后结束北漂回到南陵，说不定相亲能遇到他，相着相着也能成。就今年，我周围成了好几对高中同学。

"可能是毕业以后发现社会上的男人真没多少好东西，到后面还是以前的同学知根知底。"

沈知微也倒了杯热水，听到舍友的话，没忍住有点想笑。

她想象不出来蔚游去相亲的样子。

蔚游出道至今，只有过两段绯闻，一段是和同公司的师妹，另外一段是和一个早早斩获影后的女明星。

和女明星传出绯闻的源头，只是因为颁奖典礼上，女明星曾经作为颁奖嘉宾为蔚游颁奖，当时就有不少粉丝喜欢上了他们俩同框。

后来在某时尚大刊的红毯上，蔚游与她一同出场，女明星上台阶时不小心踩到了裙摆，一个趔趄，蔚游站在旁边，垂眼弓身为她理了一下裙摆。

就只是这一个镜头，斩获无数粉丝。

时至今日，这些粉丝都一直在双人超话里求他们同框，还将一些小道消息传得神乎其神，有说蔚游的新专辑歌词就在暗暗告白，也有说两人感情稳定，有望即将修成正果。

沈知微闲下来时，也会想到底是什么样的女生会和蔚游有以后。

他对所有人都是有分寸感的点到即止，对于真正心动的人呢？

她无从得知。

蔚游的工作室屡屡澄清女明星和蔚游的关系，两个人也没再同台过，至多就是颁奖典礼上看到，遥遥点一下头。

如果说这段绯闻还有人支持的话，另外一段绯闻则几乎是铺天盖地的骂声了。

原因无他，两人咖位实在是太不匹配。

他们为数不多的同框是在一档公司自制的综艺上，经纪人为蔚游的师妹争取到了一两个镜头。而在那些镜头里，摄像机每次都能拍到蔚游在看着那位师妹。

当晚连着好几条热搜都是在吐槽那位师妹和公司蹭热度的。

没有人相信蔚游会和那位师妹有什么关系，只骂公司为了赚钱不择手段，故意错位剪辑，拉蔚游传绯闻捧新人。

但那晚，工作室却迟迟没有发布澄清声明，直到第二天才发了个似是而非的公告，与其说是澄清，倒更像是在维护那位师妹。

评论里都在说工作室不作为，现在还在配合公司炒热度。

可是沈知微回看了很多遍那几个镜头，放大又缩小，反反复复……她比谁都清楚他不喜欢一个人是什么样子，所以能很明显地分清，他喜欢和不喜欢的界线。

明明在心里已经说服了自己很多次，可是当看到蔚游看向那个女生时带着笑意的眼神，好像浑身上下的冷清都消融，顷刻之间万物生春，沈知微没办法相信他对那个女生没有动心。

她顺着去了解那个女生的过去。

女生没有完美的人生履历，甚至算得上是坎坷——

出生在全国经济倒数的偏远山区，家里重男轻女，跌跌撞撞地接受完九年义务教育，随后去了一个并不繁华的地级市读中专，后面辗转在各地打工，一边谋生一边自学考上了大专，现在又和蔚游站在同一个地方……

女生一定做出了很多难以想象的努力和坚持，像是一株坚韧不拔的小树，野蛮生长。

果然很优秀啊。

大概喜欢从来不问对错，不分因果，没有道理。

蔚游那年新发了一张专辑，主打歌《夜色私奔》是和从前完全不同的曲风，很多人都在分析这到底是写给谁的歌。

答案众多，没有定论。

或许在那些猜测的圈外人中，只有沈知微知道答案。

原来他这样的人,喜欢一个人时,也会在被问及感情状态时笑而不答,以她的意愿为先而隐瞒;也会为了她去写歌;也会消融满身冷漠,低头敛目入红尘。

　　…………

　　不过这一段感情好像并不长久,只持续了一年。

　　师妹凭借一个角色顺利反转口碑,两个人再次相遇时,彼此蜻蜓点水地点头示意,好像从始至终都止乎礼,并未逾越半分。

　　她想也是,蔚游这样的人,不管结局怎样,都会体面。

　　宁嘉佑还截了蔚游的朋友圈发给沈知微。

　　只有一个简短的单词——"end"。

　　但无论是开始或结束,好像也早就已经和她没有关系了吧?

　　那年朗城的雨太大,连同她的喜欢一起被淹没在洋流里。

　　她被挤到边缘,不肯退让分毫。

　　可还是一不小心,就成为千万分之一。

　　翌日,天气不太好,绵绵阴雨一直到下午才堪堪停住,接亲的场地一片狼藉,伴娘伴郎身上也淋湿了一大片。

　　最后的敬酒环节,玥玥过来和沈知微她们叙旧,说着说着忍不住哭花了妆。

　　沈知微半垂着眼为玥玥擦眼泪,旁边的舍友轻拍她的背,小声安慰:"别哭了,新娘得高高兴兴的啊。"

　　玥玥哭得更厉害了。

　　山南山北,不期而遇完全是奢望,往后她们见一面少一面,难免想起从前在北城的时光。

　　最后,玥玥哽咽地问:"怎么一转眼就七年过去了呢?"

　　成家的成家,疏远的疏远,不可覆辙,渐行渐远。

　　婚礼结束后,沈知微自己去外面逛了几圈,一直到年假告罄,才回北城。

　　玥玥送沈知微离开,办理托运时,给她拿了点当地的特产塞进包里,和她说:"再见。"

沈知微提着行李箱,过安检时朝着还站在原地的玥玥挥了下手。

"再见。"

4

不知道是不是大家都到了年纪,从 2017 年年初开始,沈知微就连着收到好几场婚宴邀请。

其中也包括了季微的。

沈知微买好了回去的高铁票,临近出发时,季微突然过来找她,说是婚礼取消。

已经定好日子,选好场地,布置好了现场,却临时取消。

沈知微一手拿着手机,另一只手刷卡出地铁:"怎么了?改时间了还是……"

"取消了。"季微语气平静,"前几天他前女友和我打电话,我们大学谈恋爱时他们还一直在联系,甚至我们订婚那天晚上他们还出去开房,照片都发给我了。昨晚他父母过来求我,我和爸妈商量了一下,我爸妈劝我忍忍,毕竟有这么多年感情在,又知根知底,他家庭条件也好,偶尔一次犯错误就算了。

"可是我确实有点眼里容不下沙子,咽不下这口气。所以三金和彩礼我都退回去了,婚房也已经挂了出去,卖掉的话,会按照两家出资比例来分这笔钱。

"至于婚礼布置还有其他的钱,就算是喂狗了。"

沈知微想了想,问她:"……那你现在还好吗?"

她说完又觉得自己这句话实在是多余。

季微和男友恋爱长跑六年,感情稳定,彼此家长都满意,却在婚礼前夕发现男友出轨,而且还不是一朝一夕。人非草木,即使她现在说话的语气再平静,内心又怎么可能一丝波澜都没有。

电话里传来一声很细微的哽咽。

季微压着声音,不想让自己露怯,可真正说起这件事时,她还是没有想象中坚强。

安慰的话说出口都觉得苍白,沈知微小声地和她说:"你想哭就哭出来吧。"

忍耐和坚强从来都不是人的必修课。

所以，没必要故作坚强。

"我……"季微小声开口，"我只是觉得，凭什么是我呢？明明他真的好像非我不可，装得那么天衣无缝，背地里却又可以和别人去开房。你知道吗，有一年情人节他和我说是出差，但是那个女生给我看了他们全部的开房记录，那天他们居然在一起。"

她语气中带着显而易见的哭腔。

"那我呢？我被蒙在鼓里，从始至终都像是个笑话。"

好像大家都在感情里跌跌撞撞。

那天季微和沈知微在电话里聊了很久，打了将近两个小时，逐渐聊起以前在学校认识的人。

季微和以前的不少同学都还有联系，这次婚礼也邀请了一些，得知了他们的近况，聊了几句，总归是各有各的生活。

沈知微耐心地听着。

然后季微突然聊到了蔚游："对了，我这次还邀请了蔚游。"

她在这里停住。

沈知微下意识接了一句："然后呢？"

季微在对面沉默几秒："他祝我新婚快乐，给我转了份子钱。然后说，他人就不过来了，怕到时候他出现反而会影响到我的婚礼。

"我一直都觉得他真的是我遇到过的最有分寸感的人了，时至今日也是一样。其实想想也是，按照他现在的人气，如果到时候他出现在婚礼上的话，说不定我那些不太熟的亲戚朋友全都一股脑去看他了。

"我这个人很小气的，自己的婚礼就想自己当主角。

"可还是忍不住感慨，他这个人真的是十年如一日的疏离又有礼。"

确实。

从沈知微认识蔚游那年开始算起，已经过去了整整十年。这么漫长的时光里，她从沉闷敏感逐渐变得从容，身边的人或多或少都会有点变化，可他却好像还是和十年前一模一样。

明明是那么淡漠的一个人……给人的感觉，却又永远热烈，永远像仲夏。

"他……"沈知微顿了下,"的确没怎么变。"

季微听到这话,不知道为什么突然笑了一声,忍不住开口问:"其实之前我就想问了,你是不是喜欢过蔚游啊?"

"你别急着反驳啊,我心里有数的。你就说是不是就行。"

沈知微沉默了。

她的确下意识地想要反驳,可那句"不是"又很难说出口。

她不坦荡。

也或许是,她的喜欢与不喜欢早就已经没有什么意义,就算是被人知晓,甚至广为人知,也并没有什么所谓。

没有人会当真,也没有人会在意。

季微在这将近一分钟的沉默里已经确定了答案。

她好像很轻地叹息了一声,像是玩笑一样地问沈知微:"你还记不记得,我当时就劝过你,别喜欢蔚游,很辛苦的。"

"记得。"沈知微声音很轻,有点像是在自嘲,"但是人好像总是不撞南墙不回头。"

从一开始就是覆水难收。

"宁嘉佑知道吗?"

"知道。"

季微了然,只转而感慨:"其实我也挺难想象你这样的人居然也会暗恋过别人,还藏了这么多年。"

"不过想想也正常吧,毕竟那个人可是蔚游。"

"喜欢过这么一个人,以后碰见谁都会觉得少点意思。"

最后挂电话时,沈知微突然想到,其实季微说得并不对。

她并不是像季微所说的那样,是"喜欢过"蔚游。

这个词,一直到现在,都不算是过去时。

时至今日,漫长的十年过去——

她还是没有退烧。

宁嘉佑毕业后在北城待了不到半年就回了南陵,临走前还约了沈知微一起吃饭。但那段时间设计院接了三个项目,忙得恨不得天天加班,沈知微也只能和他说，等之后回南陵再聚。

后面空闲下来了，沈知微也问过宁嘉佑为什么会突然回到南陵。

宁嘉佑笑着回："这不是北城节奏太快了嘛，和吸人精气似的，在那边读了三年研究生就已经感觉自己累得不行，不想再留在那里天天加班了。"

他们随口聊了几句，不知道那边是谁在和宁嘉佑说话，他拢住话筒，对着那人说了什么，很快就挂断了电话。

沈知微当他有急事，没有多问。

他们不常联系，大多通过彼此的朋友圈了解近况。

有天晚上是宁嘉佑发了句"好想吃烧烤"。

沈知微在下面回：给你点外卖。

她知道宁嘉佑的住址，准备下单时，宁嘉佑给她回了一句：哥减肥呢，练马甲线。

也就作罢。

沈知微觉得宁嘉佑这人活得挺通透，很少内耗，有缘分就联系，没有缘分就搁置，她觉得这样就很好。

苦心孤诣去维系的关系太累。

工作以后，沈知微不常回南陵，但每次回去都会惊讶南陵的发展速度。

低矮的老城区被拆除得所剩无几，飞速建起高楼大厦，老旧的筒子楼变成了铜墙铁壁的钢铁森林，转瞬就变得陌生。

沈主任和赵女士已经搬离了长陇巷，在新区置办了一套房子，面积不大，只有一百来平，去掉公摊到手只有九十多平方米。可尽管如此，他们也庆幸自己是在南陵房价飞涨之前买的，每个月虽然要还两千多的贷款，但对他们来说还算负担得起。

大家都挺好。

虽然每天都在重复前一天的生活，乏善可陈。

只是唯一让沈知微觉得意外的是，宁嘉佑有次来联系她，居然是因为蔚游。

蔚游出道多年，很少参加访谈节目。

有一回他作为特邀嘉宾上台，本来也只是充当背景板，但是主办方为了热度临时加了一个项目，让主持人在中场休息时随机抽几个粉丝提问，让蔚游回答。

互动量激增。

但太过敏感的问题都不会被显示,比如他的感情状况,又或者某段绯闻到底是不是真的,基本上都是关于他的歌,又或者是新专辑进度,蔚游都一一回答了。

只剩下最后一个提问机会时,有个粉丝问:"游哥,《仲夏》这首歌里有句歌词是'教室里的橘子味',这个指向性感觉还挺明显的。我想问问是不是的确有个人特别喜欢橘子,并且是给游哥留下很深印象的人啊?"

前面的问题都泛泛,唯独这一个,与蔚游的高中时代有关。

大部分的人都对蔚游的过去知之甚少,只听说过网上为数不多或真或假的传言。

主持人当时就紧张了,满头大汗地看向导播,但因为这场节目是直播,所以他们完全没办法遏制事态发展。

主持人怕蔚游不方便回答这个问题,刚准备打个圆场的时候——

蔚游拿起话筒回答:"的确是有这样的一个人存在。"

这句话一出,别说场中的观众了,就连和他同在现场的其他艺人都满脸惊诧。

蔚游却还没有说完:"不过过去很多年了,我已经记不清她是谁了。"

他说这句话的时候很坦荡,坦荡到让沈知微心酸的地步。

主持人虚惊一场,在旁边接话:"这么多年过去了,不记得也很正常,不过看来对于气味的记忆会比对这个人的印象更久远呢。"

他一边说着,一边还顺便插了一句某款香水的广告。

不记得很正常。

沈知微也知道正常。

只是蔚游毕竟是一举一动都能上热搜的人,当天没多久#蔚游橘子味#就上了热搜,但很快又被撤了。

大概一个不被记得的人,没有多少人会关注。

但热搜撤了没多久,宁嘉佑突然找上她,发了一张他和蔚游的聊天截图过来。

大意是,宁嘉佑问蔚游难道真的不记得了吗?就是他的同桌啊,而且他们前几年还一起吃过饭。

蔚游回记得，记得她叫沈知微。

宁嘉佑问既然记得，为什么却说不记得？

蔚游说，以前的同学大多是素人，有自己的生活，所以他不太想沈知微的生活被打扰。

然后还问宁嘉佑现在和沈知微有没有联系，如果有的话，麻烦和她说一句抱歉。

沈知微有点愣怔，自己居然也能成为大明星的歌词灵感来源。

尽管，只是他歌词里面一笔带过的写实。

2017/11/15 见微知著
辗转十年过去。
我其实从来没想过，他居然还记得我。

第十一章

钝痛

/

我喜欢的从来都不是大明星蔚游。

1

　　周围的人一个接一个地结婚,到了这个岁数还没有一个稳定的交往对象,少不得会被家里催促。尤其是年后回老家那一阵,几乎逢人就会问沈知微有没有对象,要不要给她介绍。

　　有时候沈主任和沈知微打电话,也会劝她多看看,多找找,早点在北城安定下来也挺好,这样他和赵女士就可以放心了。

　　沈知微有时会敷衍过去,有时避而不答。

　　其实毕业后,她也尝试接触过一些男生,有些是同事介绍给她的,有些是工作上认识的工程方,其中也不乏优秀的人。

　　不过大多也不长久,最长的一段维系了将近一年。

　　分开的原因很多。

　　有的是因为沈知微没有北城户口,有的是因为她父母的职业,也有的觉得她性格实在不算讨喜,理由五花八门,很难赘述。

最开始或许是因为觉得她合适,最后分开也是因为不合适。

你看,人总是这么自相矛盾。

北城的气候干燥,加湿器也只是聊胜于无,到即将入冬的那几天,一下地铁都能感觉到干涩的凛风顺着呼吸涌入胸腔,连喉腔都涩。

又快到年末了。

沈知微租的公寓面积不大,只有二十来平方米,收纳空间有限,去年买的厚衣服她大多寄回了家里,只留了几件毛衣和外套。她打电话让沈主任寄来北城,却没想到,一直等到北城降温到零下都还没有收到物流消息。

沈主任不太像是这么粗心的人,沈知微某天晚上打电话回去,响了将近十几秒才被接起来。

"……喂?"

"爸爸,是我。"

"哦,微微啊,怎么突然想起来打电话给爸爸了?"

"家里的衣服还没寄,最近学校里很忙吗?"

"啊,是、是有点忙。你也知道,快到年末了,又有期末考试,又有年度总结,还有考核什么的,那些领导最喜欢搞视察了。"

沈主任那边说话有点听不清,沈知微问:"妈妈呢?"

"你妈……她最近厂里忙,都在加班,还没回来呢。"

"这都晚上九点了,还没回来?"

沈主任在那边囫囵地回答:"这不是厂里为了效益才让她加班嘛,最近羽绒服之类的订单多。先不说了啊,你在北城那边多穿点,爸爸明天就把衣服寄给你啊。要是冷的话,你就先买几件穿着,别心疼钱,有什么困难和爸爸妈妈说。"

说完他就挂了电话,好像是有什么急事,连结束语都寥寥。

沈知微盯着通话界面,再次拨过去。

接通的那一瞬间,沈主任还没开口,她先轻声问:"家里出什么事了?"

"…………"

赵女士的肠胃一直有点老毛病,餐后没多久就会胃痛,之前去了医院没查出什么大毛病，这些年又好转了不少，就没太在意。结果最近又复发，沈主任看她痛得面色发白，强行带着她又去了省人民医院检查。

结果显示是胃溃疡加上胃息肉，息肉体积较大，很有可能是因为黏膜的增生产生的，因为担心早癌，医生建议尽快动手术切除息肉。

好在手术顺利，术后恢复也良好，好好配合医生进行抑酸治疗，出院后再多注意饮食的话，复发的概率不大。

沈主任这几天都奔波在学校和医院之间，又是陪床又是忙着上班，但即便忙成这样，他知道沈知微平时在北城上班不容易，不想她太担心，也就一直瞒到了现在。

沈知微当天就请了年假，坐了最近的一班飞机回南陵。

或许是思绪恍惚，她打车时都下意识地说的长陇巷45号，反应过来后忙改口说了医院地址。

省人民医院距离机场四十多公里，过去至少要四五十分钟。

沈知微坐在后座，明明已经倦怠到不行，却又一点儿困意都没有。

正值下班高峰期，路上堵得几乎全都是车，到达医院时已经将近七点半。

省城医院占地面积大，沈知微兜兜转转找了一圈才找到住院部。坐电梯直上，终于找到了赵女士所在的病房，里面传来低低的说话声，隔着一扇门，听不清楚。

她走进去。

病房里有三个床位，赵女士在靠里的那一个，旁边两个床位旁都围着人陪护，沈主任不知道是不是要去巡逻晚自习了，人不在。床头柜上放着不锈钢保温碗，盖子打开着，里面是白粥。

赵女士躺在床上，手上还挂着点滴，没有睡着，听到声响就睁开眼睛了。

沈知微从来都没有看过赵女士这样虚弱的样子。

她风尘仆仆地从北城一路赶回来，预想过各种糟糕的情况，比如沈主任其实是骗她的，赵女士的病情比他说的还要严重……可明明已经做好了足够的心理预期，真正站在病房里时，她还是忍不住鼻酸，勉力才忍住眼泪。

怎么会是赵女士呢？

她印象中的赵女士一直都是个非常好强的人，经常有事没事就教训沈主任，从来不会在别人面前流露出脆弱的模样。如今她怎么会躺在病床上，旁边只放着一碗已经冷掉的白粥，面色苍白到看不出血色呢？

旁边陪护的大娘看到沈知微进来，用方言问："侬找谁伐（你找谁啊）？"

她又问靠窗的那个大伯："老陈，这是你女儿伐？哎哟，漂亮的嘞。"

大伯眯着眼睛辨认了一下，又戴上了老花眼镜，摇了摇头。

赵女士刚睁开眼就看到了沈知微，愣了一下，直到沈知微叫她，才终于反应过来。

旁边的大娘也反应过来了，大概是和赵女士算不上相熟，只随意夸奖了几句，也没了下文。

沈知微走到病床前，赵女士看着她，问："你怎么回来了？你爸和你说的？我都和他讲了，就是一点小毛病，没必要告诉你。你平时工作忙，飞机票也不便宜，没必要折腾……"

沈知微没忍住，小声问："工作再忙我也能抽出时间回来。如果不是我打电话给爸爸，你是不是准备一直瞒下去？我没有知道的权利吗？"

赵女士没吭声，沈知微看着性子温和，但在有的事情上很执拗。

赵女士知晓沈知微的性格，默许她留下，偶尔也会问起她工作上的事情。不过更多时候，是她一边修改图纸，一边照看赵女士。

沈主任不用忙得两头转，倒是轻松了不少。

在沈知微的精心照顾下，赵女士的恢复状况良好，医生来查房时说基本年前就可以出院了。

旁边的大娘与赵女士也渐渐熟络起来，听说沈知微还是单身，还张罗着要给她找对象。赵女士为了沈知微的成家背地里不知道操了多少心，得知大娘认识一些还没结婚的男青年，赶紧让她去尝试交个朋友。

沈知微每次都只笑笑，然后随口说下次。

2017年11月27日，沈知微请的年假只剩下最后一天，但赵女士这边还需要人照顾，她不想沈主任继续两地奔波，就请了护工过来照看。她平时没什么物欲，这些年在北城也攒下来一些积蓄，从卡里打了二十万给沈主任。

这天南陵突然下了一场雪。

宁嘉佑还过来跟她说了南陵下雪的事情。

游鱼：我知道。

宁嘉佑回复：你看到热搜了？

沈知微没有讲自己家里发生的事，如果宁嘉佑要约她见面，她也抽不出来时间，索性就没说，只回了句"嗯"。

宁嘉佑那边回得很快：南陵很久没下这么大的雪了。

沈知微忙着去给赵女士打包午饭，她突然想吃老城区的一家清汤馄饨，得坐地铁过去。沈知微手里还提着伞，看了一眼屏幕，没有继续回复。

回来时是打车的，路上有点堵，接近一个小时才到医院。

沈知微看着赵女士吃完，收拾好碗筷，下到一层想要问主治医生一些情况时，却没想到会在楼道里遇到宋航远。

沈知微和宋航远还算经常联系，这个时间既不是假期也还没下班，沈知微没想到会看到他。

或许是他家中某个长辈身体出了问题，前来探望？

沈知微原本不想跟上去，又觉得遇上了不去打声招呼实在不好，她犹豫了一会儿，叫了声宋航远的名字，他却恍若未闻，径直往前走去。

沈知微跟着他往前，见他走到拐角的一个病房时，突然摘下眼镜擦起了眼泪。似乎怕被里面的人听到，他没有发出声音，却又实在是忍不住自己的情绪，连脊骨都弓着，整个人缩成一团。

看来里面的那个人，应该病情很严重，又或者对他非常重要。

不然他怎么会哭得这么伤心呢？

沈知微觉得不应该在这时候打扰到他，刚准备走，宋航远推开门，门里传来一个很熟悉的嗓音。

"宋航远，"那个声音中有点说不上来的哑，"你哭丧呢？"

语气却仍然带着他一直都有的意气风发。

沈知微一瞬间心跳停滞，仿佛浑身失温，不知道站了多久才找回知觉。

她慢慢走近。

那是一间单人病房，布置简洁，朝向在南面，有阳光的时候应该会很温暖。

宁嘉佑戴着帽子半躺在病床上，身上盖着一床厚厚的被子，瘦了一大圈，下颌骨都凸显出来，眼窝也深陷。不知道是不是因为看到宋航远哭，他笑得很开心，露出的牙白得刺眼。

宋航远站在一边，哭得脸都皱起来，却又没有声音，像是被人扼住脖子一样。

宁嘉佑在旁边笑着说:"你现在哭得真的很丑,你知道——"

看到沈知微的那一瞬间,他的声音戛然而止,下意识地拉低帽子,企图挡住自己的脸。

为什么会在这里遇到宁嘉佑?

到底是什么时候的事情?

是他突然从北城回去,还是更早之前,从他们逐渐不约饭开始?

为什么她还是那个被瞒着的人?

……

各种各样的问题涌来,但沈知微不知道答案。

她站在病房门口,觉得自己好像在做梦,真实到纤毫毕现的噩梦,随时都可以醒过来……可是她站了很久,几乎感觉自己即将溺毙,都始终没有从这场噩梦里面走出来。

"……宁嘉佑?"她小声问。

半躺在病床上的人似乎很轻微地颤动了一下,然后才慢吞吞地拉开自己的帽子,露出一张熟悉又陌生的脸。

宁嘉佑对着站在面前的沈知微笑了下,好像是想挠挠头,指尖却又只碰到了毛线帽子。他怔然片刻,收回手,才笑着对沈知微说:"你怎么来了?就是小病,本来没想和你说的。而且……我这个样子也太狼狈了点,所以不想让你看见。"

他的语调轻快,好像是在讨论天气一样。

宁嘉佑说着说着,板起脸对着旁边的宋航远:"是不是你说漏嘴的!我不是和你说了别让其他人知道吗?"

宋航远说不出话来,只是摇着头。

病房里面缄默几瞬。

沈知微在想,会是什么病呢?

能让宋航远哭成这样,一个身高一米八五,在社会上摸爬滚打了好几年的成年人,都哭得像是找不到家的孩子。

世界上疑难杂症那么多,可是宁嘉佑还那么年轻,还没有过今年的生日。

她不敢问。

宋航远原本只是无声地哭，后面就变成龇牙咧嘴地流眼泪。

宁嘉佑或许是被他哭得有点不耐烦："沈知微都没哭呢，你哭什么？"

他刚说完，宋航远勉强止住眼泪，看了他一眼，然后默默走到一边接了壶水烧开，声音在狭小的病房里格外清晰。

沈知微默默注视着面前的宁嘉佑。

他瘦得几乎脱相了，瘦骨嶙峋到看不出原本的样子，只能通过依旧很亮的眼睛找回几分记忆。腕骨突出，针头都无处可扎，手腕上到处都是滞留针留下的痕迹。

或许是眼泪有某种守恒定律，几乎在他话音刚落的那一瞬间，她的眼泪就不由自主地滚落下来。

宁嘉佑看到她这样，有点手足无措，最后无可奈何地说："我才刚说完宋航远，和我作对是吧？"

沈知微低着头，发丝散落，几近泣不成声。

宁嘉佑好像本来是想像以前一样摸下她的头发，手靠近的时候，却又收回，最后只拢了一下她滑落的围巾，打了一个结。

他轻声说："……别哭了，沈知微。"

2

沈知微后来从宋航远口中得知，宁嘉佑之前在北城查出来是胰腺癌……癌细胞已经转移，情况不太乐观，他就从北城的医院转了回来。现在接受的治疗是介入动脉灌注化疗以及氩氦刀局部冷冻消融，同时配合靶向药治疗，只是很不幸的是，在后续治疗中，已经腹腔转移，形成癌栓。

很多专业名词交错在一起，沈知微听不明白。她查了很多资料，也问了以前医学院的朋友，其中不乏现在在肿瘤科或者是肿瘤医院的，告诉她结果时，他们的语气都很委婉。

11月底的南陵降温犹如断崖，赵女士的恢复状况比预期还要好，不用年前，大概12月左右就可以出院。

沈知微延长了年假，退掉了护工，一边照顾赵女士，另一边也会去看看宁嘉佑。

宁嘉佑是个很能忍的人，有时护士都忍不住说如果疼得厉害可以叫出来，他也只是一声不吭,然后隔着模糊的透明玻璃,对着外面的沈知微笑笑。

……可是那时候他已经需要用镇痛泵来止痛了。

他的父母下班后也会过来,沈知微通常会和他们错开。

偶尔一次撞见时,他爸爸看到她,问她是不是和嘉佑是同学。

沈知微点头,说是高中同学。

他爸爸看着她,一边抹着眼泪,一边说真难为她还赶过来看嘉佑,又拜托她之后多来看看他。毕竟他这个孩子性格倔,有什么事情都不告诉别人,能知道这件事的同学关系一定很要好。

有个和宁嘉佑年纪差不多的小护士,大概也是难得看到心态这么开朗的病患,在他病床旁边挂了个平安符,上面写着"嘉佑要加油"。

沈知微有次给宁嘉佑削苹果时,宁嘉佑看着那个平安符,笑着问她:"'宁嘉佑'这个名字,读起来是不是也挺像是'你加油'的?想想也挺好的,以后别人对你们说什么鼓励的话,你们都能想起来我。"

沈知微把苹果递给他,然后默不作声地走到卫生间哭了一会儿。

她有时候觉得宁嘉佑说话太过轻描淡写,怎么能说得好像只是下节是什么课,又或者是要不要喝橘子果汁这样的话呢。

她好想说,不要再笑了宁嘉佑。

可是话还没说出口就只剩下哽咽了。

沈知微辗转在家和医院之间来回奔波,地铁要几分钟才能赶上都熟稔于心。直到12月初,她负责的项目即将收尾,要与工程方对接,不得不赶去北城。

收尾工作繁杂,但沈知微就算是再忙,也会抽出时间问问宁嘉佑的状况。

他总是让她别担心,然后把床前的那个平安符拍给她看。

那段时间蔚游发行新歌,主打曲叫《小径》。

宁嘉佑把这首歌转发给了沈知微,然后跟她说给他查房的小护士也是蔚游的粉丝。他说自己和蔚游以前关系很好,小护士还笑话他骗人。

宁嘉佑说,等下次沈知微回来的时候,可要为他做证。

他还说,要是他能继续活下去的话,一定要带着蔚游来这里让小护士看看。

沈知微当时还在设计院画工程图,看到他发来的消息,胸腔酸涩到无以复加。

宁嘉佑没把自己生病这件事告诉蔚游，两个人现在其实还是会联络，蔚游有时也会给他分享自己的生活，比如写歌，比如遇到的人或者事情。

但是宁嘉佑能分享给蔚游的事情很少，更多的像是宁嘉佑臆想出来的，健康的自己会做的事情——他会经常打球，会熬夜打游戏，会喝冰镇的可乐，还是百事的……

这个月27日就是宁嘉佑的生日，他12月14日给沈知微发消息，说希望今年的生日蛋糕是橘子味的。

沈知微问为什么。

他说，他又吃不了，也只能让她来代劳了。

看着她吃也行，毕竟是她最喜欢的味道。

他其实就连请求都说得很隐秘，有点别扭，又怕打扰到她。

或许是觉得这可能是他最后一个生日了，所以他希望她能从北城回来。

沈知微提前五天在南陵给他定了橘子味的生日蛋糕，这个口味很少见，她辗转找了好几家才说可以做这个款。

最后店家问她要写什么字。

沈知微想了想，温声地回："嘉佑要加油吧。"

…………

2017年12月24日，平安夜。

周围的同事今晚或多或少有安排，沈知微订了二十六号凌晨回南陵的机票，要在离开前赶上图纸进度，加了几个小时班。

上司对她这段时间屡屡请假有点不满，听到只是因为朋友生病而请假尤甚，但最后也没有多说什么，只说下次不要再因为这样的小事请假拖进度。

今晚外面格外热闹，甚至还能看到不远处有无人机表演。

沈知微接水时有电话打进来，她画图画得有点脑子混沌，还没看清号码就接了起来。

"喂？您好。"

"沈知微？"

"宋航远？"

"是我。"

他的语气中带着一点山雨欲来的平静。

"……人没了。"

公司饮水机的热水溢了出来,滚烫的液体落在她的手腕上……漫长的十年过去,那股烫伤的灼烧感好像周而复始,席卷而来。

二十六号北城下雪,飞机延误,一直到二十七号凌晨沈知微才终于抵达南陵。到家时已经凌晨四点,她却一点困意都没有。

沈知微趿拉着拖鞋往杂物间走去。

里面放着很多乱七八糟的东西,有不要的旧沙发、堆放在一起的书和本子,还有那台早就已经不用的台式机,但赵女士总是觉得还会用到,舍不得丢。

老旧的台式机外用一层布罩着,也已经布满灰尘,沈知微将其搬到自己的房间。

这已经是很多年前的产物了,开机慢得好像是蹒跚的老人,她耐心地等了一会儿,居然真的等到了开机界面。

可是密码她已经记不太清。

她尝试输入自己的生日,显示错误,姓名缩写加上生日也错误,最后或许是记忆使然,她输入了蔚游的生日,早就已经熟稔于心的数字。

老旧的系统反应了一两分钟,主屏幕上浮现应用软件,QQ还是2009年的版本,久远得好像恍如隔世。

沈知微打开那个命名为"y"的文件夹,一张照片一张照片地往后翻,林林总总概括了她十年前全部的少女心事,最后鼠标停留在2008年11月22日,那张他们三个人的合照上。

成年后沈知微换了好几个手机,但每一次她都会把以前旧手机上的照片导出来,其中必然包括这张。

好像每个人都变了。

那个时候的蔚游还不是别人口中的大明星,不是只有在舞台上才能远远看上一眼的人。他站在沈知微身边,难得脸上带着一点笑意,只是眉眼还有点青涩,是还不为人知的十七岁。

那个时候的宁嘉佑永远都是对着镜头笑得最开心的人,少年意气风发,牙很白,笑起来时唇边有一个凹陷的酒窝。

而她拘谨地站在中间,和他们像隔了一道楚河汉界。

这台老旧的台式机是她最初保存这张照片的地方。

紫荆山的树叶长了又落，鸡鸣寺的樱花开了又败，这么多年大家兜兜转转，却还是再也不会相见了。

沈知微最开始保存这张照片时，只是想着，或许她这辈子再也没有可以和蔚游拥有同一张照片的机会了，却没想到现在永远没有机会的人，成了宁嘉佑。

早上蛋糕店的人打来电话，问蛋糕送到哪里。

沈知微想了想，说麻烦送到江省人民医院。

蛋糕店的人笑了下说："之前也接了一个今天的订单说是要送到人民医院呢，也是橘子味的蛋糕。"

她说着，大概是那边有什么客人在询问，礼貌地说了句"再见"就挂断电话了。

病房里的人层层叠叠，大概都是亲戚，个个神色戚戚，或许是在惋惜宁嘉佑还年轻，又或者是在说他过去有多优秀，怎么这么年轻就得了这种病。

沈知微看在眼里，却又好像是一场默剧。

她站在门外，看到两个橘子蛋糕并排放在一起，有一个用橙色的奶油画了一个笑脸。

宁嘉佑的爸爸在病房外叫住沈知微，一边用皮夹克边缘擦眼泪，一边沉默着把蛋糕递给她，没有说话。

沈知微在医院外看着陌生的南陵，把蛋糕抱在怀里，打车回去。

橘子味的蛋糕好像不太好吃。

沈知微那天吃了好多块，最后几乎是僵硬地塞进嘴里。

奶油明明是甜的，加上了橘子就带着说不清道不明的酸，难以下咽。

很长一段时间，沈知微都对"死亡"这两个字没有什么概念，但这瞬间，它好像突然有了一个具体的定义。

大概是这辈子从南到北都再也不会有相见的机会，往后漫长的时光里，想到这个人，所有的回忆都会演化成钝痛。

没有预设的潮湿，陪伴了她整整十年。

从今往后每次想到，都是一场淅淅沥沥的雨。

3

沈知微这次在南陵待了一个星期。

她曾经听说，刚去世的人是会有磁场的。

好像的确如此。

她那几天浑浑噩噩，在家囫囵睡了几觉，做的梦全都是杂乱无章的，像是回到了多年前的夏天，他们第一次遇见时，宁嘉佑朝着她笑，月牙状的酒窝很明显，眼睛亮得惊人。然后蔚游替她搬着桌子，游刃有余地和另外一张桌子拼在一起……

回忆如同走马灯一般出现在她的梦境里。

醒来后，沈知微去了一趟南陵附中。

附中翻新过一次，但整体布局还和以前差不多。老廖已经退休，之前的任课老师有的还留在本校，有的已经去其他学校了。走在熟悉的小道上，听到不远处的香樟叶沙沙作响，沈知微还是会觉得可惜，怎么那么多分别，连一次正式的告别都没有？

……不过彼此共借山水一程罢了。

沈知微再次回北城后，向领导递交了辞职信，从办理离职到交接只用了不到一个月时间。

手头还有正在收尾的项目，沈知微尽心尽力地处理好了后续，最后领导还来挽留她，说前段时间说的话是有点太重，他们设计院需要像她这样的人才，下次请假也会酌情考量实际情况，只要打好报告，他们还是会理解的。

又说她主动离职，是没有 N+1 赔偿的。

沈知微只笑笑，说没关系。

有相熟的同事问她为什么突然要回家，是不是要结婚了，以后在南陵定居。

沈知微一边收拾工位上的东西，一边说："也没什么，就是想回去了而已。"

"也是。"旁边人唏嘘，"北漂十几年，也未必能在北城买得上房子，不如回家好。"

"回家估计也是好事将近了，到时候要是有消息记得告诉我们啊。"

沈知微笑笑。

她在北城租的公寓年底到期，还剩下小半个月左右，收拾东西寄回去时，她想的是——居然也就这样了，一个大纸箱就能简单概括她在这里这么多年的生活了。

她回南陵好像也没有一个确切的理由，只是觉得留在北城，同样没有理由。

都已经长到这么大了，居然还会这么冲动。

赵女士打电话过来问沈知微，说怎么这么大的事情都不和家里商量，是不是还在因为之前她住院的事情不放心……好一通埋怨后，末了，她又说回来也好，是时候在南陵早点安定下来，以后结了婚生了孩子，离得近，正好他们还能过去帮帮忙。

打电话时沈知微正在坐地铁回公寓的路上，出地铁口恰好能看到巨型屏幕上出现的粉丝应援，应该是因为蔚游刚发了新专辑。

旁边经过几个刚刚放学的高中生，对着其中一个女生挤眉弄眼地提醒："看！是蔚游哎。"

随后是几句嬉笑。

沈知微握着手机的手稍稍收紧，愣怔几瞬，最后只回了句："再说吧。"

回南陵后，沈知微没有太着急找工作，倒是沈主任和赵女士急得不行，一直催她出去面试，生怕她空闲时间太久，又不比以前年轻，以后找不到合适的工作。

沈知微的履历在南陵任何一家设计院都算得上优秀，作品集也足够丰富，但是面试时，HR（人事）还是不厌其烦地问她："您好沈小姐，我这边看您的资料上还是显示未婚，请问最近是否有婚育的打算呢？

"我们对您的作品集还是很感兴趣的，但是我们很好奇，设计师算得上是一个比较辛苦的职业，请问您到时候准备怎么平衡生活和职业呢？

"是这样的，我们对您突然从北城设计院回到南陵这件事还是很好奇，想问一下您回来是因为有走入婚姻的打算吗？"

尽管这并不是完全决定性的要素，可是被拎出来放大和询问，还是让人觉得有些说不上来的不舒服。

面试结束后，沈知微自己在南陵买了一套公寓，面积不大，只有几十平方米，但首付不多，她自己的存款就可以负担。

她还去参加了季微的婚礼。

季微和丈夫是半年前在相亲中认识的，他人很温和，性格和各方面条件也都不错，所以两人没过多久就领了证。

沈知微有次约她出来小聚，问她这么快领证，是不是也有赌气的成分。

季微手捧着咖啡，看向窗外，沉默很久才回了句："或许吧。"

沈知微劝她想清楚。

"合适的话……嫁谁不是嫁，"季微语气很轻，"反正都差不多。"

…………

这次婚礼有不少以前的同学都来了，沈知微和相熟的几个人点头示意了一下。宋航远虽然人没来，但托她送了份子钱，她刚刚一并给了。翻开礼金本登记时，第一页出现了蔚游的名字。

婚礼途中，他们那桌还聊起了蔚游，谁也没想到当初还靠得那么近的人，转眼就成了被那么多人喜欢的大明星。

几个话题聊下来，生疏不见，大家都熟络不少，最后不知道是谁说了句，宁嘉佑去世了。

这个消息其实知道的人也不少，毕竟南陵就那么大，只是大家心照不宣地没有提。

此时一被提起，有人感慨，有人惋惜，也有人说一定要注意身体、少熬夜云云，随后很快就被略了过去，或许是觉得，在婚礼上讲这种事情不吉利。

沈知微想，怎么会是这样呢？

如果宁嘉佑还在的话，这桌一定非常热闹，好像他们都是熟稔的朋友一样。

可是他不在。

4月初，沈知微入职了一家央企，工作氛围很好，上司人也不错，生活也就这么按部就班地过着。

直到秋末。

那天她照常下班回家，经过超市进去买了瓶矿泉水，结账时收银员先是扫了码,然后问她身后的人:"您好,一起的吗?"

沈知微刚准备摇头,身后的人就顺手把自己手上的矿泉水也递上来,声音有点低:"嗯。一起吧。"

沈知微身体瞬间僵直,她没有回头,只听到"嘀"的一声,扫码成功。收银员面上带着笑,说"欢迎下次光临"。

她迟钝地拿起那瓶矿泉水,下意识地往身后看了一眼。

蔚游戴着墨镜和口罩,身上是一件深色的卫衣,兜帽也戴在头上,对着她轻点了下头,算是打招呼。

秋末的南陵天黑得早,七点时就几乎全黑。

晚风凛冽,沈知微站在超市门口等车。蔚游稍稍拉下一点口罩,很轻地笑了下。

"很久不见了。"他轻声说,"沈知微。"

很奇怪。

明明是很久都没有再见过、没有想过的人,一开口,居然还是让她想哭。

怎么会有这么久还痊愈不了的痛症呢?

"是很久了。"

"上次的事情,没有对你造成困扰吧?"

沈知微愣了一下才反应过来是哪件事,她摇了摇头:"……没事。"

他们寒暄了一阵,点到即止,也没提到宁嘉佑。

蔚游不算个喜欢叙旧的人,他们之间的关系,也没到可以笑谈过去、把酒言欢的程度。

沈知微看了看打车软件,前面那段路有点堵,司机距离自己还有几千米。

她身上的大衣被风轻轻吹起,她和蔚游站得很远,就连地面上的影子都差着一段距离,但因为晚风将她的大衣吹起,所以两个人的影子终于触碰。

衣摆飘忽不定,好像拼尽全力在靠近。

沈知微扣好大衣的扣子,一直飘动的衣摆终于偃旗息鼓。

他们也没再说什么话,蔚游一只手拿着手机,好像是在发消息,随后就熄屏,拿在手中有一下没一下地把玩。

一辆保姆车等候在旁,沈知微不觉得他是在等她,可是他好像也不着急,眼睑低垂着,浑身说不上来的冷清。

大概过了五分钟，一辆黑色的车停在超市门口，沈知微对了一下车牌："……我的车到了。"

她朝着蔚游摆了下手："再见。"

蔚游下颌微抬："再见。"

他顺手打开车门，声音不大不小："到家的话，告诉我一声。"

他们现在并没有联系方式，唯一说得上来的，也只有很多年都没有使用的QQ，况且他们之间也远达不到要互相报备的熟稔程度。

沈知微愣怔几秒才明白他的意思。

这句话并不是对她说的，而是故意说给前面的司机听的。

她眼睑半垂，轻声回："好的。"

车辆启动，两边的景色都飞速往后倒退。

沈知微透过后面的玻璃，看到在她上车后，蔚游就坐上了旁边的保姆车，车辆掉头，往夜色中驶去。

两个方向，背道而驰。

4

2018年的南陵有没有下雪，沈知微已经记不清楚了。

记忆中最细枝末节的是，2017年下了好几场雪，每一次下雪，她都喜欢踩着之前的脚印走，最后雪水都渗进靴子里，冷得没有知觉。

她踩着湿漉漉的雪，心里也在下着阵雨。

赵女士因为体虚，一直待在家中休息，偶尔接一些纺织厂的私活干，时不时催促沈知微出去相亲。

沈知微也大多去见了，但最后都礼貌性地婉拒。

赵女士和沈主任急得不行，沈知微有时在家能听到隔壁房间传来压低声音的争吵，还有压抑的咳嗽声，总归最后都是沈主任让步，又变成了两个人都为这件事焦心忧虑。

翌日清早沈知微要赶去公司，五点多钟醒来时，沈主任已经围着围裙站在厨房里了。

听见动静，他回头看了一眼："知道你要回来，我昨天去了趟菜市场。今天也是鲜虾馄饨，卖虾的老于前些年得病去世了，我在他儿子那里买的，知道是老顾客,卖给我的都是鲜虾活虾。"

看到沈知微身上只穿了一件驼色的大衣,他又忍不住唠叨:"微微啊,今天你只穿这么少冷不冷啊?你妈给你新买了一套棉毛衫,现在时间还早,你要不先去穿上?今天刮西北风,估计等会儿下楼挺冷的。"

之前沈知微还不觉得,现在沈主任站在顶光的地方,就能看到他头上已经有很多花白的头发了。

学校的差事不算多轻松,主要是稳定,安安稳稳干了这么多年,没想到再过几年,沈主任居然也到退休的年纪了。

他把馄饨捞到碗里,推到沈知微面前:"昨天你妈剁肉馅的时候,没放香菇。"

然后他又转身到厨房盛了一碗粥,就着榨菜喝,中间沉默很久,才突然开口:"微微啊,别在心里埋怨你妈。"

沈主任弓着背脊,外面的皮夹克已经脱皮,一抬手都扑簌簌掉下几片:"去年刚进医院那会儿,你妈没有医保,医生看胃镜说是可能情况不太好,要做手术。当时家里的钱都拿去还了房贷,能拿出来的也少。这些年纺织厂效益也不行,治病是个无底洞,有医保大病都能拖垮一个家庭,没有医保更是看不到头。所以你妈也不敢和你说,怕你担心,只和我说,要是真的难治的话,就不治了。你以后想在北城发展,家里能多留点钱给你也好。

"但你妈也怕啊,她看着争强好胜,其实胆子小着呢,这么多年都得我让着她。生了这么一场病以后,然后又知道你那个同学……去世了,她就怕啊,要是我和她两个人都走得早,你这个性子又闷,有什么困难都不喜欢往外面说,到时候你一个人该怎么办?"

冬天的馄饨冷得快,往上挥散的热气几乎熏得沈知微眼睛发酸。

她沉默很久,最后闷声回了句:"我知道的。"

沈主任不常抽烟。

可那天喝完粥,他先去打了杯豆浆,给赵女士放到床头后,然后走去楼道里抽了支烟。

打火机好几次打不上火,"啪嗒"好几声后才终于点燃烟。

他抽的是红利群,十来块的烟,便宜到别人都看不上。

临走时,沈知微戴了条围巾。沈主任看到她要出门,赶紧往上走了半层,用手在楼道里面挥了挥。

"都是烟味。"沈主任对着她说,"你快点儿走,别呛着,路上注意安全。"

下班后,沈知微去了一趟学校。

曾经埋下小黄的那块地方长出了一棵小小的树。

沈知微用识图软件识别了半天都是不一样的树种,她也没有再纠结,只到便利店去买了瓶橘子果汁。

她还顺便去了一趟长陇巷,那边已经没有多少年轻人还住着了。爬山虎爬满了整面墙壁,巷口都是上了年纪的大爷拿着小板凳下象棋,还有几个老太太坐在一起打牌九。

几个老太太眼睛尖,看到沈知微还和她打招呼。

"谁家姑娘伐?"

"老沈家的,哎哟,侬不晓得,她学习好得不得了,上的是清大,当初他们家那边放了一天鞭炮的伐。"

"我们家那个糟心的要是能考得有她一半好就谢天谢地了。"

"哎哎,老沈家孩子结婚了伐?"

"不晓得哎,没收到喜糖。"

…………

细微的交谈声逐渐消散,沈知微往前走到45号。

头顶的电线交错,杂乱无章,背阴的地面有一大片青苔。

没有人住的房屋好像总会破旧得格外快。

就像她曾经住了二十年的家,里面留下的家具几乎一摸全都是灰尘,就连空气中浮动的都是细小尘埃。墙壁上还贴着些她小时候买的贴纸,都已经花白到看不清原来的图案,或许是那段时间热播的动画片。她顺着走到阳台,看到已经被灰尘覆盖的地面上,还残留着一小块圆形凹痕。

世界上很多事情都是雁过留痕。

就像是她悉心照料的小金橘虽然早就已经枯萎,可是阳台上还是会留下痕迹。

就像是她曾经努力走出的仲夏,明明尽力遗忘,却还是不可避免地留下了后遗症。

2019年春末，沈知微认识了赵沥。

他本人学历是普通"211"，毕业后在南陵本地的一家国企工作，父母也都在体制内，已经快要退休，家里在南陵有三套房。

当初看照片时，赵女士就对赵沥非常满意，说这个男孩子长得不错，三庭五眼都标准，看上去性格也好。

对方知道沈知微家庭比较一般，但只是想找个高学历的，对沈知微也算是满意。

两人接触了一段时间，赵沥确实算个非常不错的结婚对象，各方面都很合适，做事妥帖，知道人情世故，相处起来并不会让人觉得尴尬。知道沈知微的公寓位置后，有时遇上雨雪天气，他会主动过来接她上班。

共同话题也有，赵沥大学选修了中外建筑史，对这些还算是有研究。听说有个建筑大师在南陵开展览，他还特意抢了门票陪沈知微去看。

季微那段时间已经怀孕生子，在朋友圈发过照片，是个女孩，得知沈知微的情况，劝她安定下来也好。

沈知微问她婚后生活开心吗。

季微那边过了十来分钟才回复，先解释说是孩子哭了，她去哄了一会儿，然后才回答沈知微刚刚的问题："就那样，总归是个交代。"

是什么交代呢？又是对谁的交代呢？

沈知微也不知道。

季微最后问沈知微，这么多年过去了，这个岁数她都还没有结婚，是不是因为喜欢过蔚游？

她聊着聊着有点感慨："想想也是。年轻时喜欢过这样一个人，以后看谁可能都觉得少点意思。

"……只是微微，人都是得往前看的。"

往前看的人生里，没有一条岔路会和蔚游有关。

人真的是很复杂的生物。

沈知微一直都算是个比较理性的人，分科选理，大学选工科，所有的选择都没有偏向更有人文情怀的文科，曾经所做的很多选择，也都是权衡利弊、考量以后做出的最优解。

就连种树，她都会选择可以结果的树。

却唯独在喜欢蔚游这件事上，坚持了这么多年。

在她这个胆小鬼全部的人生里，唯一的勇气，也就是那年曾经飞去朗城。

没有说出口的话，总以为会有下次机会。

却没想到，那是她最后一次机会。

那次以后，他成为人海里一眼就能被人看到的大明星蔚游。

喜欢他的人每天都在增长，这不再是不能被宣之于口的少女心事。

可是蔚游。

我喜欢的从来都不是大明星蔚游。

我喜欢的是南陵附中〇九届十六班，有分寸感到让人觉得疏离，永远都在我记忆中闪闪发光的蔚游。

只是这份喜欢，不见天光、无人在意——

终要说再见。

第十二章
再见

/

漫长的仲夏症候群,
终于开始痊愈。

1

大多数人的生活都平稳无波,没有变数,如同很早就被设定好的程序。

赵沥父母与沈主任、赵女士交往密切,就连过年买衣服也会叫上赵女士一起。

赵沥母亲是个说话做事都非常得体的人,说出口的话都委婉,只说赵女士曾经从事服装业,对买衣服肯定更有研究,把赵女士高兴得不行。

两家人过节时也会凑在一起吃饭,沈主任擅长处理人际关系,说话也会挑着好听的说,几人在一起吃饭总归说得上是融洽。

赵沥父母对沈知微也越来越满意,一来觉得她安分,没什么感情经历;二来成绩又好,就是工作稍微忙点,但总归瑕不掩瑜。

清明节沈知微回家吃饭,沈主任提起最近爷爷在家腿脚有点不利索,准备过段时间到人民医院检查看看,最后又说:"微微啊,你爷爷他们来一趟不容易,你到时候陪着点,把小赵也带过去给他们看看。

"对了,小赵那边是什么打算?我听他爸妈的口风,对你都挺满意的。

"你们年纪都不小了,他过了今年都要三十岁了吧?早点定下来也好。"

周围的朋友还有同学基本上都已经结婚生子,即使从前关系再如何密切,也不可避免地走向了截然不同的生活重心。

就连不怎么联系的大学舍友,前几年也在朋友圈发了婚纱照。四个人里,除了沈知微都结婚了。

不合群的代价,就是孤独。

苏苏结婚没邀请沈知微,只邀请了之前结过婚的玥玥。或许是因为给过份子钱,所以这次有来有往。但玥玥孩子刚满周岁时,或许也觉得路远,所以她人没到场,只是打了钱过去。

除此以外,彼此都是往来寥寥。

叹隙中驹,石中火,梦中身。

楚盈盈现在成了一个不大不小的网红,因出身优渥又长得漂亮,每天都在不同的地方打卡,社交软件上的粉丝也挺活跃。

去年情人节那会儿,她在微博上发长文纪念前男友,顺便讲了一下自己的情史,说自己在感情中一向无往不利,唯独年少时倒追过一次。

倒追到什么程度呢?

会去他的班上找他,和他同班同学打好招呼,给他带饭,为了和他有共同话题连夜补篮球常识,甚至努力学习想着能离他近一点,最后知道他要出国,她也没有参加高考而是去国外读了本科。

他有时会去 livehouse 驻唱,她也会追过去,听他唱歌。

跟在他身后跑的那些日子,她一直都固执地觉得,他将来一定会前程似锦,让很多很多人都听到他的声音。

这个微博好像是她在酒后发的,过了几个小时后才被删掉。

但是已经有人扒出来原型应该就是蔚游,时间、地址都对得上,也有以前南陵附中那届同学出来说话,说确实就是蔚游。

而更确凿的证据,则是楚盈盈刚开始玩微博时发过的几段视频。虽然视频画面像素很低,但那熟悉的声线,只要听过蔚游的歌,都能认出来是他。

不过知道是蔚游其实也无所谓,毕竟那也只是楚盈盈单向的喜欢。

只是蔚游不愧是娱乐圈当之无愧的顶流歌手，与他有关的任何事情都可能登上热搜。

所以楚盈盈当天就上了热搜，下面有粉丝在说请关注蔚游的新专辑，有粉丝羡慕她见过少年时代的蔚游，也有粉丝到楚盈盈的微博下面回复说——*他真的让很多很多人听到他的声音了。*

沈知微看到热搜时突然想到，自己十一年前在山上的小庙里恭恭敬敬地请了三炷香许下的愿望，成真了吗？

那年狭小逼仄的庙内，她许了一个不为人知的愿望——希望蔚游可以得偿所愿。

时至今日，他应该已经如愿。

寺庙中佛像朱漆描金、宝相庄严，度世间苦厄。

她自出生起其实也谈不上有什么苦厄，家庭虽不富裕却也衣食无忧，不过处处平庸却又顺遂，唯一的遗憾就是求而不得。

可是说起来，连她自己都觉得矫情。

谁少得了谁，又不能过活？

赵沥在秋天向沈知微求婚了。

说是秋天，但南陵还热得不像样，气温每天都还是33℃以上，抬头就能看到浓密梧桐叶间渗下来的光。

赵沥的求婚很突然。

那天刚好周末，沈知微带着电脑在咖啡厅修改图纸，平面定位那边有几个标高调整了一下，还有竖向也有一些细节需要微调。周末人多，咖啡厅所剩的位子不多，她随便找了一个角落坐下。

期间接了个电话，赵沥问她在哪儿。

她告诉赵沥这家咖啡厅的定位，他"嗯"了一声，挂了电话。

改图纸是件挺耗费精力的事情，不能出一点差错。

沈知微戴上降噪耳机，一直改到后颈发酸才改好。她捏了捏脖子，把文件整理好，发到了对面负责人的邮箱。

天气很好，沈知微甚至还记得阳光透过窗户折射进来，在深色桌子上映出了一小块光斑。

冰咖啡已经融化,变成常温。

赵沥在这时候进来了,周围的人群已成为背景,他手里拿着戒指盒和花,问她要不要嫁给他。

世界好像是个系统,里面设定好的程序大多雷同,趋同的玫瑰,一克拉的钻戒,还有一个完全在她意料之中的人。

她是被设定在其中的npc(非玩家角色),从小到大按照固有的程序运转,普通的家庭,乏善可陈的成长经历,高考在她的人生设定里大概算是一个高光时刻,随后又很快过去,她又变成芸芸众生中的一个。

那蔚游呢?

他或许是一个小篇章里的主角,至少是可以被人记住的一个有名有姓的角色……而她只是故事里可有可无的路人甲。

她没什么理由拒绝赵沥。

答应的话,左不过一个合适。

好像也足够。

沈知微手指纤细,戒指圈大了点,挂在手指上晃晃荡荡的,她很快就摘下来。

"怎么摘了?"赵沥皱着眉问她。

"怕丢。"

赵沥笑笑:"再买就是。"

随后就是顺理成章地领证,两人随便选了一天,带上户口本、身份证,拍照片时看上去拘谨又生疏,中间隔着一大片红色区域,就连笑都僵硬。

工作人员还说他们都挺冷静,看上去很般配。

沈知微听到这句话,没忍住笑了出来。

回去时,赵沥坐在驾驶座上,把手里的结婚证递给沈知微,问她:"你要拍照发朋友圈吗?"

"不用。"沈知微看着两本凑在一起的结婚证,愣怔几秒,"你要发吗?"

"没什么可发的。"赵沥把结婚证塞进储物箱,启动车子,"家里前段时间都装得差不多了,今天和我回去?"

"手头还有方案没做完,下周要汇报了。"沈知微轻声道,"赶来赶去不太方便,我回公寓吧。"

赵沥看她一眼,没吭声,闷不作声地往公寓开。

最后开到公寓楼下,这边只能临时停车,赵沥看了她一眼,说:"这周末和我回一趟家,和爸妈吃顿饭。"

沈知微好一会儿才明白过来他是在说和他爸妈吃顿饭,她点了点头:"你到时候提前联系我,我去专柜买点东西送给阿姨。"

外面太阳已经西落,她松开安全带:"我先上去了。"

赵沥"嗯"了一声。

正赶上下班时间,公寓电梯口站得全都是人,偏偏有两部电梯正在维修,只剩下两部还能正常使用。

沈知微提着电脑,人来人往中,她看到前面站着的一个男生,应该还是学生,正在对着旁边的朋友笑,笑起来时眼睛很亮,唇边有一个像是月牙一样的酒窝。

她突然想起了宁嘉佑。

今年清明她还去看过他,他的墓应该是被他父母扫过,很干净。墓碑上篆刻的字简单地描述了一下他的生平,是谁的孩子,又是哪一年去世的。

墓碑上的照片他父母选了好久,最后用的还是高一刚附中时拍的校卡照片。那时候的他还很青涩,对着镜头还有点不好意思。可最后印在石碑上,只剩下黑白色,他唇边的那个酒窝也再看不清楚了……

沈知微蹲下身,用纸巾擦了擦他的照片。

她有时候觉得,宁嘉佑就像是被程序设定出来,注定要让人流眼泪的角色。

这么烂俗的剧本……

最后连一句告别都没有。

她给他带了瓶冰镇的橘子果汁放在照片前,然后和自己手上的易拉罐轻轻碰了一下。

"再见。"沈知微轻声道,"宁嘉佑。"

离开的时候,天空飘起了雨。

周围的人行色匆匆,五彩斑斓的伞与黑白默剧一般的墓地对比鲜明。

沈知微回头看了一眼立在细雨中的墓碑,濡湿的发粘在脸上,微凉。

一直到今天，她仍然说不上喜欢下雨天。

细雨蒙蒙，目之所及的每一寸，都是潮湿。

2019/9/16 见微知著

潦草收尾的故事，总是大多数。

2

因为工作繁忙，沈知微大部分时间还是在公寓住着，和赵沥并不能经常见面。赵沥性格有点自我，或许因为从小就是家中独生子，先前他还收敛了一点，婚后则明显了许多。

所以偶尔几次见面，两人都不欢而散。

回公寓的路上，沈知微想到季微之前所说的"交代"。

真要说起来，或许也不算对谁的交代。只是为了勉强合群，也为了不成为别人口中三番五次提起的异类。

反正谁不是这么稀里糊涂地过呢？

宋航远是从季微那儿才知道沈知微结婚的消息，有一次他恰好在沈知微公司那边办业务，午休时还顺便和她喝了一杯咖啡。

"听季微说，你也结婚了。转眼时间过得真快啊，我还没来得及恭喜你。"宋航远笑笑。

"没什么好恭喜的。"沈知微也笑笑，"听说你也快订婚了。"

"是啊。"宋航远显然是不想在这件事上多说什么，"快到年底了，算起来，也快有两年了吧？

"……居然也就只剩下我们两个人了。"

"对了，"他抬眼，"你现在和蔚游还有联系吗？我记得今年清明他也回南陵去看了宁嘉佑，你当时也在那里吧？"

"没有什么联系。"沈知微顿了下，"清明那天下雨了，我可能没太注意到。"

宋航远点点头，没再说什么。

那天的咖啡好像是冰美式。

她只记得——

好苦。

刚入冬那会儿，南陵下了第一场雪。

那天沈主任打电话来催着沈知微和赵沥早点把婚礼办了，这边不太认结婚证，觉得办了婚礼才叫真正结了婚。

沈知微的靴子陷进薄薄的雪堆中，听到传来细细密密的声音，她又沿着地上的印子重新走了一遍。雪化成雪水，从靴子边缘渗进，冷到脚几乎没有了知觉。

沈知微没说自己和赵沥的现况，他们结婚也有好几个月，但仍疏离陌生得像是刚认识不久。

她避而不答，只问："妈妈现在情况怎么样了？上次去医院医生说什么了？"

"各项指标都还算是正常。"沈主任回，"医生给她开了点养胃的中药，就是苦得不行，我现在每天给她煎着喝。"

"你现在和小赵在一起相处怎么样啊？平时要是受了委屈就和爸爸妈妈说，别憋在心里。"

沈知微"嗯"了声。

挂断电话后，她回到自己的公寓。

对门住的是一对情侣，家里养了一条小土狗，是最常见的黄狗。门没关紧，它自己跑了出来，看到沈知微讨好地走过来摇摇尾巴，"嗒嗒嗒"地围在她身边跑来跑去，两只小耳朵一晃一晃，时不时还用小爪子拍拍她的鞋面。

沈知微蹲下身和小土狗玩了一会儿，它很高兴地躺下来露出柔软的肚皮。

有点像是小黄。

大概过了十来分钟，那对情侣才回来，看到趴在地上逗沈知微开心的小黄狗，两人不太好意思地拽着它后颈往回提溜，歉意地对着沈知微说："抱歉啊，刚刚我们只是出去拿个快递，门没反锁，它自己会开门，就溜出来了。打扰到你了吧？"

沈知微摇摇头："没关系。"

小黄狗的后颈被拽着，四只小爪子还在朝着沈知微晃了晃。

"它好像很喜欢你。"女生有点惊讶，"它平时都不怎么亲近人的。"

刚下过雪，走廊中还是有点冷。女生握着小狗的爪子对着沈知微挥了挥："和姐姐说'再见'。"

小狗呜咽了两声，脑袋凑过来蹭了下沈知微的掌心，毛茸茸的触感好像是冬天暖洋洋的光照到身上，一闭眼仍有余温。

世界上或许也只有小狗会这么直白地表达自己的喜欢，毕竟有条藏也藏不住的尾巴。

沈知微有时候会想，人在进化过程中退化了自己的尾巴，是不是因为逐渐适应了虚与委蛇，或者总是惯性地心口不一？

窗外细雪簌簌，沥青路也铺上了一层薄薄的雪粒。

沈知微突然想到今年夏天时，一个很有名的作词人直播间里突然出现了蔚游的身影。

作词人已经年过半百，算是娱乐圈的老前辈，但仍很新潮，很喜欢玩这些软件，那天应该也是征求了蔚游的同意，才开了这个直播。

直播里蔚游穿着修身的西装，拿着几张A4纸正在和旁边的人说着什么。

观看人数飞速增长，上面快速滚过的弹幕都在恳求作词人把镜头朝着蔚游那边偏一点。

作词人佯装愠怒，说是不是自己老了不讨人喜欢了。

上面的弹幕都在哄他，说他年轻，作词人才笑眯眯地转过镜头对着蔚游："小蔚啊，来和我们直播间的家人们打个招呼。"

蔚游抬眼，对着手机屏幕笑了下。柔和的日光灯往下照，他却好像还是恍如从前一样。

隔着屏幕，他们好像是在对视。

汹涌的弹幕都在表达着对蔚游的喜欢，蔚游挑了几个问题回答了。说完后，作词人转回来镜头，只说蔚游今天差不多要去休息了。

弹幕里瞬间都是"舍不得"的挽留。

直播里还能看到蔚游的半边侧脸，他没有立刻离开，能看到他有点兴致缺缺地坐在一边，过了几分钟，见确实没什么事了，他才起身离开，直播间观看人数也随之减少了很多。

作词人继续乐呵呵地和剩下的人讲着自己最近的作词心路历程，也会回答弹幕上的问题。他的手机有点歪，调整镜头的时候，正好能看到蔚游刚刚坐过的那个位置。

空荡荡的桌面上，只有一朵纸叠的玫瑰。

后来，沈知微其实也没有经常刻意地去看蔚游的消息，只是难免会从其他人口中听到关于他的近况。

或是某某想与他捆绑，又或者传言他即将出演什么电影云云。

蔚游入圈多年，一直都是歌手身份，活动都不常参加，为数不多的一次和电影圈扯上关系，是他刚出道一两年时。

那年他刚刚凭借一首《等雨》斩获新人奖，风头无两。曾传言有一位导演看中他，不惜花天价让他来做自己新电影的男主角。

不过后来却又一丝音信也无。

屡屡谈及这个话题，那位导演都是不愿多说，跳过进入下一个话题。

也是，蔚游不愿意的事情，好像很少能有人强迫。

这么多年过去，沈知微都还记得他之前的签名——Toda mi ambición es ser libre toda mi vida.

他一向都活得很通透。

而从始至终，她被他吸引的点好像都一样。

生长在常年被梧桐覆盖的长陇巷45号，一直都沉默而敏感的沈知微，生来碌碌，循规蹈矩到几乎很少会去做教条以外的事。

她这样的人，注定会被无论在哪儿都熠熠发光的蔚游吸引。

就算她心知飞蛾扑火，可是重新演算一万次，结果也都一样。

自入冬下了一场雪以后，南陵再也没有要下雪的迹象。

只是风会卷着寒气往人骨缝里钻，万物凋敝，路上来往的行人大多行色匆匆。

赵沥说父母今晚要来家里吃饭，让沈知微早点回来准备。

收到消息时，沈知微正在会议室里开会，结束后打开手机才看到他发来的消息。她捧着杯温水，回了句"好"。

打完卡坐上网约车，目的地是赵沥所说的一家超市。

一切都好像是平常的一天。

好像是从前的某一天重复倒带，又重映一遍。

直到看见超市的电子屏幕上滚动播放的一行字：

蔚游告别演唱会。

明明每一个字都是熟悉的，组合起来，却又全然陌生。

沈知微站在人声鼎沸里，突然想到了回忆里的南陵的夏天。那时候的蔚游还不是什么熠熠发光的大明星，不再是远隔人山人海才能见一面，而是距离她咫尺之遥，宁嘉佑和宋航远都不在，他撑着手问她下节是什么课。

他去留学之前，沈知微祝他前程似锦。

后来他果真星途坦荡，喜欢他的人像是涨潮时不断穿梭的鱼群，她艰难地在其中游动，却还是不可避免地成为他的千万分之一。

最开始的那一条游鱼，是沈知微。

可她从来都不是唯一一条。

她只会沉默地遵循趋光性本能，拼命往前游动。

…………

旁边有女生小声说着蔚游的名字，或者激动，或者惋惜。

就连沉寂已久的班级群里都有人在发消息，艾特他不知道多少年没有用过的QQ，问他是不是要退圈了。下面跟着几条回复，好几个还是沈知微记得名字的人，大概也是觉得不可思议。

时过境迁，大多面目都已经模糊。

赵沥在旁边说着什么，沈知微听不太清，只是手指在手机屏幕上滑动，翻来覆去，却还是知之甚少。

不仅是粉丝和群众觉得惊讶，就连不少明星都在震惊，和他存在竞争关系的某位明星在当天上线34次，以前和他有过合作的女明星也被粉丝发现用小号点赞了他的采访。

但身处舆论中心的人，当天却被记者拍到出现在南陵附中。

好像很晚了，学生都已经下晚自习了，校园里只剩下几盏路灯还在亮着。蔚游穿着卫衣，旁边的人被打码了，沈知微认出来是已经退休的老廖。

老廖老了，原本还板正的一个人，近些年身高缩水，佝偻着腰，只到蔚游的肩头。

不知道老廖在说什么，蔚游虽然戴着口罩，但是很明显在笑。

或许是在讲他和宁嘉佑以前的趣事。

蔚游即将要退圈这件事很快就被工作室证实，发了一条很长的博文感谢各位粉丝的陪伴与支持，说蔚游能走到今天很感激大家的帮助，也说退圈并不是突如其来的想法，而是在《孤岛》这张专辑发布以后，蔚游就已经表达了他的想法。他们作为艺人团队，与他进行了深度的沟通与反复的确认，最终确定了这个消息并公布，祝愿蔚游先生和每一位曾经支持过他的粉丝以后都能平安顺遂。

演唱会的地点也确定了，定在南陵。

居然是南陵。

蔚游这些年里开了很多次演唱会，但除了第一次，他再也没有在南陵开过演唱会。

而现在，兜兜转转又回到终点，形成闭环的圆。

3

那一天沈知微的朋友圈里几乎所有人都在议论这件事，有些是以前的同学，有些是工作上认识的人，态度各异，总归是觉得诧异。

这个人走到今天，从最开始在 livehouse 驻唱到现在过了这么多年，怎么能说退圈就退圈，没有预兆，好像对那些唾手可得的赞誉与金钱没有丝毫留恋。

他说要"永远自由"。

他好像真的得偿所愿。

赵沥推车内很多都是海鲜水产，腥味很重，沈知微皱起眉头。

他还在因为刚刚的事抱怨，左不过一句她不顾家，关心的都是一些杂七杂八的事情，又说她现在设计院的工作不怎么样，没前途……可明明结婚以前，他们还曾经一起去看过一个建筑大师的展览。

沈知微愣怔，他是什么时候烂掉的呢？

她从来没有想过白日做梦,一直以来都是按照父母的期许、按照人生的既定轨道往前,顺利到几乎可以复刻成为千千万万人的人生模板。

可就算是乖乖女,也应该拥有可以偶尔叛逆的权利吧?

赵沥走在前面把他手里拿着的海鲜都结了账,沈知微走在后面顺手到冰箱里拿了一瓶橘子果汁。赵沥看着她,想说什么,沈知微抬手把橘子果汁递到收银台,收银员扫了码:"四块五毛七。"

沈知微:"您扫我吧。"

清晰的一声后,沈知微的手机上出现了支付成功的界面。

赵沥没多说什么,看了她一眼:"走吧。"

刚走出超市,就能感觉到骤来的风无孔不入地钻进人的身体里。

赵沥自己开了车过来,一辆有点小资的奔驰 GLC。他将车钥匙在手里转了一圈:"今天回去和我爸妈说话时顺着点他们,他们难得来一次。"

他打开驾驶室的门,突然像是想到什么:"哦对了,刚刚超市里的那个人……蔚游?要开演唱会是吧?你不会还想着去看吧?"

"多大的人了,别和小孩一样,这些人到底有什么值得喜欢的?别浪费这钱。"

赵沥关上门,看到沈知微还站在路边,降下车窗:"不上来?"

"我不打算去了。"沈知微晃了一下手里的手机,"我已经打到车了。"

赵沥刚开始没听清,还在准备系安全带,反应过来才看向沈知微:"什么意思?"

"我的意思是,"沈知微耐心地解释,"感觉这样的应付与往来很没有意义。所以,我不打算去了。"

赵沥对沈知微最大的印象就是听话。

他自认自己的条件非常优越,外形、经济、学历、家庭背景几乎没有一样有缺陷,能和沈知微结婚已经算她高攀。

他打开车门走下来,刚准备开口,一辆打着双闪的黑色网约车在路边停下,司机降下车窗对着沈知微说:"两位是吧?这边不能停太久,麻烦赶紧上车了。"

沈知微温声说:"一位。"

赵沥皱着眉头,压低声音问:"你多大岁数了自己不知道?当自己是十八岁小姑娘呢,还因为追星的事情和我闹脾气?说出去不怕别人发笑?"

"现在赶紧和我回家。"他语气中带着明显的怒气,"不知道谁惯出来的脾气,我和你领过证了,什么钱都应该是我们俩商量着花,不让你花冤枉钱我还有错了?"

他长相很斯文,顾及着在外的面子,就连说话都是竭力压低声音的。

坐在驾驶座上的司机摸不清他们现在的情况,朝着这边觑了几眼。

"不好意思。"沈知微对着司机笑了下,"麻烦您稍等一下。"

司机操着南陵当地方言说了句"没关系"。

估计也挺喜欢看热闹。

"你要这么想的话,"沈知微笑笑,"那我们离婚也行。"

赵沥不敢置信地看着她。

她打开网约车车门坐进去,赵沥还站在原地:"麻烦让一下。"

赵沥几乎是僵硬地挪了一下位置,然后看着那辆车启动,逐渐驶离自己的视线。

坐在车后座时,沈知微想,她给过自己试错的机会。

但一直到今天,她还是发现——

自己做不到将就地得过且过。

或许是她推迟的叛逆期,在今天才姗姗来迟。

"你想清楚了,离婚以后,我这种人依然是相亲市场上很难找到的好条件对象,而你,就算是清大的,就你家那个条件,很难找到第二个和我一样好条件的人了。

"一个离了婚的女人代表什么你应该了解吧?这次闹脾气,你只要和我好好服个软,回头再来我家和爸妈道个歉,这事也就这么过去了,没必要闹得这么难看。你爸妈应该还不知道这件事吧,真要知道了,他们能同意吗?

"说句实话,你们家对上我们家完全就是高攀,我劝你再好好想想清楚,没必要为了一个虚无缥缈的偶像和我闹成这样。

"唱那么两三句歌,把你们这些人迷得连脑子都不要了。真要离婚了就知道后悔了。"

沈知微:"说完了吗?"

"你说完了的话,周五下午三点民政局见,记得带证件。挂了。"

电话那头传来忙音。

办理离婚手续比当初结婚时快得多,他们没什么财产好分割的,就更简单。他们的婚前财产都没有加上彼此的名字,彩礼和嫁妆也因为还没办婚礼就没敲定,只是先领了证。

赵沥其实从来没想过沈知微居然真的想离婚,直到拿到离婚证,都还觉得有点不太真实。

旁边一对来办结婚的情侣大概是感情很好,正在雀跃地小声说话。男生问女生蜜月想去哪里,女生抱着男生的手小声撒娇,说不想去哪里,只想和他一起去听蔚游的演唱会。

男生笑着说好啊,让周围的朋友都帮着抢票。

这天天气很好,冬日阳光照在脸上,暖乎乎的。

人总得有某一刻是为自己而活吧?

沈知微想,她困囿自己这么多年,总活在别人的期望里,汲汲营营,循规蹈矩到几乎算得上是无趣,回想起来也没有什么意思。

但这个世界上总有一些事情是值得的,比如橘子味的蛋糕,比如冬天的暖阳,比如清晨的馄饨汤,比如去听喜欢的人的演唱会。

没必要勉强合群,没必要一定对谁有交代。

沈知微突然想起来很多年前大学刚毕业没多久,她在北城和宁嘉佑见面。那时候他和小橙刚分手,她觉得惋惜,劝他再想想。

宁嘉佑笑着对她说,有时候人和人的关系就是很简单,想尝试就在一起,累了就分开,没有必要相互纠缠。

沈知微走出民政局时,打开手机看天气预报。

明天还是个晴天。

回家吃饭时,沈知微平静地和沈主任还有赵女士说了自己离婚的事情。

赵女士不敢相信,作势要打电话去问赵沥。

"不用给他打了,"沈知微从包里拿出离婚证,"已经办过手续了。"

"这么大的事情,你怎么能不和爸爸妈妈商量呢?"赵女士撂下筷子问她,"你知不知道,女生一旦离了婚,以后再找人家是很困难的,很多条件很好很优秀的男孩子都不会找二婚的女生。你都这个岁数了,你自己心里没数吗?"

沈主任闷不作声地在旁边拿着烟,也没点,手指搓着抖落下来的烟丝。

"我和他性格不合适。"

"结了婚谁不是一地鸡毛?忍忍也就过去了,大家都是这样过来的。"赵女士顿了下,"再说了,和你一样大的,还有几个没结婚?你现在这样让我和你爸怎么放得下心?"

沈知微不偏不倚地回视她,轻声道:"可是妈妈,我不想一辈子都这么过。"

沈知微一向都是听话的、安静的,带出去永远都是被夸的那一个,她从来都是所谓的"别人家的女儿"。

赵女士很少从她嘴里听到近乎是反驳的言论,有点愣怔,反应过来后还想继续说些什么。

沈主任突然站起来抬手拍了拍赵女士的肩,很轻地叹了口气。

他老了,后背已经有点驼,头发也白了很多。

他抬手把刚刚掉落在身上的烟丝掸了掸,低声问沈知微:"……饿不饿?冰箱里还有馄饨,爸爸给你去煮。"

这段时间工作上一个项目刚结束,领导准备让沈知微去对接新项目时,沈知微趁机请了一个很长的假期。

领导是个很风趣且开明的人,也没有问她请这么长的假期是准备做什么,只笑着批了。

那段假期里,沈知微去了很多地方。

南陵没有海,但邻近的很多省份都靠海,她一一去了,有些海是碧蓝的,有些海是混浊的,也有些海是深色的。

海风吹着,水雾沾湿她鬓发。

最后回到南陵时,她去了平桥村。

她之前一直都在想平桥村的宅基地到底应该怎么改造,现下终于敲定了方案——建一个中式小院。

平面图和效果图都已经完成,她又根据爷爷奶奶的实际需求再进行了一些调整，添加一些老人辅助功能，比如抓握设备以及抬升的设备，在花园旁边预留出一小块地用于种菜等。

她偶尔也会在网上浏览关于蔚游告别演唱会的通知。

这场演唱会全部实名认证刷脸进入，没有黄牛票。爷爷不怎么识字，看沈知微看得入神，问她在看什么。

沈知微说是一个很想去看的演唱会。

爷爷奶奶不知道演唱会是什么，沈知微解释了一下，他们也一知半解。

"这个什么会，在哪儿啊？"

"就在南陵。"

"微微想看就去看吧。贵不贵啊？爷爷奶奶有钱。"

"不贵，就是票很难抢。"

爷爷奶奶显然是不能理解为什么还会有很难抢的票，鼓捣着他们前些时候买的智能机，说是到时候帮着沈知微一起抢。

沈知微笑着回了句"好"。

半个月的时间，足够敲定最终方案，沈知微把图纸给爷爷奶奶看，给他们讲她的设计理念，还有每个部分的功能分区。

他们对什么都说好，夸她学的东西很厉害。

先前在海边放空时，沈知微想，自己学建筑的初衷是什么呢？

她好像还记得，当年在山顶上，她说是因为以后设计时，想永远都是以人的感受作为衡量的标准。

现在兜兜转转，也算是一个闭环的圆。

讲完以后，奶奶悄悄地把她叫到一边，从床头柜里摸出来存折，小声问她改造是不是需要很多钱，说自己这里还有十万块钱，让她不够再说。

半响，奶奶又说，自己和爷爷年纪都大了，没几年活头了，也没必要住这么好的房子。只是新建了也好，以后要是沈知微回来，在平桥村也还是有家的。

爷爷奶奶家里的田地差不多都已经承包出去了，他们现在每天都只能做些帮着鱼塘拉虾的杂活。

这十万块，每一分钱都来得不容易，是他们养老的钱。

现在全部拿出来，也只是希望沈知微长大了，还能有个家。

这么多年工作以来,沈知微的设计理念很难与甲方完全一致,避免不了翻来覆去地改动。大概也只有爷爷奶奶才会觉得她设计的什么都好。

她想,爷爷奶奶一定是她遇见过的最好的甲方。

4

爷爷有一辆早就已经退休的二八大杠,一直都闲置着,骑起来会"吱呀吱呀"地响。沈知微学了几天,虽然不太熟练,但总算也可以骑着到处逛逛。已经开春,能看到周围田地里开着大片大片的油菜花。

平桥村附近有一个很大的湖,沈知微经常会过去看日落,顺便捡两只小螃蟹回去。螃蟹被放在一个小桶里,不知道是不是她骑车实在是太晃,回去后两只螃蟹都在吐泡泡。

她联系了以前工作认识的工程方,也不过两三个月的时间,老屋的外部轮廓基本上就已具雏形。

旁边的小屋要等最后再拆,沈知微支了一张床坐在不到十平方米的房间里,窗外偶尔会传来很清晰的鸟叫声,伴随着她入眠。

有时候她还会帮着爷爷奶奶一起种菜,支起个架子用来挂豇豆,没多久就抽条。

爷爷奶奶每周四固定要去镇上赶集,沈知微顺便去拿了一次快递。看到很多用竹篾盆装着的小鸭,被阳光晒得毛茸茸的。

沈知微问摊主一只多少钱。

"多少?"老大爷好像是有点耳背,刚开始没听清楚,"一只十块。"

她挑了一只缩在角落的小鸭子,捧在手上带了回去。

鸭子怯怯的,很小只,只会摇摇晃晃地跟在人后面走路。沈知微时不时到旁边田埂上找些叶子带回来给它吃。

邻居家的小黑狗很喜欢过来找鸭子一起玩,用小爪子拍拍它,很注意力道。后面鸭子长大了一点,就变成它欺负小黑狗了。

沈知微就在一边看着,搬了一张小凳子坐下,学着叠纸玫瑰。

她不是很擅长做这些,每次叠出来的玫瑰都有点丑,好在她是个很有耐心的人,最后终于叠出来了一朵勉强能看的玫瑰。

蔚游的演唱会终于确定了时间,定在 7 月 17 日,门票要提前一个月在

APP 上抢。

各大网站上铺天盖地的都是关于蔚游这场告别演唱会的消息,还有几个公众号在分享蔚游过去的视频,估计也是想蹭一波热度。

沈知微随便点进一个,是粉丝自己整理的合集,"对蔚游的心动瞬间"。

其中一个片段是,在某次活动中,蔚游抽中一个粉丝给他留言,被抽到的那个女生连声音都在颤抖,最后只有一句:"我真的很喜欢、很喜欢你,蔚游。"

蔚游站在台上,好像愣怔片刻,然后才轻声回她:"谢谢你。"

他变成了大明星。

所以在其他人表达喜欢的时候,他再也不会是拒绝,而是更加遥不可及的"谢谢"。

谢谢她的喜欢。

是她,或许也是她们。

沈知微看着这条视频,卷着被子蜷缩在床上,窗外传来油菜花的香味。

她一直都觉得南陵的春天很短,在平桥村才偶尔会觉得春天居然这么长。

爷爷奶奶上次去赶集是为了买树苗,临走前问沈知微有没有什么喜欢的水果,她想了想,说喜欢金橘。

当天回来时,爷爷手里拿着三四棵大大小小的金橘树苗,在屋前屋后都种上了。

有一棵小金橘就种在沈知微的窗前。

长得很好,奶奶会偶尔给它施施肥,每一片叶片都在茁壮成长。

沈知微摸着小金橘的叶片,恍然想起来——

好像又快是夏天了吧?

对于蔚游要退出娱乐圈这件事,最开始时,很多人都不太理解,不乏各种各样的猜测,粉丝也大多很舍不得。

他声名加身,却又轻而易举舍弃。

工作室的置顶微博也只剩下了一句"感谢相遇"。

到后来,大家都慢慢地接受了这件事。抢票前几天,网友在各大社交平台上开始玩梗,说平时都把彼此当姐妹,一到抢票的时候就立刻反目成仇了。

地点定在南陵体育馆，距离南陵附中不过短短一千米，周围的酒店房间已经被抢购一空。

演唱会的概念海报是南陵的夏天，浓稠的阳光、梧桐树，还有穿梭而过的公交车。

兜兜转转，他们在这里长大，也在这里分别。

开票时间是在 6 月 10 日的晚上八点，沈知微早早地定好了闹钟，七点半时就一直停留在抢票界面，几乎过几分钟就刷新一下。爷爷奶奶也拿了个板凳坐在旁边，帮着她一起抢。

预约人数已经超过两千万。

每一次刷新之后，都还在继续往上增长。

对很多人来说，蔚游这个名字或许代表着一整段的青春。

八点的闹钟铃声响起，沈知微刷新，心脏在这一刻猛烈地彰显自己的存在，几乎连胸腔都在共振。

界面一瞬空白，随后上面的缓冲条转了又转，显示锁座失败。

沈知微返回选座界面，门票已经全部售罄了。

"这个什么什么歌唱会，真是难抢票哦。"爷爷扶了下老花眼镜的镜腿，"微微啊，你抢到没有啊？"

沈知微垂眼看了看手机界面，摇了下头。

季微过来私聊沈知微，说蔚游的票也太难抢了，自己今天还想帮同事一起抢票，家里好几台设备，结果界面都进不去。

游鱼：是很难抢，刚刚我也去抢了。

季微：那你抢到了吗？

游鱼：没有。

季微那边显示"正在输入中"很久，然后才回她：你要是想去的话，要不问问蔚游？

她的意思是，就算大家很久不联系了，至少曾经也是同学，说不定问问，能给一两张余票。

沈知微看着对话框几秒，然后才回季微。

游鱼：算了。

2020年7月10日，沈知微坐上大巴回了南陵。

已经到初夏，空气中浮动的都是黏稠暧昧的热意。

距离蔚游的演唱会只有短短一个星期，市里很多地方都换上了蔚游演唱会的海报，商场的大屏幕上，公交站台的广告栏上，甚至就连南陵附中都重新打印了校友荣誉海报挂在学校的宣传栏里。

长陇巷门口的水果店又卖起了西瓜，喇叭吆喝着"十块钱三个，不甜不要钱"，穿透力很强，耳背的大爷估计都能听个响。

沈知微还是不太会挑西瓜，随便买了一个，但回去切开居然很甜。

偶尔她也能很幸运。

2020年7月17日，演唱会当天，天不亮就有粉丝过去占好位子，很多没有抢到票的在外场也想听完他的演唱会。

沈知微抵达南陵体育馆时已经是下午三点。

外面人山人海，很多粉丝自发维持秩序，也有不少保安在疏散人群，防止发生踩踏事件。

沈知微带着两罐橘子果汁，站在人群里，打开手机相册翻着他们所剩无几的照片。

现在回忆过去很像是在刻舟求剑，那柄剑留在了水流湍急的河流中，早就已经无影无踪，无论怎么打捞，终究也还是无功而返。

可是总有一刻，是人生中再也没有重现过的春和景明，自此照亮她天光一隙。

晚上七点半，南陵天色渐晚。

南陵体育馆里传来模糊的声音，人群太嘈杂，沈知微勉强听清，蔚游唱的第一首歌，是那首《等雨》。

场外有人哭泣，有人小声跟唱。

沈知微旁边的女生看她是一个人，随意地和她聊天。女生说为了能来看蔚游的演唱会，自己攒了很久的零花钱，从很远的地方坐了两天的火车才赶过来的。

"你一个人来看蔚游的演唱会，一定也是很喜欢他吧？"

沈知微怔松几秒，轻声回："很喜欢。"

"我也喜欢他六年了，看到他的告别微博我就在想，如果我不来南陵的话，我一定会很后悔。"她应该还在上大学，脸上还带着稚气，说起蔚游时眼睛都在发光，"对了，你喜欢蔚游有多久了？"

"……很多很多年了。"

"比六年还久吗？难道你在他驻唱的时候就喜欢他了吗？"女生若有所思，"那确实是很多很多年了。"

沈知微笑笑，没说话。

她们聊了很久。最后，女生对沈知微说，蔚游对于她来说，是她的一整个青春。

沈知微想，自己和现在站在这里的这个女生，还是有点不一样。

或者说，蔚游在她青春里扮演的角色和绝大多数人都不一样。

她目睹他一步一步地离开自己的青春。

那天她追着太阳落下的方向狂奔，到走廊尽头，却只看到蔚游的背影。

自此以后，南辕北辙，总多歧路。

他们之间的距离不再是前后桌的七十厘米，而是北城到朗城的八千公里，是远隔人山人海的大明星与素人。

场馆里的声音遥远而不真切，身边很多人都已经哭得不像样子。漆黑的天幕中，荧光棒照亮了这一片区域。

最后结束的那首歌，居然是沈知微最喜欢的《仲夏》，透过夏日热浪，模糊的声音从耳边传来。

好像梧桐叶间落下的阴影又落在了她的耳侧。

我听见风声吹，
教室里的橘子味，
春天半褪，
抓不住这盛夏的结尾。
…………

南陵的梧桐叶黄了又绿，梧桐大道旁依旧还有老人坐在下面乘凉，蒲扇随便摇一摇，好像回到了十二年前。

　　那个时候，他们都还年少。

　　沈知微背着书包往前走，宁嘉佑站在不远处，还是和以前一样意气风发，挥着手和她说："沈知微！这里。"

　　蔚游摆弄着自己手里的相机，随手一拍，居然是他们三个人的影子。

　　手里的橘子果汁上细细密密都是水珠，相碰的时候，发出很轻的一声，气泡上涌，成为团团簇簇的橘子味烟火。

　　宁嘉佑拉着沈知微的手腕穿过人潮往前走，说要带她去吃一食堂的糖醋里脊。蔚游站在宁嘉佑身边，影子拉长，与她的重叠。

　　好像是隔空也曾拥抱。

　　小黄开心地绕着他们跑来跑去，"嗒嗒嗒"地摇晃着尾巴。

　　他们一路走过来，沿途都是风光。

　　仲夏永远都热烈。

　　不止当年，不止今年。

2020/7/17 见微知著

2007.9.4-2020.7.17

迢迢远远十三年，我漫长的仲夏症候群，终于在这一天开始痊愈。

番外一
宁嘉佑永远风华正茂

宁嘉佑临近毕业时收到了很多互联网公司的 offer，因为他本科和硕士期间的履历非常优秀，导师对他的评价很好，师哥师姐也帮他内推了一些非常不错的工作岗位。

小橙考研结束后，约宁嘉佑来她学校散步。那天天气很好，夜幕中的月亮近得好像触手可及。操场上远远传来歌声，隔得有点远，声音很模糊。

小橙一直都是个性格很活泼的女生，那天难得安静地陪在宁嘉佑身边。柔顺的头发散落在肩头，路灯照下来，好像是稠密的海藻。

宁嘉佑把她送到女生宿舍楼下，身上的大衣被风吹得微微扬起。他对着小橙笑笑："就送你到这里了。"

应该也是，只能送到这里。

小橙不知道是不是因为最近他一直都泡在实验室，看上去瘦了很多，显得眼窝深陷，就连眼皮的褶皱都加深了很多。

还是说，他其实也有那么一点点的伤心？

小橙想，人与人的缘分好像真是很淡。

就像是他们之间其实没有频繁的争吵，也没有什么大的价值观上的出入，但还是不可避免地走不下去了。

宁嘉佑是一个很好的人，一直到现在，她都是这么觉得的。

他会包容她的坏情绪，会无条件地忍让，每一个纪念日都会准备礼物，就算吵架他也永远都是让步的那个。

或许他是累了。

小橙知道自己从小被娇惯长大，有时候太以自我为中心，吵架会上头，会用尖锐的语言刺向对方。虽然他每次都能及时来哄她，但可能她发的每一次小脾气都像是一小块碎片，到最后拼成一把利刃。他们的感情就像被这把利刃扎破的气球，空瘪瘪地躺在沙滩上，绳子被泥沙掩埋，没有办法再捡起来了。

小橙很轻地吸了一下鼻子。正值冬天，整个鼻腔都是冷意，瞬间让她的眼泪溢了出来。

她稍稍低下头，手指拉着宁嘉佑的衣摆，带着一点鼻音问他："宁嘉佑，能不能……别分开？"

她的声音很小，小到随时都能被凛冽的风刮走。

她从来没有这么低声下气过。

但或许宁嘉佑也是哄一哄就能好的呢？脾气她可以改，她也会学着去哄人，他们以后都还是在北城，为什么要分开呢？

明明什么都很合适，而且……她也很喜欢他。

晚上的风吹得人快没了知觉，小橙几乎感知不到脸上的温度，只感觉到一点点的濡湿。

好像是哭了。

以前每次她哭的时候，宁嘉佑都会哄她的。

她脖子上的围巾有点耷拉下来，宁嘉佑默不作声地为她整理好，然后对着她笑笑："外面风大，你早点回去吧。"

小橙几乎是僵硬地走进宿舍大门，最后回头看，宁嘉佑还站在路灯下面，暖光斜着倾泻下来，照在他的肩头。

她挽留了，可是没结果。

他们只能分道扬镳。

和小橙分手后，宁嘉佑的生活还和以前一样，没什么变化。

实验项目已经在收尾阶段，留级的师哥今年终于可以顺利毕业，整个实验室气氛都挺轻松。大老板很喜欢宁嘉佑，觉得这个小伙子能吃苦还爱笑，问他要不要继续读博。

宁嘉佑婉拒了。

最近这段时间他都在忙着找工作，最后选定了一家刚上市的游戏公司，去做后端开发。

那家游戏公司整体氛围很好，或许因为都是同龄人，工作时间很弹性，致力于给每个人创造最好的创作环境。

入职前例行要进行体检，带宁嘉佑的是他同学院的学长，和宁嘉佑说了公司的大概发展计划，然后说他明天做了入职体检，后天就可以过来办理入职手续了。

宁嘉佑接过自己的工牌，笑着对那位学长说了"再见"。

翌日北城下了很大的雪，宁嘉佑坐上地铁4号线，挤得身边的大爷手上的鸡蛋都碎了，甚至宁嘉佑下车时还看到一只棉拖鞋落在了地铁上。

这个季节一向都是流感高发期，北城医院发热门诊那边几乎排了一走廊的队。

这家公司要求体检的项目很多，做血常规时，抽血的护士大概是才入职，手抖得不像样子，第一针还扎歪了，吓得那个小护士差点哭出来，宁嘉佑笑着说："没关系，我不吃人。"

小护士笑了下，有点不好意思地朝着他小声道谢。

但B超的结果显示不太好，宁嘉佑看到一个医生走了过来，表情有点严肃地看着他的B超片子。

他也跟着看过去，半透明底片上是看不懂的图案。

医生把他叫到自己的门诊科室，询问他最近是不是瘦了很多，或者出现一些其他不正常的症状。

宁嘉佑回想了一下："最近好像是瘦了点儿。"

"你多大了？"

"刚二十五岁。"

"有什么家属在北城吗？"

"我来这边上学，只有朋友在这里。"

医生摘下眼镜："你的片子结果……不太好，要做好心理准备，明天过来这边拿穿刺沽检的结果。"

他顺着上前摸了摸宁嘉佑的胸腔下面，手指摁了下，然后又戴上眼镜，看着宁嘉佑："结果还没出来，不能完全确定。小伙子看着体格很好，说不定也没什么大事。"

宁嘉佑愣怔了一会儿，然后才回医生："好的。谢谢医生。"

第二天结果出来了。

医生态度和缓地和他讲了一下大概的情况，尽量只挑了点好的情况说。

宁嘉佑自己搜索了一下，是预后极差的病，胰腺癌，晚期。

当天他约了沈知微吃了一顿饭，祝她万事顺利，回去后和蔚游打了个电话。蔚游那边声音很嘈杂，可能是还没结束工作，以为宁嘉佑有什么急事，拢着话筒问他怎么了。

宁嘉佑笑了下："也没什么，就是想说今年你送我的生日礼物我很喜欢，我都没想到你还记得我喜欢那个球星。

"还有，祝大明星蔚游以后也万事顺利。"

宁嘉佑的声音里带着笑，听不出什么异常。蔚游也没太在意，和他说了几句，然后挂了电话。

那天以后，宁嘉佑几乎一直待在北城的医院里。

手术费昂贵，导师知道他的情况，私底下给了一部分手术费。但是手术结果还是不尽如人意，癌细胞通过淋巴回流还有血液循环早就转移，手术只能延长生存期。所以 7 月，他决定转回江省人民医院，一来北城物价高昂，二来他父母照顾他也方便一点。

他本来没想把这件事告诉沈知微。

要说原因其实也很简单，不过就是因为他觉得告诉沈知微也没什么意义，除了多一个人难过。还有就是他的头发因为化疗全部脱落，现在实在是说不上好看,他不想最后留给沈知微的印象那么丑。

他今年才二十五岁,本来应该风华正茂。

可变故发生在宋航远知道宁嘉佑回南陵,前来约了他好几次,都被他以各种各样的理由拒绝后,宋航远就自己去了宁嘉佑家里,却没想到撞见了宁嘉佑的父母,得知了这个消息。

宁嘉佑以前都不知道宋航远这么能哭。

都在社会上摸爬滚打过这么久了,从第一次进病房,宋航远之后每次来都还是哭得不像样。

但宁嘉佑从来都没哭过。

得知结果的时候没哭,在北城打那么粗的麻醉针时没哭,后面自己那么多次辗转反侧也没哭过。

只是他偶尔也会想问,为什么是他呢?

这种和上帝掷骰子的赌局,为什么会是他呢?

宁嘉佑也不知道。

对上每一个同情或者伤心的探望者,他都是笑着的,好像以此来表现自己无坚不摧。

在 2017 年南陵的第一场雪落下时,他前不久还在和沈知微发消息,下一秒就看到了她出现在病房外。

他几乎感觉自己在做梦。

他其实从来没有想过会遇见沈知微。

在那些预设与遐想里,或许她会哭吧?宁嘉佑不知道,只是下意识地拉低了自己头上的毛线帽,听到她叫出自己的名字后,才如常地和以前一样挂上了一张笑脸。

"你怎么来了?"他问。

他仍然是笑着的,好像这样就能永远不露怯。

他不知道自己这样只会让人心疼,只是单纯地不想让人看到自己最狼狈的一面。

一直在笑真的很累,他也会有觉得很疲惫的时候,倦怠到连脸都发酸,可他是宁嘉佑。

宁嘉佑永远风华正茂。

2017年12月24日，平安夜。

南陵的雪还没有化，宁嘉佑从窗口能看到窗外的冰凌。

他马上就能过生日了，只是这个生日，所有人都没有特别期待……好像是一个分界点，时时刻刻都在昭告着剩余的时间。

大家都希望时间能过得再慢一点。

宁嘉佑有时候也会安慰妈妈，说兴许他能多活几天。

他妈妈一边嫌他的话太晦气，一边忍不住抹眼泪。

真快啊，一年又快过去了。

很多人都说宁嘉佑不像是生在冬天的人，因为他给人的感觉永远都是热烈而张扬的，与冬天给人的感觉相悖。

但宁嘉佑其实还挺喜欢冬天。

他早上订了一个蛋糕，找了好几家店才找到能做橘子味道的，说是要在二十七号送到医院。挂断电话后，他看着旁边仪器上的数字，然后又看了看挂在病床前的平安符。

窗外太阳即将落下，回忆突然一帧一帧出现在脑海。

他看到了很多年前的南陵，看到自己和很多人勾肩搭背，看到夏天雨后的操场，看到蔚游久违地穿着附中校服，问他是不是哮天犬，他气得要死，让沈知微离蔚游远点。他看到自己在沪市，在图书馆的日日夜夜都是想考到北城，他高考时与其失之交臂的地方。

很多个雪夜，很多个夏日，总是相遇又重逢。

他想到很多人，很多事情，还在想之前订的那个橘子蛋糕，沈知微会不会喜欢。

最后的时候，他想……

自己好像有点累了。

番外二
沈知微的仲夏永远热烈

从小到大,沈知微最常听到的一句夸奖,都是"听话"。

这样的夸奖一出,不管对面的亲戚关系远近,沈主任和赵女士脸上总归都是遮掩不住的笑意。

这句夸奖后面逐渐成为她身上固有的标签,每一次与赵女士有分歧时,赵女士都会用疲惫又失望的眼神看向她,说她不是以前那个听话的沈知微。

沈知微很疑惑,是不是因为自己实在是乏善可陈,所以那句"听话"才会这么多年来,都如影随形。

她大概不算是个特别漂亮的女生。

在情窦初开的年纪,很多漂亮的女生都能收到信,她从来都没有收到过。

也可能是因为她很安静,沉默到很多人都忘了班上还有这样一个女生存在。

为数不多的特殊对待,大概就是与她一起值日的男生打扫卫生很麻利,常常沈知微只打扫了一半,他就默不作声地来帮着她一起打扫剩下的部分。

沈知微和他道道谢时,他只会有点木讷地摇摇头。

这种感情,或许可以定义为情窦初开的感知,又或者只是成长过程中必不可少的一课,就像是隔着一层朦胧的玻璃糖纸,青涩又不真切。

沈知微通常并不能马上察觉到,大概也只会在几年后才后知后觉,发现一点特殊。但也只是心中转瞬即逝的涟漪,很快就了无痕迹。

大多数人泛泛中庸,沈知微也惯常性藏匿其中,并不奢求能在某些人眼中闪闪发光。

她总感觉自己是蜗牛。

柔软的软体生物,常常留存在潮湿阴暗的地方,遇到危险就龟缩进自己的壳中,自己的腹地始终不曾被其他人踏足。

刚上大学那会儿,她和舍友一起去服装店。舍友试连衣裙时,看到她站在一边没有事情干,顺手递给她一件,把她也推进试衣间:"微微,你也去试试啊。我好像都没怎么见你打扮过呢。"

沈知微茫然地抱着裙子,问:"……我?"

舍友对着穿衣镜补了一下口红,说:"对呀。我感觉这件很适合你。你皮肤白,腿又直又细,穿这种暗红的连衣裙最好看了。"

那件连衣裙确实很美。

沈知微从试衣间走出来时,店内柔和的灯光照在她身上,纤薄的脊背好似蝴蝶翕张,裙摆下的小腿笔直纤细。

十九岁的女生无论怎么打扮都是漂亮的。

尤其是沈知微平常都没有怎么收拾过自己,大多数时间都忙着奔波在专业课和课外兼职中,现在只是稍微打扮一下,也足够光彩照人。

舍友看到沈知微出来,没忍住眨了眨眼,很是被惊艳的样子。

沈知微还没有照镜子,看到舍友怔住,怀疑是不是自己穿这条裙子不合身,没忍住道:"不太合适吗?那我现在换回去吧。"

她的确没怎么穿过这种鲜艳且张扬的裙子，换衣服时还生出了几分胆怯。

小时候能偷穿大人的裙子扬扬自得，披着被子假装自己是公主，越长大反而越容易怯场。

舍友赶紧拉着她站到镜子前，生怕她换下来，语气很快地开口："别换别换！这条裙子真的很适合你！你平时都不怎么打扮，但咱们都上大学了，现在正是最花枝招展的年纪，衣柜里总是要有点鲜亮颜色嘛。而且我觉得你穿上真的很美，你要不考虑考虑买下好了。"

沈知微看了看镜子中的自己。

的确和平常很不一样。

微卷的发尾落在肩头的珍珠上，镜中的人随着她的动作抬起手臂，好似一个陌生而任她玩弄的玩偶。

她有点动摇，没忍住看了下那条裙子的吊牌，两千五百元……这个价格，在物价高的北城也算得上昂贵。

更何况她还只是一个平常只能靠着生活费和打工赚钱的大学生。

她并不是全然负担不起，只是觉得没有什么必要，超出心理预期的消费带给她的并不是开心。

舍友也看到了吊牌上的价格，没想到这条裙子居然这么贵，原本想撺掇沈知微买下的心思也放了下来，小声地在她耳边说："好像还挺贵的。"

旁边的导购大概看出来了她们的犹豫，笑容满面地走上来："小姑娘穿这样的衣服最合适了，这颜色衬皮肤，能穿的场合也挺多的，以后聚餐穿出去一点都不会觉得隆重。

"吊牌价虽然是两千五，但是办一张我们家的会员卡就可以打折，折后大概是两千三。"

沈知微看了看身上的裙子，的确很美。

但两千多块钱对于她来说不是一笔小数目，而且她并不需要经常出去社交聚会，可能最后也只是压在箱子里不见天日而已。

她对导购笑着摇了摇头，去试衣间换下裙子。拉开拉链时，"刺啦"一声，好像是人偶脱去了华美长袍，穿回本来的衣物，回到了自己原本的世界。

……………

后面2013年她去朗城，到处找蔚游的时候，曾经在一个橱窗外看到与北城那条一模一样的裙子。

潮湿的雨季，沈知微站在橱窗外，看到自己的身影映在橱窗里，模特身上的裙子好像也穿在了她的身上。

很合身，和好几年前一样的合身。

沈知微身上是因为淅淅沥沥的雨而沾湿的卫衣，下面的棉质直筒裙也因为低矮的水洼而打湿。她在朗城一无所获，直到看到了这条裙子。

书上总是说女为悦己者容。但沈知微其实从来没有觉得，一定要因为什么人，才能拥有去感知美，或者说是拥有美的权利。她之前在北城不想买那条裙子的理由太多，昂贵、不实用，并没有什么场合可以让她去穿那么华美的裙子。

可是身处遥远的朗城，她看着橱窗上映出自己的脸，突然明白，有些事情她擅长权衡利弊，可有些人她永远做不到洞若观火。

她想买下那条可能很适合她的裙子。

她不想遇到蔚游的时候，还像现在这么狼狈，她希望自己能再闪闪发光一点。

沈知微走进去，经营店铺的是一个头发已经花白的老太太，戴着框架眼镜，非常知性优雅，抬眼看她时，意识到她好像是个华人女孩后笑了笑，很和蔼地开始和她聊天。

老太太问她是不是中国人。

沈知微说是。

老太太笑着说她以前去过中国，在那里拥有过很多美好的回忆。

她扶了扶眼镜，又问沈知微在外面站了那么久，是不是看中了什么裙子，店里的裙子都可以试试。

沈知微看着模特身上的裙子，对老太太说想试试那条。

老太太为她取下那条裙子，还说会很适合她。

沈知微不太好意思地说了"谢谢"，随后进了试衣间换上。她有点失神地看着镜中的人。

比起刚上大学的她,这时候的她更加从容,那点儿胆怯也消失不见。

她孤身一个人前来朗城,一腔孤勇,在异国他乡找一个很久没有联系过的人,只是不想自己那段年少心事无疾而终。

老太太和沈知微很投缘,给裙子打了折。

老太太还问她为什么来朗城。

沈知微说,来找一个很重要的朋友。

老太太意会,灰蓝色的瞳仁带着和善的笑意,轻声对沈知微说:"Mud in your eye(祝你好运)。"

沈知微笑了笑,说了"谢谢"。

随后她打开店门,重新步入潮湿的朗城。

十九岁那年没有买的昂贵裙子,在二十一岁重新获得。

她不再会畏惧自己的光彩照人,也不会因为过多的目光而觉得胆怯。

可惜那年,她还是没有见到蔚游。

后面那条裙子一直被压在箱子中,偶尔沈知微心血来潮会拿出来,但也没什么机会穿上。

又过了好几年,时间好像是被摁下了倍速键,快到失真。

得知宁嘉佑生病的那段时间,沈知微总是从梦里惊醒。她现在已经很少会想到蔚游,可能是因为他太遥远。

涌上的点点滴滴的回忆,全部是和宁嘉佑的,充斥在她的脑海里,以至于她看到宁嘉佑,总是忍不住想哭。

第一次知道胰腺癌时,她坐在电脑前,反反复复地将屏幕上的字看了好多遍,却好像还是失去了辨认能力,明明每个字都很熟悉,连起来看时却很陌生。最后她只记得,这个病的平均生存时间只有半年到一年。

比起那么久远的回忆……未来居然那么短。

年假即将结束时,沈知微在病房外听到主治医生和宁嘉佑父母的对话。

医生的语气很平静,可能是见惯了生离死别:"目前只能保守治疗。"

宁嘉佑的父亲肤色黝黑,有点茫然:"医生,我们家愿意花钱,还有没有别的办法？求求你，救救我们家孩子……"

医生很轻地叹了口气："我们会尽力。只是他的情况……目前，也只能期待奇迹发生了。"

医学上的那些名词，沈知微听不明白，只知道现在宁嘉佑要活下去，需要的是奇迹。

什么是奇迹呢？

她回去又打开电脑开始查阅资料，可无数鲜活的案例中，都很少出现例外。

她辗转反侧，却无能为力。

…………

再后来，她和赵沥结婚了。

两个人感情泛泛，聚少离多。

偶然一次收拾箱子时，沈知微翻到那条红色裙子，才恍然意识到，她好像还没有穿过。

她将裙子珍而重之地又放回去。

或许她喜欢的并不是这条裙子本身，而是试穿这条裙子时，期待而鲜活的十九岁的自己。

这条耗费一百八十磅、从十九岁就试穿过但一直到二十一岁才买到，穿过大洋彼岸被她带回来的裙子，她只穿了一次。

是在 2020 年 7 月 17 日。

本来那天沈知微还没想好穿什么，在衣柜中找了一会儿，翻到这条被放在角落的裙子，回忆才扑簌簌地涌上来。

她并没有想过自己能被蔚游看到，只是想再抓住一次二十一岁夏天的尾巴。

就算有些话她从来没有说出口，但其实她已经在心里说了千千万万次。

仲夏永远都热烈。

少时喜欢的人站在遥远的天幕，唱着带着橘子味的歌。

她穿着很喜欢的裙子，去见了以前很喜欢的人。

2020/7/18 见微知著·完

希望你永远都平安顺遂。

再见，蔚游。

番外三
蔚游永远自由

蔚游这个人，履历完美到几乎挑不出错处，人生光鲜到连瑕疵都没有，学生时代是广为人知的天之骄子，长大后在娱乐圈也是光芒熠熠的大明星。

或许有些人会讨厌他，但也拿不出一个确切的理由，最后可能只有一句——

"因为我觉得这人真的挺装的。"

通常这种评价会被人嗤之以鼻。

因为蔚游不是装，他只是单纯地、很容易让人生出距离感。

他很有礼貌，总是会为别人考虑，几乎没有表现过太明显的喜怒。

曾经有记者跟了他整整一年，就是想看看这位大明星私底下的生活。

可蔚游的生活非常简单，有工作时会去录demo，要么就是去遛之前他捡到的一条小黑狗。

也不是什么品种狗，应该只是田园犬，被蔚游捡到时是在冬天。那天北城下了大雪，零下十摄氏度的天气，它躲在垃圾桶旁边，奄奄一息地蜷缩着。

或许它本来不会撑过那个冬天。

但是蔚游捡到了它。

小狗陪着蔚游去录音棚，经常在小院子里撒欢奔跑，和第一次被捡回来的样子截然不同。

粉丝第一次见到小狗，是因为助理随手拍下的一张照片，后面还广为流传——

大明星蔚游半蹲着，垂眼看向雪地里眼神湿漉漉的小狗。小狗瘦骨嶙峋，浑身上下的毛发都虬结在一起，颤颤巍巍地缩在角落，很胆怯地看着面前的人。

蔚游是光芒万丈的大明星，也是一条小狗的救世主。

他经常牵着小狗出门散步，偶尔还会停下来和小狗说什么，大概是在教它不能吃地上的东西。

他偶尔也会出去社交，有些是早年有过合作的作词人，有些是他结识的朋友，虽然也有异性，但是点到即止，并不会越界。

记者无功而返，本打算放弃，可实在不相信真的能有人这么完美，又不信邪地继续跟着他。

这次倒是发现了点什么。

他每次到南陵，都会在一个公墓待一会儿。

不算什么很贵的墓地，至少和蔚游的身家不相符。

记者偷偷地跟过去，有次看到蔚游正和一个女人站在一起。女人的打扮不像圈内人，穿着很松弛，长相很舒服清淡。两个人好像是偶然遇见，只是淡淡说了几句话。看上去算不上是熟识，但是肯定认识。

记者自然知道蔚游是南陵人，但是对他每每都要来看望的这个墓碑主人却很好奇。

难道是什么早逝的白月光吗？

趁着蔚游离开后，记者上前去看了那块墓地。

并不是什么白月光，黑白照片上是个男生，叫宁嘉佑，看上去很年轻。

记者叹了口气，想到自己跟了蔚游这么多天都一无所获，实在是可惜……

他看着面前的墓碑，拍下照片，心中有了个想法。

当晚记者把照片放到网上，取了个劲爆的标题，掀起了一阵网络热议。

而一向对这些不是特别在意的蔚游，第一次正式地回应了这件事情。

他说自己去看望的是一个少年时代的朋友，那个朋友是个很好的人，可是去世得很早，周围的亲戚朋友都为这件事很难过，所以希望大家能不要打扰到他们……他其实是个挺无趣的人，私生活没有什么好关注的，关注他的歌就已经足够了。

随后记者发的那张照片被撤下，整个平台再也看不到这张图，也搜不到关于这位朋友的任何消息。

这位记者也销声匿迹，转眼查无此人。

没过多久，蔚游突然宣布退圈。

很多人猜测是不是因为记者跟踪的事情。

蔚游笑了笑，说退圈是自己早就想好的事情，并不是因为其他人，他想给自己放个长假，有缘的话可能会和大家再见。

这个时候，他还不到三十岁。

圈内三四十岁还经常活跃的歌手并不少见，而他居然这么轻而易举地就放弃了别人终身都难以企及的成就，满身赞誉也全然不在乎。

那位记者本来完全是查无此人的状态，在得知蔚游即将退圈的消息后，为了蹭最后一波热度，把之前没有发的照片高价卖给了营销号。

当天好几个营销号都发了爆料，也一样喜欢用噱头十足的标题，大概意思是据某某知情人爆料，曾有人看到蔚游在南陵和某某女生有往来，还拍到他们在说话。营销号恶意揣测，说不定蔚游并不是单纯地要退圈，只是年纪到了要结婚了，女方要求，所以蔚游才不得不退圈。

关于这件事，蔚游发了一条微博回应，说女生是他一个朋友。

沈知微看到这条微博，愣怔了好久。

那么久了，他们来往泛泛，她没有想到蔚游居然还将她归之为朋友。

下面的评论很多，蔚游只回复了一条。

2020年7月21日晚上七点，这是蔚游在公众视野里留下的最后一条痕迹。

有粉丝很好奇，说从来没看到蔚游有过什么异性朋友，想问问对方到底是个什么样的女生。

蔚游回得很简单：虽然我和她已经很久没有联系了，但我一直都觉得，她是个很好的女生，希望她以后都能平安顺遂。

…………

沈知微想，他们之间，也算许过同一个愿望。

以后就算分道扬镳再也不见，也没什么好遗憾的了。

全文完